班超傳

百雉孤城夕照明，班超空動玉關情

郎春 著

巫至，超即斬其首以送廣德，因辭讓之。
廣德素聞超在鄯善誅滅虜使，大惶恐，
即攻殺匈奴使者而降超！

目錄

破立……005
陰謀……025
豔險……045
過招……065
困守……085
宮鬥……107
援軍……127
強攻……147
溫慰……169

叵煩……189
德報……209

破立

一場春風吹過，很快就到了建初三年（78）的暮春。

田慮的第二個孩子出生了，是一千金，取名嵐兒，細皮嫩肉大眼睛。忠張羅著要和班超的小兒子班勇定娃娃親，田慮顧慮高攀，誰知班超二話沒說就同意了，並在自家安排定親酒。喝到高興處，不約而同唸叨起了白狐，不知這傢伙找到兒子沒有，大半年了還不回來。這白狐大概被大家唸叨得耳根子發燒，沒幾天就出現在盤槖城。大家看他隻身一人，並未帶回兒子，很是不解。白狐長吁短嘆，埋怨命運不濟，兒子遠走高飛，再也找不著了。原來收復尉頭後，班超特意留他住下，一是尋找兒子，二是跟尉頭王哈力深交一段時間，以固其心。還有一個祕密任務是想辦法聯繫烏孫，為下一步攻打溫宿、姑墨尋找外部幫助。

哈力以前就認識白狐，這次從白狐處得了不少錢財，又因為白狐的幫助順利當了尉頭王，對漢朝感恩戴德，對白狐非常殷勤，每日酒肉招待，還把氈房燒得暖暖和和，找來幾個女人伺候白狐。這些女人脫得赤白光淨，又唱又跳。站時桃花緊閉，躺時柳葉分開，極具挑逗性。主人早已把持不住，一下子抱過兩個，卻見白狐呆呆坐在羊皮上，有一口無一口地喝著奶茶，叫兩個女人強行拉起，也是沒精打采。哈力看老朋友像卸了套的蔫驢一樣，知道是心裡有事，就派人跟他四處找兒子去了。

尉頭的牧人，各放各的牲口，平時互相來往也不多，有客人來總是很高興的，何況陪同白狐的是尉頭王的親信，走到哪裡都受到歡迎。有好多人都說見過她的女人，但他們每到一地都撲空。開始有人說那女人賤賣了馬和羊，和一個男人帶著兒子往西北去了。他們往西北找了幾天，又有人說去了溫宿，他們又往溫宿。溫宿有一個哈力的朋友，是個部落首領，打發了哈力的人，自己帶著白狐山上山下跑，一直跑到木扎爾特山口，順連線天山南北的夏特谷道跑到烏孫邊界，一家烏孫牧民說確有一家三口尉頭人在他家住過一宿。

白狐本來也要去天山以北辦公事，不好再麻煩朋友，就單馬獨行，穿過天山，到了烏孫。烏孫草原無邊無際，從天山北坡下來許多河流，最後都歸到伊列水（今伊犁河）裡。蜿蜒的河道兩旁，到處都是綠茵如毯的草地，許多河灣都有炊煙縷縷的氈房。白狐打聽了一個月也沒有眉目，心就涼涼的了，便尋道往王府所在地——赤谷城探訪老朋友。

赤谷城本來沒有城郭，就是一處比較固定的山窩子，因山谷的土色發紅而得名。山上青松蒼翠，夏天多雨，冬天多雪。山谷裡流水湍急，白浪翻捲，谷外水草豐美，算得上一塊風水寶地，所以王公貴族們沒有特殊事情就常年待在這裡，氈房幾乎是永久性的，不比關內的房子簡陋，裡邊設施應有盡有。後來西漢朝廷先後兩次下嫁公主和親，烏孫王就仿照長安的宮殿，修了一座王宮，與公主和家人住在裡邊。烏孫分裂後，城堡歸了小昆莫。白狐很快就見到了老僱主，在那裡住了一段時間。老僱主現在是小昆莫的輔國侯，相當活躍，因為他們家族的勢力這幾年有了很大發展，而現任大昆彌正走下坡路。

烏孫曾是個大國，翁歸靡當昆彌期間，軍事、經濟力量日益強大，成了西域一支舉足輕重的政治力量。匈奴哪裡容得下這個眼中釘，很快以巴里坤草原為基地，屯兵車師，進攻烏孫，以控制、穩定天山以北地區，隔斷烏孫與東方的聯繫。翁歸靡昆彌和解憂公主夫婦聯合上書漢王朝，建議組織聯軍反擊匈奴。漢王朝在充分準備以後，「發大兵十五萬騎，五將軍分道並出」。這一仗，漢烏聯軍獲得全勝，使匈奴在西域的元氣大傷。烏孫進入比較穩定的發展期。

過於太平的日子，似乎都不會長久。翁歸靡死了沒幾年，大、小昆莫就兄弟翻臉，分疆而治，大昆莫投了匈奴，小昆莫歸附了西邊的康居。自那以後，雙方的明爭暗鬥從來都沒有停止。小昆莫雖然也具有匈奴血統，但與解憂公主比較親近，聽說現任大昆莫身體一年不如一年，便計劃在老病纏身的大昆彌死後發動進攻，重新統一烏孫。這個雄心勃勃的小昆莫，也向白狐表達了繼續與漢和親的意願。

白狐告訴他：「和親的事能辦，但不是一天兩天的事情，要從長計議，你若能送個禮物更好。」小昆莫覺得漢室皇帝富有天下，金銀財寶肯定不缺，要送就得送點珍禽異獸，才是個稀罕。他打算效法先祖，上貢一對能發光的異鳥。不料白狐的頭搖得像撥浪鼓，說：「大漢之地通海連山，什麼東西都不稀罕，就稀罕烏孫能出兵，助漢攻打姑墨。」

「這個嘛……」小昆莫有顧慮。他兵馬不缺，就擔心出兵後被大昆莫趁虛而入。想了幾天，還是建議白狐拿著他的腰牌去康居國遊說。只要康居出手，姑墨兩面受敵，夠他喝一壺的！匈奴要想從烏孫南援，小昆莫會絆住他們，等他們過了天山，奶茶早涼了。

康居國是中亞地區與大月氏、安息三足鼎立的大國之一，人口六十萬，勝兵十二萬，領地很大，東界烏孫，西達奄蔡，南接貴霜王朝的大月氏，東南臨大宛，約在今巴爾喀什湖和鹹海之間，北部是游牧區，南部是農業區，王都卑闐城。康居人擅長經商，常常到各地去進行貿易，往返於中亞全境。中國的絲綢、茶葉、陶瓷等貨物，大都是康居人販賣到西方去的。因此，卑闐城也是中亞各國交換情報及傳播文化的媒介站。這個國家還流行一種胡旋舞，跳起來衣袂飄飄，進退旋轉，煞是好看。前朝漢武帝派張騫出使大夏後，康居一直派遣質子到長安，貢獻禮品。到西漢末年，因漢內亂倒向匈奴。過了十幾年，因為庇護小昆莫，又與匈奴結了仇，但雙方也沒完全撕破臉。

白狐臨走向老僱主借了一大筆錢，到了卑闐城就獻給康居王。康居王真不愧是個生意人，看著黃澄澄的一大堆金錢，估算著出兵姑墨後還可以搶劫不少財寶，覺得很合算的。於他而言，助漢打仗只是來年夏天派出八千騎兵，到姑墨、溫宿的草場轉場一圈，斷了姑墨向北求救匈奴的路而已，小菜一碟。白狐得此承諾，在康居盤桓了一些時日，復又回到烏孫。因為大雪封山，谷道不通，他又幫老僱主往大宛跑了一趟生意，等到天氣漸暖，才敢踏上返程。途徑夏特谷道時遇上大雪，凍得要死，好不容易找到一處廢棄的氈房，卻發現一隻母狼帶著兩個幼崽臥在裡面。白狐拔出長劍，人狼對峙了一會兒，母狼毫不情願地帶著幼崽出去了。

看著母狼帶著小狼在雪地行走的樣子，白狐想起自己的兒子，起了憐憫之心。他怕狼崽凍死，決定將氈房還給狼，就騎上馬追過去，扔了一塊牛肉。那母狼嚎叫了一聲，怪森殺的，然後叼了肉，仍然不肯回去。白狐做出各種手勢，還四腳朝地往氈房的位置爬了幾步，母狼還是不願回去。他以為是母狼沒理解他的意思，就跟著狼往前走。走了不多一會兒，聽得後面轟轟隆隆一陣巨響，憑經驗判斷一定是雪崩了。白狐倒吸一口涼氣，一陣後怕讓他後心透冷。為了感謝母狼帶他撿回一條命，他把袋子裡的肉全部扔給母狼，只留下一些乾糧。隨後在母狼的帶領下，來到一個山洞，人、馬、狼共躲一夜，相安無事。次日雪停後才走出谷道，在尉頭休息了兩天，就急急忙忙趕回來了。

東方不亮西方亮，哪裡亮了都有光。白狐沒請到烏孫卻搬動了更強大的康居，班超恨不能抱住他親上兩口，但表面上總要保持幾分矜持。他在內心把自己也表揚上一番：當年怎麼一眼就看上白狐這個『狐狸精』，用計把他誆來了？他對白狐這次行動給予很高的評價，論功行賞，獎勵不少金錢，還親自安排宴席接風，席間才將白狐聯繫烏孫、康居的事情說破。弟兄們一聽說有康居幫忙，精神頭更大了，紛紛請纓。班超說：「我們與康居約定，六月出兵，到姑墨吃烤全羊去，我要親手給大家烤炙！就是白狐老弟還得辛苦一趟，休息幾天後，馬上再去康居，順道替我謝謝烏孫小昆莫！」

一夥人喝酒議事正熱鬧，忽聽有人敲餐廳的門。祭參開門一看，是自己新婚的妻子，忙問出了什麼事。搴萊並不言語，拉上他就走，把大家都弄懵了。須臾之間，祭參回來說：「出了大事，我那老丈人派快馬送來口信，莎車王齊黎派密使往姑墨去了，要把聯軍攻打姑墨的事情告訴姑墨王，是順蔥嶺河岸走的，特意繞開了疏勒。」

這還了得！班超的臉一下子黑得烏青。他立即派田慮和霍延分別帶人去堵截，田慮直接去尉頭逆流而上，霍延東去河邊，順流而下，務必要把人抓回來。兩人不負所托，果然第四天就把莎車的使者抓了回來。班超親自審問俘虜，又仔細看了齊黎的親筆信，說攻打姑墨是漢使逼他出兵，不得已而為之。他將會出兵不出力，到時讓士兵左臂纏白布，希望姑墨理解云云。

當時西域和匈奴一樣沒有成熟的文字，書信都是用漢字寫的。齊黎的用字雖然不太準確，但意思非常明確。這讓班超和他的部下們都非常生氣，董健主張殺了密使，將人頭送給齊黎，叫他知道馬王爺長著三隻眼。大多數人也都同意這樣做，還有人建議公開支持且運，讓他幹掉齊黎自立。班超暗忖：且運這次挺仗義的，不管是出於公心還是出於私心，都是給聯軍幫了很大一個忙。要說藉機震懾一下齊黎也是可以的，但這件事如果傳揚出去，或多或少會對聯軍的聲譽造成一些影響，讓匈奴人覺得聯軍的統一戰線，並不是鐵板一塊。

忽然間祭參獻計道：「不如來個瞞天過海，讓密使繼續送信，我們派一個人跟著，掌握了姑墨和莎車兩面情況，給齊黎吃個定心丸，然後給他們來個『將計就計』。齊黎的帳，打完姑墨再找他算。」

「此計甚好，不愧是武將世家出身！」班超豎起拇指，誇讚祭參年輕機智。想了想，考慮讓甘英跟莎車密使去姑墨，主要是偵查軍情。甘英擔心他和隊友的塞語都是疏勒譯長教的，和莎車話有些不一樣，萬一露了馬腳怎麼辦？祭參又一次獻計，叫甘英扮個牽馬的，裝個啞巴算了，什麼話都不說！

「誒，你這小子，一肚子花花腸子！」甘英笑罵祭參，「裝個啞巴，還不把我憋出病來！」大家笑了一陣，就此散了酒席。班超讓人把莎車密使帶到大殿。

那密使約莫三十來歲，以為死期到了，褲襠已經尿溼。見了班超就磕頭，哭訴家中高堂老母是個瞎子，兒子也才八歲，都要他養活，哀求千萬別殺他。他也不知齊黎的信上寫的什麼玩意兒，要是知道一定先來報告大司馬的。班超看這人有些眼熟，忽然想起在莎車王陵祭拜時，跟在齊黎後面的隨從，好像就是這個人。一問果然不假，估摸著前面的話是真，後面的話就是想活命賣乖了，便直接指了一下祭參，問他認不認識。見他點頭，馬上又告訴他：「本來你活不到明天的，但是我這位部下，請求看在他岳父相國的面子上饒了你。本司馬給他這個面子，你可以起來了，具體的活命法聽他的安排。」

莎車密使哪裡敢起身，給班超磕了頭又轉向祭參磕頭。祭參把甘英介紹給他，如此這般安排一番，第二天一大早就送走了。

祭參高高興興回到家，看見挲萊正在修眉，抱起來就親，又把自己的老丈人由衷地誇了一陣。倆人年輕火盛，眉目忽閃幾下，就想鑽被窩裡親熱。忽聽門響，想著誰這麼不長眼，一大早來壞人好事！出來一看，卻是班超帶著米夏抱著娃，還拎了一包禮物，進門就問挲萊：「我這姪兒對你好不好？他要敢欺負你，你告訴本司馬，看我怎麼收拾他！對了，來疏勒這麼長時間了，想不想爸爸媽媽？」

羋萊雖然已為人婦，總歸年齡還小，從小到大未離開過家，還沒說話眼淚就下來了。

班超馬上舉起手，裝著要揍祭參的樣子。羋萊趕緊護在丈夫前面，倒把班超給逗樂了。「看你媳婦多疼你！就你這臭小子，娶了這麼漂亮的媳婦，也不帶人家回門看望父母，太不講禮數了！趕快收拾收拾，今日就啟程吧。」

班超的話，說得小媳婦破泣為笑，抱起小班勇就親。米夏說：「你這麼喜歡小孩子，趕快生一個吧，別讓肚子老空著！」

小媳婦已經紅了臉，跟米夏竊竊私語。趁著兩個女人說話的機會，班超將祭參拉到門外，鄭重交代一番，就和家人一起走了。祭參怔怔地站在門口，自言自語道：「薑還是老的辣！」

祭參小夫妻倆高高興興帶上禮物，雙雙出了疏勒城。路過楨中城的時候，買了幾把小刀子。楨中以前是個獨立的國家，因為只有一百來戶，先後被莎車和于闐吞併。班超來西域後，就協調他們合併到旁邊的另一個小國依耐了。但楨中城扼守從莎車到疏勒的交通要道，地位很重要，這裡的小刀也很有名氣，分為防身短兵器和家用兩類，大小很多品種，連烏孫、康居的商人也前來販賣。

羋萊還是個單純少女，不知祭參「回門」是帶著任務的。祭參一路教她防身的刀術，倒是一路不乏之味。到了莎車，祭參先與且運商量好方案，這才一起去見齊黎。說明自己是前來指導軍隊訓練，以便聯合作戰時相互協調。第二天，祭參便跟著都尉江瑟視察部隊。且運安排人進行祕密行動，綁架了江瑟和去往姑墨使者的老婆孩子，當即用車送往疏勒。

傍晚時分，江瑟要回家，祭參卻執意將他請到且運家裡，幾觚燒酒下肚，這才亮出底牌。問齊黎與姑墨勾結，約定在攻打姑墨時出賣聯軍的事情，江瑟是否知道。江瑟含含糊糊，不肯正面回答。祭參把他家人已經去了疏勒的事情告訴他，並說：「你現在就是騎馬就追，也追不上了。眼下只要與漢使合作，你的家人就可以吃得好，住得好，得到很好的照顧。」

江瑟暗暗叫苦，卻也無可奈何，這才將左臂纏白布為號的事情和盤托出。「我對齊黎勾結姑墨的做法，本身很不滿意。但人家是王，我是尉，我只能服從，不能反對。」

不管江瑟是否真話，祭參都當真話聽。他讓江瑟不動聲色，一切都按原計畫進行，只不過兵要實練，到了戰場要有戰鬥力。接下來的一段時間，祭參也交了幾個軍官朋友，動輒將他們請到且運家小酌。這些人與祭參年齡差不多，有的還是且運的親戚，混熟了，都願意聽祭參調遣。

到了六月朔日，班超下令各國軍隊梯次開進。于闐最遠，動身最早，到拘彌與拘彌軍隊會合，然後經過莎車，與莎車會合。這時的陣勢已經比較浩大，再一路開往疏勒集結。在疏勒召開了誓師大會，疏勒王忠做東道為大家壯行。班超特別安排江瑟與家人見面，使之看到妻子臉色紅潤，兩個兒子還胖了，女兒的小辮子也梳得整整齊齊。江瑟的一切顧慮頃刻消散，直接向班超表示：「司馬大人怎麼安排，莎車怎麼做，絕無二話！」

「有事多與祭參商量，他就是我的代表。」班超安撫了江瑟，就下達了出征令。一萬多人馬，就浩浩蕩蕩開進了尉頭，與白狐領來的八千康居騎兵會合，以迅雷不及掩耳之勢，快速深入到溫宿腹地，攻占了一個叫喀拉蘇的山口小鎮。

小鎮位於農牧過渡區，東邊是姑墨的農田，西邊是草木青青的牧場。聯軍盡起小鎮木料門板，在山口平地設定柵欄；由山口往山谷裡的兩面山坡布兵紮營。于闐和莎車守左邊，疏勒和拘彌守右邊，騎兵在前，步兵在後，於山口收窄處分兩排卸馬固定戰車，每車預備甲乙兩批戰士，並給各國軍隊派出了聯繫官。接下來準備讓董健帶領一千疏勒騎兵，往溫宿大營搦戰，一旦交手，盡快佯退，將敵人引向山谷。這裡距離姑墨在尉頭的騎兵大營只有三十里地，飛騎眨眼就到。等到敵人全部跑過來，散在小鎮周圍佯裝放牧的康居騎兵會逐漸聚攏，排山倒海一般壓過來，以絕對優勢將敵人緊緊包圍，剩下的就看廝殺時誰的刀快了。

為了靠前指揮，班超將自己的指揮大帳紮在離戰車不遠的地方，由霍延帶人保護。誰知這邊還沒等到董健出戰，姑墨的騎兵就聞訊打過來了。班超馬上調整方案，讓董健擋一陣再撤，以免被敵人識破計策。可是敵騎黑壓壓一片擁來四五千，遠遠超出原來估計的數量，顯然有一部分是從龜茲那邊調過來的。雙方一接上就混戰在一起，姑墨騎兵仗著人多，纏住聯軍不放，班超命人使勁鳴金，又讓霍延出救，董健這才脫開，右腿上已經被戳了一刀，忍痛招呼人馬快速通過戰車中間夾道回撤，然後往山谷裡飛奔。姑墨騎兵緊緊咬著，大約衝過一半，祭參才在戰車裡指揮戳馬腿放弩箭。

姑墨人開始還以為這幾個大傢伙是漢軍的寨門，沒想到都是戰車。裡邊的人兩邊往中間伸槍，絆倒不少軍馬，又是近距離發弩放箭，幾乎箭無虛發，越射越興奮，越興奮越使勁拉弓。外邊的敵人靠近了有明刀暗槍突刺，離遠了射不準瞭望口，箭射來都扎在木頭上，砰砰砰砰像鼓點一樣，徒給聯軍送來許多箭矢，也給裡邊的人提了神。姑墨軍官急得上火，硬著頭皮往前衝，很快就留下一地死人傷馬。

這時，遠處的康居大軍席捲而來，將兩千多姑墨騎兵圍在小鎮和山口之間的狹長通道裡，進退不能，眼見到前面的人紛紛中箭落馬，領兵的將軍只好下令，棄刀下馬，舉手投降。班超嚴格阻止康居人殺俘虜，讓人盡快對俘虜進行集結看管。倒是衝進山谷的敵人被兩面山上的聯軍俯衝下來，掩殺一陣，斬殺七百多人，剩下的忙向左臂纏白布的莎車軍隊靠攏。

祭參令部隊讓出一個口子，等姑墨騎兵過得差不多時，讓江瑟擋住一個將軍模樣的人，對其說：「我們放走你們，聯軍肯定不會善罷甘休。」那將軍知道兩國事先有約，就招呼江瑟帶人跟他們走。莎車幫了姑墨，姑墨肯定不會不管，都走吧！臂纏白布的莎車騎兵，就跟隨潰逃的姑墨騎兵一路奔跑，進到南城時天色已晚。

姑墨的騎兵平時不在南城駐紮，南城只有幾處步兵大營，一下子進來幾千人馬，住處成了問題。好不容易安頓到民宅，月亮都升到頭頂。姑墨國王馬彌派人來請，要設宴給退進城的騎兵軍官壓驚。其實宴會只是個名頭，主要是讓莎車騎兵協防。江瑟強調莎車本來是保持中立，出兵不出力。現在因為戰場混亂被捲進姑墨城，也只是暫避風頭，過兩天和聯軍說和後就要走的，也不想和聯軍結仇。

馬彌戴著一頂厚厚的氈帽，據說越是到夏天越是怕冷，眉毛是又粗又長的那種倒八字，眼睛一睜就顯出幾分凶相。他端著酒盞冷笑幾聲說：「我與莎車王都是娶的匈奴貴族女了，說起來都是親戚。莎車本來就該和龜茲、姑墨是一鍋的，眼下暫時歸順漢朝，那也是權宜之計。你們這些當將軍的不會不知道吧！今天你們放姑墨騎兵一馬，又進了南城，就已經和漢朝結仇結大了。你不打他可以，他不打你才怪。再說我們兩國私下盟約，人家知道了也不會饒你，還是和姑墨一起防守吧！我姑墨今天雖然損失了大半騎兵，但有一部分是借龜茲的，龜茲不會就此罷休，還會派兵來援助。再說了，守城主要用步兵，姑墨的三千步兵還沒參加戰鬥，完好無損。只要我閉門不出，外面的人就沒辦法。那聯軍算個什麼東西，過幾天糧草不濟，自然就會作鳥獸散。那時龜茲騎兵也該到了，我們裡外夾攻，騎兵全部殺出城，不殺他個人仰馬翻，本王就不是馬彌。」

聽了這番慷慨陳詞，祭參用手臂肘捅了捅江瑟。江瑟唉聲嘆氣，勉強答應說：「人馬今後還要吃姑墨的糧草，莎車兩千騎兵就當步兵用，東西南北四個城門，我們替國王守一個吧！」

馬彌當下大喜，覺得這樣一來就將莎車徹底拉下了水，決定將西門交給莎車軍隊，次日一早就在城門樓上交接。

南城作為姑墨的王治所在，也有幾百年的歷史了，看起來比莎車城略小，但城內住了一萬多居民，是天山南麓牧區和農區之間的商品貿易中心。土夯的城牆很堅固，又有護城河環繞，糧草儲備充足，挖地五丈就有水，的確易守難攻。四個城門和四個城角都建有箭樓、敵樓，西門外是平展的農田，水稻和胡麻苗才都一拃來高，沒有一點掩蔽。不管什麼人來進攻都非常暴露，即使強行越過護城河，也會成為弩箭的靶子。

然而，祭參現在顧慮的不是這個，他擔心聯軍到達後他不能盡快抓住馬彌，兩軍廝殺起來，會造成很大的傷亡。不管是敵方還是我方，生命總是寶貴的。他借熟悉城內地形的名義，將甘英繪製的王宮周邊地圖一一作了勘驗，制定了好幾套行動方案，並與都尉江瑟商議，以西門為中心，在城牆上向南北布防，將整個城西都控制在手裡。然後安排一支三百人的機動部隊，隨時可以向王宮發起進攻。

過了兩天，聯軍的人馬就開過來了。兵強馬壯的聯軍將南城四面圍住，連一隻鳥兒也飛不出去。祭參在城上大聲喊話：「莎車和姑墨已經聯盟。南城城池固若金湯，城內糧多草足，聯軍攻是攻不下的。你們不如轉身回去，兩家罷兵。」

祭參的話，就等於明確告訴聯軍，他已經控制了西門。班超騎在馬上，一看西門在手，成竹已在胸中，乾脆來個聲東擊西。他急令康居的八千騎兵一起擁向東門，並將八部戰車布在河邊，拉開攻城的架勢。康居人將兩千多姑墨俘虜全部趕下護城河，讓其抬著梯子木板，給聯軍架橋，樣子做得非常像。姑墨守軍也不管那些俘虜是受人脅迫，在城牆上不停地放箭，許多俘虜都被射死了，屍體填滿了一段河床。剩下的畏首畏尾，不敢再下河，就讓康居騎兵全部殺死了。

祭參觀察到姑墨守軍把重點轉到了東城牆，囑咐江瑟在城牆上防止南北兩端夾擊，自己下到城門，突然命令打開城門，放下吊橋，讓聯軍的騎兵迅速進城。然後上馬，領了三百機動人馬一溜煙衝到王宮，一路大喊「西門失守了」，要衛隊和他的人一起掩護國王向北門撤退。衛隊的人一聽西門失守，大事不好，危機關頭，護王要緊，就趕緊跑進去稟報。祭參緊跟在後面，讓他的人邊走邊清道，將王宮裡邊的衛士全部解決掉。及至見了馬彌，這國王已是大驚失色，卻不忘責備：「剛才還接報，聯軍在攻東門，怎麼西門就先破了！你們莎車軍隊是怎麼守的？」

祭參突然出劍，大聲喝道：「漢使參軍祭參在此，不想死的趕緊投降！」

祭參勇於突然出列，是他的人已經完全占領了王宮，把馬彌和幾個近侍團團圍住了。有個衛士還想反抗，手剛摸到刀把上就被砍了腦袋。嚇得馬彌直冒冷汗，皮帽子邊沿都被浸溼了，眉頭皺得像三條深溝，眼皮一動不動，嘴巴張得老大。祭參知道這個老狐狸正在後悔，後悔不該將西門交給莎車人，更後悔沒搞清楚莎車軍隊裡有他這個漢使隊員。但這一切都是無關緊要的，緊要的是馬上挾持馬彌，迫其下令全城投降。所以他用劍尖挑起馬彌的氈帽——這就是對他的最大蔑視了——因為姑墨人一向把帽子看得比腦袋還重要，甚至有「腦袋在，帽子在」的說法。祭參問他：「馬彌，你是願意馬上讓軍隊放下武器呢，還是讓康居鐵騎屠城，把南城變成墳場，讓姑墨亡國滅種？」

馬彌囁喏一陣，選擇投降。祭參這才將氈帽為他冠上，讓人押著出宮。沒走幾步，碰上班超和甘英等人。班超告訴他，聯軍已經占領了城內幾處制高點，叫他將馬彌從西門押上城牆，親自給他的將領喊話投降。姑墨的兵力本來是幾個城門均勻分布，看到東門吃緊後加強到東門，西門洞開後又亂了套，這會兒讓馬彌一招呼，全部就地放下武器，到西門外集合。

班超立即做出新的部署：讓霍延安排人看押馬彌，之後帶祭參去甄別俘虜，因為是全軍投降，原則上不殺，只揀惡徒和在烏壘城殺害都護府官兵的，嚴懲一批，其餘想回家的放歸，留下的訓導之後繼續當兵；命令田慮和成大組織疏勒步兵，在城牆和城內布防，所有騎兵全部到城外紮營；繼續緊閉東南北三個大門，只留西門，還拉起吊橋，嚴控人員出入；派甘英帶人召集當地官員，責令各司其職，穩定人心，清點府庫，籌資勞軍。

一瘸一拐的董健跑過來，問給他什麼任務。班超笑說：「別看你負傷了，本司馬不會讓你閒著。

你就負責把大刀拎好了，一會兒跟咱做一回「惡人」，站在我旁邊，把臉拉得長長的，顯得威風凜凜。」

董健打聽要嚇唬誰，班超笑而不答，打發白狐趕快去請康居軍隊統領到城內議事。

臨時議事廳就設在王宮，四壁掛毯壁畫，富麗堂皇，一張臥榻一樣的椅子特別顯眼。班超坐上去試了試，下意識地捋捋鬍鬚說：「他娘的，這王椅坐著怎麼這麼彆扭，看來咱就只有做臣子的福分，沒有當王的屁股。」逗得大家哈哈直笑。

康居的統領是位部落王，大約四十歲年紀，散髮披頭，黃鬚垂領，眼窩深陷，鼻梁高挺，一進門就把長靴子脫下來倒土，看起來很率性。他反覆地讓白狐問班超，為什麼不讓他的軍隊進城。班超笑著解釋道：「聯軍的騎兵加起來，將近兩萬匹馬，這城裡又沒有足夠的草料，進來吃什麼？連姑墨自己的騎兵也是屯紮在溫宿一帶，是不是？」

白狐把班超的話譯給他，這位小王爺腦袋扭得麻花似的，嘰哩哇啦一陣。白狐說：「他們來的時候就想好了要讓士兵進城，痛痛快快地殺一陣，搶點財物，再弄些女人，圖個熱鬧高興。這次很多人的刀口都沒開，不是白來一趟嘛！」

班超想：你們把兩千多俘虜都射殺了，怎麼能說刀口沒見血呢？不過這是戰爭行為，不能求全責備，何況人家是來幫咱的，這事就算翻篇了。他笑嘻嘻地讓人拿出兩個包裹，在桌面打開，五光十色，寶氣盈盈，然後躬身致禮，友好地說：「非常感謝康居友軍的支援。我們打匈奴的走狗，雖說是義舉，也不能讓你們白做。我這裡有一些從洛陽帶來的金錢珠寶，一份是給小王爺的，一份勞煩小王爺轉呈康居王，略表謝意。希望這件事能夠保密，不要讓莎車、于闐的人看見了。」

除此之外，班超答應將昨天繳獲的三千多匹戰馬，分兩千給康居，還安排讓把城裡的窯姐兒全部集中起來送到康居大營，費用全部由漢使供給，給康居兄弟們解個悶兒。至於良家婦女，他勸康居人就別禍害了。將心比心，大家都有母親妻子女兒不是？老百姓都不容易呢，再惹毛了，都起來反對我們，說我們是土匪強盜，那我們就無法在姑墨立足，甚至連一碗飯都吃不到嘴了。

那統領根本就沒聽班超後面說什麼，早已死死盯著那兩包財寶，眼珠子都快掉出來了，臉上直放彩光，連說：「夠朋友，講義氣！漢司馬真是爽快，真爽快！」說完穿上長靴，起身報上禮物就要告辭，怎麼勸都留不住。

送走了康居統領，班超長長地喘了一口粗氣。請神容易送神難，天下沒有白吃的米飯。康居這尊大神人多馬壯，八千人馬氣勢在哪兒擺著，是這次滅姑墨騎兵的威懾力量，圍城也吸引了姑墨的極大注意力，是借來的好力。但是游牧民族不把外族人的野蠻當一回事，也是令人頭痛的，兩千多俘虜殺的一個不剩，足見其殘忍。這些人一旦進了城，基本上就是屠城了，殺人放火、姦淫搶掠，所有強盜能做的事情他們一件都不會少。那樣打下姑墨等於害了姑墨，也抹黑了漢帝國。所以，班超打一開始，就備下重禮，最好不讓其進城，萬一進了城也要想方設法防止屠城，甚至想到極端辦法，比如今天小王爺要是不從，董健就會拿大刀砍了他面前的桌案。現在那統領得了好處願意駐紮城外，真是謝天謝地！

一會兒甘英來報，已經安排從王府庫房運糧給城外部隊，也讓人傳話給窯子妓院，天黑前送人到西門口集合。班超這才叫押來馬彌，親自審問。審了一個多時辰，終於弄明白這傢伙是在匈奴人支持下，殺了原姑墨王自立上位的，上位後就和親匈奴的龜茲攪在一起，殺陳睦、血洗都護府他都沒落下，無論如何是不能免死的。但是他在臨死前想搞清楚，明明莎車和他有約，怎麼就臨陣背約了？班超冷冷地笑了幾聲，道：「齊黎是設計騙你的，怕聯軍受損故意讓莎車軍隊跟你們的人進城，這樣才能裡應外合，消滅你們這些匈奴的走狗。」

「這個混蛋齊黎……」馬彌的眼裡充滿了憤怒與絕望，被人押到死牢，等待明日公決。

姑墨是打下來了，但後面的工作千頭萬緒。太陽都快落山了，還沒見霍延和祭參來報，班超決定親自到西門外看個究竟。出來時，空地上只剩下三四十個俘虜了，霍延正在訓話，旁邊還有十幾具屍體。問其緣由，霍延說：「殺的都是在烏壘城有血債的，大部分是龜茲騎兵，還有姑墨的正副都尉和兩個軍侯。這些人最多的殺了都護府四個官兵，罪惡深重。其餘龜茲俘虜暫時收押，另外當場放了五六百人，都是老弱病殘，剩下的步兵兩千，騎兵八百，作為姑墨新軍，已經讓一些下級軍官帶回三個大營等待整訓。留在這裡的都是中高級軍官，這些人裡頭肯定還有殺過漢軍的，一時也不能盡查了。」

班超滿意地點點頭，覺得霍延不光打仗是把好手，處事也是寬嚴有度，決斷得當，一下子把三四千俘虜甄別清楚，不是個簡單事情。他在地上踱了幾步，然後黑下臉朝這些姑墨軍官說：「儘管你們裡頭可能還有人，手上沾著烏壘城官兵的血，但本司馬既往不咎了，主要罪孽在馬彌那裡，你們都是脅從。從現在開始，凡是願意與匈奴和龜茲斷絕關係，做大漢朝的官吏，好好為姑墨老百姓保一方平安的，登記造冊，繼續帶兵。不願意當官的，也可以回家為民。」

這些姑墨軍官在鬼門關口轉了轉，總算沒有被拽進去，驚魂甫定，轉懼為喜，而且都是吃慣軍糧的，哪有人願意回家種地，異口同聲擁護漢朝，願意為國效勞，一個個報上姓名職務。有一些習慣了巴結上司的，難免說些阿諛恭維的話。班超權當是真話，且受用一會兒，令他們即刻回到軍營，推舉一位能服眾的都尉人選，提交未來的國王任命。正說著，白狐等人領著一群衣著鮮豔的女人出來了，吵吵嚷嚷，嘻嘻哈哈，看樣子有五六百，根本不在意當天城裡發生了什麼。白狐打算先把這一批送到康居大營，一會兒還有一批。

「城裡怎麼能有這麼多妓女？」膽文公出身的將軍，覺得妓院這個行業雖然由來已久，但賣淫總不是什麼太光彩的事情，一下子就動員這麼多妓女，還真有點不可思議。

「眼下姑墨城最紅火的行業就是娼妓業，招呼千把人輕而易舉。」一個姑墨軍官突然說。「這些年馬彌為巴結龜茲，年年加稅。大小官員貪汙成風，索賄受賄反倒成了規矩。只要是個官，多少管點事，就能卡來辦事的人，不給好處不辦事，給了好處亂辦事。那些地痞流氓，看哪個地方過路人多，隨便就設個卡子收過路費，再找個當官的做保護傘，沒人敢惹。就是國王怪罪下來，也只是抓一個半個替罪羊關幾天，再象徵性罰點錢，風頭一過依然我行我素。老百姓也見怪不怪了，一時間上行下效，有權的用權，沒權的用身子。男人白天做工，夜裡為盜，能偷就偷，能搶就搶，能日鬼就日鬼。蔬菜上澆水，稻穀裡摻沙子，藥店賣假藥，寺廟裡賣香火，剛剛修的橋，一晚上就讓人把欄杆鋸斷拿回家燒火去了。」

班超很驚訝：「這麼說，一個好人都沒有了？」

「少之又少吧！」軍官特別感嘆道。「偌大一個姑墨國，上下都爛了，誰也別說誰不好。外面的錢好像很多，但流得很快，誰也搞不清，家家都喊錢緊。就是軍隊，雖然糧餉按時發著，小吏小兵家裡也是緊巴，誰還有心打仗！唯一的就火了妓院，過去的窯姐兒都是被迫的，現在多是自願的。有一些拮据的人家，男人搞不來錢，女人但有幾分姿色，就在窯子裡掛個名字，遇到外面來的客多，窯姐兒不夠時，便臨時頂上，白嘟嘟一團肉進去，黃澄澄一把錢出來。這些女人不在妓院住，又怕賣身的錢夜裡被搶，就由男的在妓院門口等著接回家，以致叔叔遇到姪女的，哥哥碰上妹妹的，多了，大家見怪不怪，笑貧不笑娼。幸虧你們漢軍把這王宮端了，要不我看老百姓也快忍到頭了，只要有個人領頭，很快就會造反。」

班超聽他這麼一說，覺得姑墨的社會問題還不是一般的複雜，而這位三十七八歲的漢子倒是看得清楚，也頗有些正義感。就把他叫到旁邊，問了原來的官位，是個千人，名叫勿雷，就建議他做個維持社會治安的右將軍。勿雷即將升官，雖然高興，卻也表示隻手難馭，積重難返。班超鼓勵他道：「慢慢來。只要有心，鐵杵成針，一口吃不成胖子。」

一說到吃，大家都感覺肚子餓了，趕忙披著晚霞回城。吃完飯還要組織姑墨的官員和部落首領，推選新國王呢！

然而，姑墨的新國王一夜難產。幾大貴族勢力相當，各個部落互不服氣，誰都當不成。眼見得窗影門縫透亮，雞鳴狗叫聲起，班超說：「王府不可一日無主。如果大家一時選不出，就讓疏勒國的都尉成大先代理一段時間，等你們選出新國王再行移交。」

令人想不到的是，所有的人對這項提議都表示贊同，意見出奇的一致，倒真有點「外來的和尚好唸經」的味道了。

成大面有難色地說：「是姑墨這麼亂，司馬大人把我一個人放在這危險的地方，恐怕獨木難支啊！」

班超悄悄告訴他：「大家誰不在險地？險地治好了就是福地！你就放開膽子做吧，我會全力支持你的。」

王的人選定了，就讓匆雷通知所有官吏，務必沐浴更衣，洗淨舊日的汙泥濁垢，與烏煙瘴氣的舊姑墨徹底劃斷，日上城樓時分在王宮前院集合，以全新的風貌舉行新王登位大典。王府有個鼓樂隊，傢伙什兒挺齊全，弄來吹打了一陣子，還真有那麼一點喜慶的氣氛。

成大宣誓就職後，第一件事就是絞死馬彌。他歷數了馬彌勾結匈奴、龜茲，橫徵暴斂、殘害百姓的罪行，宣布了對其斬首的判決，當場執行，梟首示眾。接著任命了新的王府組成人員和軍隊將領。由於上上下下對原有官場的腐敗深惡痛絕，大部分官員都是各部落推薦的新人。成大宣布從他就位開始，實行新政，不搞慶典，不擺筵席，不接受禮物，按漢朝規制大幅度減稅。在新的法制頒布之前，先約法三章：即日起貪汙受賄者斬，殺人搶劫者斬，偷盜公物者黥。

公堂之上，一片肅靜。就見白狐慌慌張張來報：康居人走了。

陰謀

「怎麼能讓人家悄沒聲地走呢！」

班超一聽康居騎兵撤回去了，多少有些心亂，埋怨白狐不挽留人家，剛用完人就打發了。白狐脖子一抻，一副無所謂的樣子，說：「康居人該做的都做了，該拿的也拿了，這南城外又沒有草場，都是農田，這個季節的馬又不喜歡吃乾草，一萬多匹馬再留一天，城外的稻田胡麻田就都啃光了。」

「哦！」班超這才鬆一口氣，覺得如此也好。但人家遠道而來，是我們請來的客人，幫了我們一個大場子，一觚酒還是要喝的。他吩咐白狐快馬去追，不管多遠一定要追上。他讓成大臨時找一些熟食裝車，酒罈子能有多少帶多少。準備停當，就帶領霍延、田慮和成大一行人等，隨後趕了過去。

其時康居馬隊已經到了白水之濱，過了河就離溫宿草原不遠了。康居統領沒想到班超專門追過來送行，很是感激。張開雙臂擁抱了班超，說：「你給了兄弟那麼多金錢，我們已經是最好的朋友了，今後有什麼事儘管讓白狐來說。」

班超微笑著說：「請統領轉告康居王，娶漢室美女和親的事，我會積極向朝廷稟報。因為選人需要時間，請他不要著急。『好肉不怕煮，好酒不怕藏』嘛！」

康居小王爺很驚訝，班超竟然能說出他們草原的諺語，那親近自然是更增加了幾分，傾身向前，手撫左胸，行個告別禮，一再邀請班超到康居草原去喝酒，還說草原的女人味道很特別的。

回去的路上，白狐問班超什麼時候學的康居諺語。班超說：「誰知道是哪天學的，反正來西域這幾年，我是有機會就蒐集民俗諺語。有一些記住了，也有一些弄混了。只要肚子裡有，隨口就說出來了。不過大家今後不光要學塞語，還要學好。仔細區分各地塞語的不同，比如溫宿、姑墨一帶的口語就比疏勒輕一些。弟兄們要是都能達到你白狐的程度，到哪裡說哪裡話，上哪架山上唱哪家歌，就都沒白來西域一場。」

班超的話，說得白狐樂呵呵的，聽得霍延卻有異議。他取笑白狐的語言都是跟女人學的。「這傢伙有一大優點，就是到哪裡都能搞上那裡的女人，跟女人在被窩裡學說話，那當然記得牢了。」

白狐也不示弱，奚落霍延就知道存錢，夜裡硬得像個棒槌，寧肯自己扛著，也不讓窯姐兒賺去一點。霍延的臉漲得通紅，罵白狐滿嘴臭屎，揮起馬鞭就要抽。白狐眼尖，拍馬就跑，霍延在後面使勁追趕，邊追邊喊叫要撕爛他的嘴。

這兩人到了一起，沒有不打嘴仗的時候，班超從不介意。戰爭的間隙，大家能夠這麼放鬆，已屬難得。男人在一起，三句話就扯到女人上，也是普遍的社會現象，因為這男人的世界，需要女人的色彩。男人的陽剛裡，需要女人的柔美。所謂陰陽平衡，才是社會發展的基礎，食色，性也。

藉著信馬游韁的機會，成大向班超討教，新官上任三把火，他這個國王該怎麼燒呢？班超笑而不語，等到成大問得緊了，才說：「前晌的《約法三章》就很好。姑墨被奴役時間長了，匈奴人、龜茲人採取的是殺雞取卵的辦法，只顧徵稅，不管官員怎麼整，沒有章法了。社會風氣壞了，主要是人心亂了，人們沒有敬畏，所以大家都胡來，甚至恣意妄為。按說亂世用重典，一段時期的嚴刑峻法是需要的，要給居民灌輸規矩，讓大家自覺遵守規矩，啥事能做，啥事不能做，做了就要對後果負責。等規矩建立起來了，社會穩定過來，那還是要寬懷為上，大力發展生產，搞活經濟。老百姓富裕了，日子過好了，自然就太平了。」

倆人侃侃而談，路過一片胡麻地。麻桿已經高約一尺，陽光下有些發蔫。地頭的一顆榆樹下，一位白髮老人坐著打瞌睡。一頭花白奶牛，在他不遠處悠閒地吃著胡麻苗。班超不忍，在馬上提醒了一句。老者「格愣」一下起來，儘管身體佝僂，腰無論如何也挺不直，步伐卻出奇地矯健，幾步就邁到奶牛跟前，氣急敗壞地罵道：「早上剛給你配了種，就高人一等啦！你又不是嗇夫，能走到哪兒吃到哪兒嗎？」那奶牛被他抽了一鞭，不知何故給臥下了。老頭更是氣惱，罵道：「你又不是廷尉，能走到誰家睡誰家嗎？起來！」

成大早已憋不住，笑著跟班超說：「說這哪裡是罵牛，明顯對社會不滿嘛！」下馬同老者打招呼，那老者卻牽上奶牛走了。

班超也笑了，覺得老百姓怨氣不淺。及至到了城邊，順吊橋進去，看見馬彌的首級掛在城牆上，底下有官員在向居民宣傳《約法三章》。來的人並不多，看起來一個個面無表情，反應冷漠。也有人在大聲議論說：「減稅，誰知道是不是真的！聽說以前漢朝統治的時候，稅是不多，漢朝撤了這幾十年，那種日子遠了。每一次新王上來，都說要讓大家過好日子，可是好日子誰見過？減稅，減稅，稅是越減越多，今天減了這個，明天又加上那個，家裡的牛都被牽走了，還不是糊弄百姓！」

成大聽了，臉上有些掛不住，想要解釋幾句，被班超阻止了。直到進了王宮，班超才說道：「剛才我們悄悄進來，沒有人知道我們是誰，才說的真話，這些話平時你是不容易聽到的。你現在是姑墨國王了，不再是疏勒都尉，要有大胸懷，來日方長呢！老百姓一般不聽你怎麼說，他們要看你怎麼做。眼下還是戰爭狀態，我們還要把主要精力放在防備龜茲的報復上。」

但是，這次班超失算了。等了十來天，龜茲人並沒來尋仇報復，備戰的軍隊也就疲了。好在班超有後手，事情也好收場。在釋放龜茲俘虜的時候，他派田慮帶了兩個人混在裡面，拿著財寶，按白狐的指點去找一個珠寶商人。跟商人說是從大宛來的仇家，追殺白狐。那個珠寶商人一聽找白狐就關了店門，詭祕地說：「在下與白狐多年不來往了，聽說白狐投奔了漢朝司馬班超，眼下人可能在姑墨。前些天漢使帶領多國聯軍占領了姑墨，龜茲在這次交戰中損失了三千騎兵，龜茲王尤利多心疼得不行，可最後還是認栽了。你們與白狐有什麼深仇大恨，非要追殺不成？」

田慮裝作很生氣的樣子，直言白狐搶了他的女人，還燒了他的氈房。

「你說別的我不一定信，你說這個我信。」珠寶商給大家斟上奶茶，笑道：「我那白狐朋友就有這毛病，見了漂亮女人就腿軟，走都走不動，錢都花在女人上了。朋友，其實女人算什麼，那就是個玩物，只要有錢，什麼樣的女人找不著，犯不著為女人弄出人命，要不我在龜茲給你找一個，替白狐送給你行不行？」

田盧搖頭說：「我的女人身上有一股香氣，每到晚上就香氣襲人，迷得人就想抱上親，豈是別的女人能代替的！」

這田盧也真是能胡編，把個珠寶商聽得五迷三道，瞪大了眼睛，涎水都流出來了。心想：如此尤物，怎麼不讓他遇上呢？難怪白狐被人追殺。珠寶商想了想，建議田盧找兜題問個究竟。他聽說前不久兜題見過白狐。田盧一聽珠寶商認識兜題，更加來了興趣，畢竟兜題是龜茲王身邊的要人，了解的情況可能比商人更多一些。他馬上捧出財寶，求商人指點。珠寶商倒是不財迷，強調他與白狐朋友一場，不能賺加害朋友的錢，還央求田盧要回自己的女人後，放過白狐。田盧按照珠寶商的指點，夜裡潛入兜題家，拆窗入戶，把兜題從老婆身上扒開，又用刀尖在兜題前胸剔下幾根黑毛，問：「你能不能搬動龜茲王發兵姑墨決戰，聯軍幾萬人在城頭等著！」

兜題第二次落入田盧之手，已經沒有上一次那麼恐懼。他也估摸著漢軍不為殺他，專為情報，就埋怨漢使幾次攪黃了他的好事，現在只在王府掛個閒差，沒有實權。眼下北匈奴在東邊與漢軍糾纏，一時難以顧及西域。龜茲王清楚姑墨南城易守難攻，沒有內應不好對付，也就一時不想報復了。田盧再三考核，並劫了兜提的兒子，答應到姑墨後就放回來，怕的是兜題報官或者帶人追殺。兜題也不擔心兒子安全，還要給他帶錢路上用。田盧承諾來回用度全包，還給兜題留下一些錢，算是提供情報的酬勞，一下子把兜題弄蒙了。

聽了田盧的彙報，班超決定馬上罷兵。幾國大軍住在城外，給養就是個大問題。不打仗的兵閒來無事，動輒還鬧出些小亂子來，有的甚至到周邊村莊搶掠，禍害百姓。他召集各國帶隊將領開會，將戰馬、兵器等戰利品酌情分給各家，在城外舉行了盛大的班師儀式，殺了一百頭牛，宰了一千隻羊，出盡城內藏酒，讓大家盡興而歸。再由成大向各國帶去謝表，帶領大小官員給聯軍送行，也算功德圓滿。疏勒的軍隊交給副都尉潘辰和坎壄，漢使團大部分人員由田慮率領，一併回去。成大異地為王，心裡還是有點忐忑，請求霍延暫留做督軍，協助整訓軍隊，甘英為王府顧問，幫助處理公務，又請留下五百名疏勒步兵協防。

班超全部答應，而且決定自己也要逗留一段時間，給成大壯壯膽。又提議祭參去一趟于闐，請高子陵來姑墨，幫著建章立制。姑墨國風氣壞了，民心散了，亂七八糟，百廢待興，非有高人妙策不行。

成大也曾聽過高子陵的故事，知道他幫助廣德在于闐弄得風生水起，市場繁榮，社會穩定，對班超的提議十分贊同。只有董健，拄著大刀站在班超跟前，嘴噘得老高，聲言他要保護司馬，司馬不回疏勒，他也不回疏勒。班超本來安排他與那些傷員一起回去，好讓醫官照顧，見董健挽起褲腿給他看，腿上的傷口已經長住了，也就隨他留下，霍延第一個表示歡迎。

不一日，廷尉有一個案子不能決斷，稟報成大，成大也不好裁處，請教班超，適逢高子陵已經到來，乾脆約上一起聽聽。事情的起因是一個小蟊賊，去一戶人家偷牛，翻牆上房，從房頂的縫隙看見屋裡還有亮光，怕驚動主人，就趴在屋頂往裡邊窺視。縫隙太小，毛賊用手一點一點扒拉大，能清楚看見主人兩口赤身裸體在炕上打滾酣戰，夯吃夯吃半天，沒完沒了。蟊賊正當青春，觸景生情，一時不能自已，摩挲著弄出褲襠裡的東西，已然乾硬如棒，黃泥抹的屋頂又沒有窟窿小洞，急了就在屋面上磨蹭，蹭到興奮處，竟然忘情翻滾，三滾兩滾，壓斷了屋頂的一根小椽子，「撲通——」一聲跌落下去，不偏不正落在一個木凳上，疼得哇啦哇啦亂叫。主人小兩口慌忙更衣辨視，發現是鄰村蝨賊，慣盜鄉鄰，本想操傢伙猛揍，看其已經摔得不輕，也就不忍再打，直接抬出去扔到了路邊。

詭異的是蝨賊的家人得到消息，又把蝨賊抬到主人家裡，要求主人看病療傷，主人不願意，復將蝨賊撂到路邊。如此反覆幾次，毛賊的家人就告到了衙門，訴請看病之外，還要支付毛賊耽誤的功夫錢，理由是主人應該知道屋頂不結實會摔傷人，蓋房時還苫了那麼薄的房頂，椽子小不說，椽子的間距又太大，要不然毛賊不會摔落；即使滾落，主人家房子中間要不放那個木凳，也不會摔斷脊梁。

主人家訴說自家房子頂薄木料小是因為家貧，自家又沒請蝨賊上去，他夜入民宅意欲盜竊，就已經犯了新國王《約法三章》，壓壞了房頂更應該賠償維修。廷尉認為蝨賊雖然有偷盜的主觀故意，但沒有實現偷牛的目的，主人家也沒有丟失任何東西，無法認定盜竊行為，不能實行黥刑。主人雖然沒有過錯，房頂也被壓塌了，但蝨賊確實是在主人家摔傷的，損失大過主人，所以建議主人適當給一些補償，息事寧人。

「簡直是混帳！」班超心裡罵了一句，覺得小蝨賊固然可惡，廷尉也是對錯不分。高子陵拉了他一把，問躺在地上的小蝨賊為什麼爬到別人家房頂，蝨賊說為偷牛；問為何要偷別人家的牛，答說自己家牛死了。

高子陵冷笑幾聲說：「別人腦袋丟了，是不是也可以來取你的？」見蟊賊不語，轉而問其父母和三個兄弟：「你們是不是仗著自己家人多才欺負事主？來呀，讓這蟊賊的父母當庭脫光苟合，給他兒子看看。」那兩口也是四十多歲的年紀了，當著堂上這麼多人的面，如何像牲口一樣交配！便跪求大人萬萬開恩！高子陵又問賊父：「你兒子從小到大是誰在養育，誰在教化？」

答說：「母親養活，父親教化。」

高子陵又問：「庭外的胡楊樹上有一窩喜鵲蛋，你敢不敢上去掏？」

答曰：「當然敢，掏了蛋能吃。」

高子陵再問：「要是一腳踩空摔死了找誰償命？」

賊父支吾了半天，才說：「那就認了，總不能找喜鵲償命。」

高子陵拍案而起，怒斥賊父：「你自己摔死不找喜鵲償命，為何你兒子上房摔傷要找主人賠錢看病？子曰：非禮勿視，非禮勿語。你自己也知不同於牲口，有羞恥，兩口子關起門的勾當不願讓外人看見，為什麼你兒子要偷窺別人隱私？難道人家就是牲口、沒有羞恥感嗎？再者，養子不教，為父之過，你教化出品行不端的兒子，你首先就要替他受過！建議將賊父收監，施以黥刑，將蟊賊棄之荒野，讓狼叼狗咬。這樣年紀輕輕不學好的東西，留著何用！」

廷尉照著高子陵的話宣判，那家人這才慌了，一起跪下，磕頭如搗蒜，哀求大人饒命。躺在地上的蟊賊也一骨碌翻身起來，承認他其實腰脊沒斷，就是有點痛，想訛點錢，以後再也不敢了！

班超氣憤地離開了，高子陵也跟著離席。成大覺得廷尉是故意拿這個案子試探他，下令將其撤職查辦，讓勿雷兼任廷尉。後來勿雷將此案子重審，叫來許多居民旁聽，最後判處蟊賊和他的父親黥刑，送到煤窯下井。判令蟊賊的兄弟給事主賠禮道歉，維修房屋。事主家叫上鄰居敲鑼打鼓，給廷尉府送了一個大大的木牌匾，上書「公道」兩個大字。

廷尉府上下都覺著臉上有光，把牌匾端端正正掛在門頭上。可是沒過幾天，牌匾就被人給偷了。氣得勿雷直跺腳，一面命令底下的人嚴加追查，一面稟報成大。事被高子陵知曉，勸成大不要查了，那是老百姓有氣，說明還有冤案。高子陵建議盡快頒布新法，依法治國，對老百姓多施懷柔。經濟發展了，老百姓日子好過了，那些怨氣自然就會消除許多。他為姑墨編撰的法典草案，是在他為于闐編纂的法典基礎上修訂的，主要是對商鞅以來的秦漢法典的移植，根據西域的情況做了增刪，在于闐實行這幾年，效果不錯。

班超已經看了高子陵的新法，認為非常好，建議成大頒布實行。同時實行大赦，對以前判處的罪犯，重新審理，凡有殺人搶劫重罪的，繼續服刑；沒有什麼大危害的交保釋放，確係冤案的，予以昭雪。讓老百姓感到新王與以前的國王是不一樣的，比他們好得多，仁義得多。成大最近一直忙於日常事務，光是各個衙門的奏章就夠他看的，這時被班超一提醒，立即召集官員審議，不日便頒行法典，審決冤獄，實行大赦。勿雷頂著壓力昭雪了一樁冤案，在城裡城外引起了很大轟動。

案起一個軍侯，看上了一家大戶的莊園，非要強行賤買，人家不願意，就收買了一幫混混到莊園搗亂。莊園主家裡也有護院的壯丁，兩家廝打起來，軍侯的人故意把帶去的一個乞丐殺死，嫁禍主人，然後賄賂廷尉府的人，把主人全家男人下獄，要求殺人償命。逼得事主女人託關係往衙門裡使錢，錢花光了，還沒有結果，只好將莊園賤賣給軍侯，這才由軍侯出面保釋了莊園主的家人。但莊園主的小兒子被定為「過失殺人」罪，至今還關在裡面，而那個軍侯，現在還在軍營任職，逍遙法外，並未受到任何懲罰。

這件案子審清後，給那軍侯判了腰斬，將莊園交還給了主人。班超讓甘英親自到監獄監督放人，然後護送到家裡，過了幾天又和成大一起去慰問。莊園主感激涕零，圍觀的人群堵塞了莊園前後的道路，以至於勿雷身邊維持秩序的獄吏不夠用，跑去都尉府求援。等到霍延帶人趕來，班超和成大都盤腿坐在葡萄架下，吃饢餅喝奶茶，和居民談地聊天。

霍延耳語道：「你也不怕這裡邊有亡命之徒，出了事怎麼辦？」

班超笑著說：「老百姓是載舟之水，最善良了，只要當官的為他們辦一丁點事，他都會記一輩子的。和自己的百姓在一起，能出什麼事呢！」

霍延又說：「齊黎來了，我已安排住下。」

班超正在嗑瓜子，一副滿不在乎的樣子。隨口說道：「一個混蛋，死有餘辜。來了就來了，還要本司馬迎接他不成？」

班超早有所料，自從軍隊班師回到莎車，莎車王齊黎就忐忑不安，一刻也坐不住了。儘管都尉江瑟對出兵姑墨的事情彙報得輕描淡寫，也很婉轉，極言當時聯軍勢大，要是莎車軍隊不配合就會被聯軍消滅。他原原本本地描述了康居騎兵射殺俘虜的場面，和處死馬彌的情景，把齊黎嚇得往後一仰，直抽冷氣。西域人常說，身體有病的人，四處亂求醫；心裡有鬼的人，做飯忘放米。齊黎不用做飯，但他在聽官員彙報時動不動就走神，人家都說完了，就等著他做決斷，他突然愣過神來，然後呢，然後呢，問個不停。有時他也會突然提出一兩個莫名其妙的問題，比如匈奴會不會突然襲擊莎車，漢朝的皇帝會不會催班超盡快捲鋪蓋等等。

齊黎一次又一次向江瑟詢問戰場的細節末梢問題，好像要做一次戰役總結似的。他也讓人找一些中高級軍官，試圖從這些人的嘴裡得到和都尉不一樣的情況。問來問去，他越發認定了自己的判斷，就是班超打一開始就知道他與姑墨人暗中勾連，要不然也不會派祭參來指導訓練。他想不明白，問題到底出在都尉身上，還是出在密使身上，而現在追究洩密人既不明智，也沒有了意義。不管是誰出賣了他，他都已經成了班超的目標，這個動不動就提人頭說事的漢軍司馬，遲早要找他算帳的。

這個莎車王經過反覆權衡，決定主動出擊，而主動的選擇有兩個，一個是公開宣布與漢朝決裂，然後就等著與班超作戰，但班超既然能將遙遠的康居鐵騎都調來，踏平姑墨，他再組織一次對莎車的圍剿，也不是什麼難事。一旦真的城破，也就剩下人亡了，這不是一個明智的選項。還有一個是殺掉匈奴籍的大王妃，嫁禍於她，說與姑墨和匈奴的一切勾當都是她背著自己做的，自己也蒙在鼓裡。

滿腹狐疑的齊黎估計，班超肯定會識破自己的把戲，但表面上總是說得過去。以班超目前的處境，也不會徹底翻臉，他這個國王的位子還是可以保住的。只是這個掛著王妃稱號的妻子，這些年來與他耳鬢廝磨，床笫交歡，把他伺候得舒舒服服，還給他生了一個兒子、兩個女兒，也算於家有功，突然給人弄死也確實是冤枉。冤就冤枉吧！誰讓她是匈奴人送來搞政治聯姻的呢？誰讓她是本人和匈奴人聯絡的紐帶呢？誰讓她的丈夫現在遇到了坎兒，不把她犧牲了就過不去呢？有此三個理由，她似乎就死得不冤了。

齊黎可不是優柔寡斷的人，他想好的事情很快就會付諸實施。這天晚上，他在王宮的院子裡轉了一圈又一圈，久久不肯安寢。家人叫他，他就說些天上地下互不搭界的話，突然倒在地上，身體不停地發抖，嘴裡還往外吐白沫。內衛人員趕快抬到屋裡，報知管事。管事叫來醫官，醫官忙活了半夜，也沒查出什麼病因，分析是宮裡有魔鬼，要請巫師來驅魔。巫師一來，齊黎就示意其讓身邊所有人退下，悄悄告訴他：他這病因大王妃而起，大王妃是魔鬼附身，今晚必須打死，不然會殃及王宮，殃及莎車全國。

巫師遵旨辦事，將齊黎頭纏白布，放在榻上，蓋上黃布單，周圍掛上牛骨、銅鈴、桃木棒、小刀小鏟之類法器，然後招呼一幫妻妾進來排成隊，口裡偷偷含上松香粉，照著手中的火把三噴兩噴，呼呼地燃出一團一團火苗，再端一碗涼水放在地上，弄兩根小桃木棒往水中直立，轉來轉去，在一個方向立住了，正對著王妃。巫師就嘴裡唸唸有詞，用一塊黃布子忽閃忽閃抖幾下，蒙住王妃臉面，說魔鬼就附在她身上，已經被他用法網罩住了，招呼外面的衛士趕緊拖出去打。

衛士當然是忠心可鑑，為了國王健康什麼事情都做，迅速將王妃拖到院子裡，用桃木棍棒使勁捶打。可憐那匈奴女人原本無辜，因為錯嫁了郎君，便做了齊黎的替罪羔羊，只留下一聲聲悽慘的哀叫。齊黎聽到外面消停了，「噌——」地一下坐起來，扯掉白布纏頭，咳嗽了兩聲。巫師馬上跪地磕頭，說魔鬼已經打死了，恭喜大王痊癒。齊黎故意問：「什麼魔鬼，在哪裡？」巫師說：「就在外面，大王跟我出看。」

巫師打著火把，照見地上血肉模糊的一團，根本不忍卒睹，那個昨晚還和齊黎摟抱共枕的女人，只一天便陰陽兩界，悄無聲息躺在地上，也是悲慘。齊黎真心擠出幾滴眼淚，哭喪著臉，大罵巫師混蛋，驅魔就驅魔，怎麼能殺了王妃呢！罵著罵著，突然從衛士腰間抽出長刀，一刀割斷了巫師的喉管，似乎還不解氣，又下令把兩個衛士捆綁下獄，誰讓他們倒楣！

借刀殺人又滅口，這場戲是演給王宮的人看的，包括齊黎自己的家人。他要讓孩子知道王妃是被魔鬼附了身，被巫師驅魔致死的，並不是他的本意。都說「伴君如伴虎」，看來西域這些小國的國王們，也是嬪妃的老虎，哪天不高興也是要吃人的。平時那些芙蓉帳裡的恩愛，到了無情政客的世界，也是隨時就會見鬼。

齊黎雖然表演得傷心，卻讓親信將屍體拖到隱祕地方，取了腦袋，裝入木匣，然後找一團爛布疙瘩，權充頭顱與屍體纏裹嚴實，草草下葬。他從墳地一回來，馬上將國相且運和都尉江瑟叫來，對二人說：「參加聯軍攻打姑墨，是莎車義不容辭的義務。以前都是王妃那個匈奴韃子被魔鬼附身，禍亂宮中，害得本王沒有親自掛帥出征。這次人家疏勒出力最多，卻只分了與莎車一樣的戰利品。司馬大人明顯是照顧莎車，我們應該體諒司馬大人的良苦用心，我要親自把那些戰馬送給疏勒，再送一些糧草作為補償，當面向司馬大人賀捷，要不然本王的心裡也過不去。」

這一番話說得跟真的似的一樣，都尉江森差不多都信了。相國且運也覺得一頭霧水，不知齊黎是吃錯了藥，還是忘記了自己是誰，只好唯唯諾諾，答應在齊黎和江瑟外出期間，打理好國政。回到家裡，他那聰明的大腦袋一轉，就覺得這裡邊有大名堂，連繫到王妃和巫師無厘頭的死亡，八成是齊黎是在演苦肉計，試圖瞞天過海。他覺得有必要戳穿這個陰謀，就派了一個親信扮作趕糧車的車伕，隨齊黎到疏勒給女婿祭參送信，提醒漢使，千萬不要相信豺狼的哀鳴。

滿腹心事的齊黎到了疏勒，把自己和匈奴王妃所生的大女兒送給了忠。忠對中原道家的養生學說有一定了解，看到十五六歲的年輕女子，認為是採陰補陽的大寶，自然是高興得難以自已，恨不得立刻就入了洞房。他當夜就將齊黎父女請到莊園，以國禮接待，又令女管事將莊園的房子打掃乾淨，布置成新房，先將新婦安頓好，然後與齊黎登上觀景臺，觀河把酒，賞月喝茶。

忠的莊園建於去年，大門朝南，規模比兩個盤橐城還要大，位置就在他家原來的土地上，北臨吐曼河，南面是一望無際的平疇，東面有幾十戶原住民，西面是一片樹林，有沙棗，有小葉榆樹，還有幾株中原的國槐，環境還是很宜人的。莊園的房子錯落有致，高矮不一，裡邊還圍有花園，打了水井，盤了饢坑，蓋了馬廄，最裡頭還修了觀河景的臺子，四角立柱，上蓋拱形穹頂，藍白搭配，也算華美。莊園建成後，忠又有了新想法，想進一步將它擴建成新的王宮。

齊黎是忠在莊園招待的第一位貴賓，席間一再問班超的性格和愛好，拜託疏勒王一定在班超面前為他美言，檢討他前期的不識時務全是魔鬼作怪。忠估計齊黎送他如此大禮，一定是有大事相求，現在既然說破，他是一定要幫的。忠說：「我這女婿，除了打仗安民，學習語言，唯一的愛好是查訪各地風俗故事，都寫了好幾卷了。平時酒也喝得不多，也不親近別的女人，所有的性事都在米夏身上，倒叫這丫頭十分高興。」

忠不大相信魑魅魍魎這些東西，暗忖齊黎貴為國王，已然知錯，為了遮羞，藉助魔鬼，忍痛割愛，殺了王妃，終究沒有釀成什麼損失，也就不好拆穿了。當夜抱著美人，把身上五官七竅一切開口的部位齊齊吸吮了一遍，也不知是口水還是什麼別的液體，通通嚥到肚裡，心裡那個美呀，任是什麼言語都難以比擬。過了幾天，班勇一週歲生日到了。忠想班超對這個孩子十分疼愛，肯定會回來幫兒子過生日吧！

到了孩子過週歲這天，王府上下準備得很隆重。田慮等人都湊了份子，在漢使餐廳裡喝喜酒，齊黎也送了禮物，還說班勇的眉眼像米夏公主，鼻子和嘴像父親。可是鬧騰了一天，孩子的父親到晚上還沒回來，氣得忠直翻白眼，埋怨班超也拿公事太認真，自己家兒子都不管了。這樣一來，齊黎就著了急，一味瞎等下去啥時是個頭，班超幾個月不回來，難不成要等幾個月？可是就此折返回去，不是白來了一趟？他想來想去，決定不能半途而廢，乾脆直接上姑墨一趟，茲事體大，也就不能計較路途的艱辛了。

幾天前已接到祭參快報的班超，決定冷淡齊黎，當天並沒有見他，第二天第三天也都找個託辭拒見。齊黎急得如同熱鍋上的螞蟻，在驛館來回踱步，匣子裡的人頭雖然裹了好幾層羊皮，也都臭味外散，招得綠頭大蠅子盯得一堆一堆。他突然後悔來姑墨了，因為疏勒王的好話還沒說，他與班超中間缺個搭橋的，就這樣貿然來見，沒準是沒事找事。他也後悔將一朵含苞待放的花骨朵一樣的女兒，送了忠那個老狐狸，讓他白揀了一個大便宜。其實他還不如送給班超更直接，班超人在姑墨，米夏又不在身邊，哪有見了美色不動心的！即使像忠說的班超不近女色，那也有理不打送禮客，無論如何不好意思再拿他嚴辦了。

齊黎覺得這次很可能弄巧成拙，現在是覆水難收，羊羔子進了狼窩，已經沒有回頭路了。他試圖想像忠在被窩裡和他女兒親熱的場景，噁心得直想吐。他估摸著自己凶多吉少，擔心還能否回到莎車，以至於眼皮紅腫，嘴角上燎起好幾個水泡。好不容易熬到第四天天亮，看見班超讓人牽馬來接，與成大、高子陵等人和他的幾個部下，一起去「天山第一峰」觀光。齊黎這才意識到死不了了，趕緊盥洗一下，遠遠看見班超一行，慌忙滾下馬跪拜，口稱「有罪之王」。

有罪是真的，並不能因為跪拜就減輕，但還不是和這個罪人算總帳的時候。班超端坐在馬上，故作驚訝地說：「莎車王怎能行如此大禮呢？本司馬可是消受不起！不知你大駕光臨，未能出門遠迎。你來這兩天，也忙得屁打腳後跟，沒顧上去看你，真是抱歉！」

班超說著，雙手抱拳，揮了兩下。齊黎的腦子裡迅速閃出一個判斷：這班超城府夠深的，他明明是厭惡至極，恨不能一刀宰了我，卻不動聲色，故作客氣，分明是笑裡藏刀。但他也裝得受寵若驚，起身跑到班超馬前，又說：「小王是專門來向司馬大人請罪的，有要事與司馬說。」

班超似無任何不快，反說道：「能有什麼大事。今天放假，莎車王趕快上馬吧，我們一起到托木爾峰看冰川，算是給你接風，一路還要飛馬疾馳呢，看莎車王能不能跟上！」說完，躬下身子，雙腿一夾，那匹紫騮馬就飛跑起來，後蹄刨起的沙土，正好打在齊黎的腹部。霍延、白狐緊緊相隨，一黑一白兩匹馬並頭齊驅。成大的馬術也不錯，一溜煙跟了上去。只把齊黎和高子陵落在後面，祭參就和他們一撥兒殿後。

托木爾峰是天山的最高山峰，位於姑墨南城西北，離城一百多里。這裡山巒疊嶂，奇峰突起，陽坡黑石嵯峨，陰坡松林疊翠，常年白雪皚皚，雲纏霧繞，夏季特別壯美。山峰主要有五條山脊，即西山脊、東山脊、西南山脊、東南山脊和北山脊。北山脊以北是天山山脈的第二高峰——汗騰格裡峰，兩峰之間距離約有四十里。在這五座山脊之間和周圍，遍布著五六百條冰川，眾多冰川交錯搭接，或斷或連，遠遠望去，好似一條條玉龍，飛舞在離天最近的空中。陽光映照之下，時有七彩光束反射，光耀奪目，十分綺麗。正是這些大大小小的玉龍吐珠，為天山南北提供了最重要的水源，那一條條蜿蜒的河流從山間噴流出去，滋潤著山外廣袤的草場和農田。

從山腳的木扎爾特山口進去，就是白狐幾度來往的夏特古道，古道北頭就是烏孫了。成大提前安排了王府人員打尖，在一戶牧民的氈房裡就餐。大火燉煮的羊肉，撒上一點蔥花和鹽末，又鮮又香，一點也不羶。剛擠的馬奶，香甜中帶有濃郁的酸味，第一口要捏著鼻子喝，可是第二口就順當多了。班超這個人在社會底層掙扎的時間比較長，口很糙，什麼食物都能很快適應，手抓羊肉的吃相，甚至比成大還道道地，讓高子陵十分驚奇。

爬山的時候，嚮導發了一根枴杖給每個人，一身棉衣，說越往上越冷，山頂肯定是上不去的，能上到半山腰就可看到冰川。大家興致很高，尤其是在平原長大和生活的人。但登山是項體力消耗很大的活動，看著不高的山頂，爬了半天似乎還是那麼遠。好不容易來到山腰，看見冰川的壯麗，眼前盡是七彩之光，赤橙黃綠青藍紫，一束束射向遼遠的高天，或閃，或轉，或交相輝映，大約是通向了仙人的境界。人在沾點仙氣的時候，腦洞盡是美妙的元素，心胸霍然開朗，彷彿心中能裝載的事情更多了。班超心想洛陽皇宮裡高貴尊大的皇帝，雖然富有天下，哪裡能見到如此奇妙的景緻！

就在人們賞景的時候，祭參無意中發現了一株闊葉草，長有一尺的莖，莖頭開了一朵黃色的花，樣子有點像水蓮，一層一層，花蕊和花萼都是紫色的，很是鮮豔。嚮導認得是雪蓮，當地牧民碰上了就採來煮茶喝，驅寒的作用還是不錯的。班超聽了，想起母親的老寒腿，一到冬天痛，就想採一些捎回去給老人家治病。可是大家找了半天，再也沒找出第二棵，也只好作罷。嚮導說雪蓮一般長在陰坡有草處，長在陽坡的極為少見，今天碰上已經是很有運氣了。正議論著，起了雲，白霧繚繞，在人的身邊纏來繞去，十幾步之外就只能看見上半身。高子陵感嘆，這裡的雲霧簡直和他家鄉的楚山有一比，只是沒有竹海而已，與戈壁綠洲的乾熱簡直判若兩個世界。

大家都是第一次爬天山，好奇，新鮮，圍著嚮導問長問短。班超的情緒很好，隨性與大家閒聊，又往上爬了一會兒，覺得有點氣短，想靠在石頭上休息一會兒，就見剛才還掛在頭頂的太陽，已不知何時藏到雲後，天色漸漸暗了下來。一陣冷風襲來，霎時烏雲蓋頂，不一會兒竟然簌簌沙沙地下起大雪，甚至還夾著冰雹。班超和祭參來自京都，此情此景都有點興奮。高子陵來自江南，看見天山六月飛雪更是喜不自禁，無奈冷風颳臉得刺痛，逼得大家不得不把衣領提起來，裹住臉面，跟著嚮導趕緊下山，怕一會兒雪厚了下不去，跌跌撞撞已屬難免。

一群年紀不輕的爬山者，艱難地下到山腳，雖然也是陰天，只是飄了幾片雪花。草地上的羊群馬群，該吃草還是吃草，該撒歡還在撒歡。到了夜裡，竟然風清天朗，一輪明月斜掛蒼穹，千里草原靜謐空曠，遠處星星點點，氈房裡透出螢火之光，腳下柔軟溼潤，草叢裡傳來蚱蜢求歡的鳴唱。正是鶯飛草長的季節，近處的牧人們看著牲畜一天天長膘，高興得圍攏篝火，又跳又唱。

成大也讓人燒了一堆篝火，找了一些年輕的女子跳舞狂歡，以為助興。那些女子個子差不多高，一水的深紅布拉吉，上身套個黑色花邊的馬甲，更顯得腰細胸突，很招眼球，高子陵和霍延都看傻了。王府的廚師將羔羊的腿肉加調料加酒，裹在幾個羊肚子裡，塞進篝火，等到篝火將息，拿出來打開，竟是熱浪翻飛，香味襲人，咬上一口，馨心沁脾。成大說這是溫宿烤羊肉的做法，不用說是游牧人家的發明。

美景美人美味，自然給人美的感受。但齊黎這一天幾乎無心賞景，一直戰戰兢兢，不管別人說什麼，都是點頭哈腰附和，很不自在。班超看在眼裡，裝作無視，等到烤肉吃飽，奶茶喝夠，這才約上這個心懷鬼胎的傢伙，到草地上隨便走走，不小心踩到一泡牛屎上，齊黎一邊讓他到草高處蹭腳，一邊殷勤地拔了一把草替他擦靴邊。

班超說：「莎車王貴為一國之王，不用如此這般，你有話就說吧！」

「小王有罪，對不住司馬大人啊！」齊黎開口就請罪，但把勾結姑墨的所有責任都推到他的王妃身上，認定那女人是匈奴安插在他身邊的間諜，十幾年來一直私下與龜茲走動。他自己也是被魔鬼勾引，鬼迷心竅，才做了對不起漢使、對不起聯軍的事情，請求司馬大人看在他祖上有功漢朝的份上，饒他一次，今後一定唯大漢朝廷馬首是瞻。

班超一直緘默不語，等齊黎把事情的來龍去脈說上一遍又一遍，快接近事實的時候，他才接上話頭，很嚴肅地跟他談了一次。他說：「古往今來，兩軍交戰都是利益衝突，無法調和了，才不得不為之，戰場上一爭高下，彰顯強者雄風。我當時聯合莎車，組成聯軍，不是非要你的力量，而是想在統一戰線裡給莎車一席之地，不要讓別的人瞧不起。你開始參加時就很勉強，我也沒有怪你。你既然參加，就該與聯軍同心，共同對敵，結果你私下通敵，與姑墨的馬彌穿一條褲子還嫌肥，這不光是和我班超過不去，你是和聯軍過不去，和西域大多數國家過不去，和大漢朝廷過不去，和歷史發展的潮流過不去！你一下子與這麼多強大的力量過不去，你自己還能過得去？」

說到這裡，班超停頓了一下，抬頭看看天上的月亮，繼續說道：「你的陰謀敗露後，又裝神弄鬼，嫁禍妻子，殺人替罪，就更不是男人所為，都該死兩次了！你以為提來妻子的人頭我就信你了？告訴你，人在做，天在看。要想人不知，除非己莫為。你的一舉一動，都在本司馬的掌握之中。要是換了別人，哪怕是換了你的先王父親，他能讓你活嗎？仗一打完就將你審判了！馬彌是什麼下場，你就是什麼下場，你的罪過不比他輕。可是本司馬直到今天為什麼沒有動呢，就是考慮大漢天子仁德治天下，你的先人對朝廷有功，做過維護『絲綢之路』的事情。我們是愛屋及烏，才給你時間，讓你好好反省反省，懸崖勒馬，重新做人。現在你既然幡然悔悟，也發了誓，下了決心，本司馬再給你一次機會，希望你回去後重獎都尉江瑟和作戰有功人員，做好死傷官兵的善後工作，這件事就到此為止。」

齊黎千恩萬謝，又跪在地上給班超磕頭。班超心中不屑：匈奴扶持的國王，怎麼都與兜題一樣，膝下無骨！

豔險

篝火滅了，歌舞停了，蚱蜢睡了，結束了狂歡的草原之夜，那是無比的寧靜，靜得人能聽見自己的喘息聲。

成大是個很有心的人，他準備給大家的是小費篷，一人一個，並打發剛才跳舞的女子們，提早鑽進帳篷暖被窩，增加點樂子。班超不大喜歡這個，他覺得自己老家存著一個賢惠的，疏勒還動著一個熱情的，夠了！如果這裡再抱上一個作樂的，顯然是有點多吃多占，資源浪費。人要知足，知足者常樂，知足才有幸福感。所以他對這些一夜情、露水夫妻之類的事情興味索然。但人家成大是一番美意，用的是當地招待貴客約定成俗的最高規格，也就不好拒絕。何況一幫部下隨從跟他到西域，幾年不能與妻子團聚，天天早上挺得像一桿長槍，都快發瘋了，他就是有多少不高興，也不能將女子攆出帳篷，壞了大家的情緒。打仗衝鋒還得靠他們吶！水至清無魚，人至清無友。在保持道德底線、不違反原則的前提下，不能離身邊的人太遠。所以他默默地彎腰鑽進帳，想與女子相安無事，在靜謐的草原上當一回柳下惠。

柳下惠是曾被孔子稱為「逸民」的一個賢人，其思想的精華是「雌雄如一」、「隨遇而安」、「與世無爭」，但他的出名卻因為「坐懷不亂」。據說他家居住的魯國展溝西面有一片茂密的柳林，在一個深秋的夜晚，他路過柳林時，忽遇傾盆大雨，急忙躲到一個破廟裡避雨。恰在這時，一年輕女子也到此避雨，與他相對而坐，時間一長就睡著了。半夜時分，年輕女子被凍醒，便起身央求坐到柳下惠懷中，以溫身驅寒。柳下惠急忙推辭，說萬萬使不得，荒郊野外，孤男寡女處在一起本已不妥，你若再坐我懷，更是有傷風化。女子說世人都知大夫聖賢，品德高尚，小女子雖坐在懷中，大人只要不生邪念，又有何妨？我若因寒冷病倒，家中老母便無人服侍，你救我就是救了我母女二人。柳下惠再無推託之詞，只好讓女子坐到自己懷中。如注的暴雨，一夜未停。柳下惠懷抱女子，閉目塞聽，絲紋不動，漫漫長夜竟不知溫香在懷。天明後雨過天晴，得恩於柳下惠的女子不勝感激地說：「人言展大夫是正人君子，果然名不虛傳。」

據說後來魯國還有一個魯男子，暴風雨突然襲來的時候，鄰居的寡婦房子塌了，情急之下到他的住處避雨，魯男子拒絕開門，說六十歲以下的男女不能共處一室，共處容易亂性。婦人隔門求道：「你為何不能學學柳下惠呢？」魯男子答得振振有詞：「柳下惠能那樣，我是根本做不到的，正因為我根本做不到，所以我要保證柳下惠那樣最後的結果。」那寡婦是死是活沒人知道，魯男子從此卻是出名了。

班超想效法柳下惠、魯男子坐懷不亂，一進被窩就說：「爬了一天的山，累了，各自安睡吧！」

然而，他今天遇到的情況，與春秋戰國時代的男人不同，使得他也沒有了人家柳下惠的境界。那女子已經在被窩裡輾轉多時，巴巴地等著。一聽班超要兩不妨礙，就苦苦哀求道：「請大人可憐見兒，我們這生意是分光臺和花臺的，明碼標價。你若是不動我，就是光臺，那酬資要少一大半。我已經領了花臺的籌資，要是只做了光臺的工作，會被媽媽處罰，要捱打、餓肚子的。媽媽可狠了……」

「就妳我兩人，我不說，別人怎麼知道！」班超不以為然。

那女子倒認真得很：「那不行啊大人，國有國法，行有行規。我們雖然是做皮肉生意的，但必須誠實。媽媽老道得很，她會檢查的。一旦查出誰說了假話，會往死裡打。」

班超雖然在社會底層盤桓時間很長，也聽說過一些花裡胡哨的所謂「規矩」，但從來沒上過妓院，也不知道還有這許多名堂。正想著如何應付，那女子突然揭開帳篷的簾子道：「大人是不是擔心我長得難看？那大人多慮了。他們說我是這一群女孩裡長得最漂亮的，所以專門把我跳出來，伺候你這最尊貴的客人。大人要是不信，那請你看一眼，看姑娘我是不是花容月貌！大人，請看！」

班超瞅了一眼。一縷月光過來，果然照到一張漂亮的臉蛋，鼻子翹翹的，嘴巴小小的，眼窩深而眼睛大，是顧盼生輝那種，一眨一眨還真如秋水波動，一波一波都是渴望的神情。加之古代的人都是裸睡的，被窩裡光滑綿軟的肌膚，散發著一股異樣的溫暖氣息，從腳下湧到被口，又從被口傳遍全身。動物本能的反應自然而起，之前所有的禁忌都跑到九霄雲外了。女子大約看出班超動了心，就輕輕放下簾子，呢喃語道：「大人，就讓小女子來伺候你吧……」

一陣折騰，班超累了，很快就進入了夢鄉。倏忽間回到了闊別的洛陽，在那個熟悉而又陌生的院落，見到了日思夜想的家人。母親雖然白髮蒼蒼，但身子依然硬朗，盤腿坐在炕邊，一針一針縫補小褂。他勸老人家不要補了，我們現在買得起布料，做得起新衣。母親頭也不抬，唸叨著：「新三年，舊三年，縫縫補補又三年，人在興時需防衰。你沒聽說過嗎？道德傳家，十代以上，耕讀傳家次之，詩書傳家又次之，富貴傳家，不過三代。」他無言了，再看妻子水莞兒嬌眉順目，眼噙淚花，不時用圍裙的擺邊揩一下眼睛，默默地為他攤煎餅。鍋臺上已經摞了一沓，有一拃高了。他說：「夠了，足夠了。」水莞兒卻並不停歇，說：「夫君此去西域，山高水長，人稀路遠，沒有家庭的方便，一定要自己照顧自己。人常說窮家富路，儉內奢外，在家千般好，出門萬事難。夫君有心口痛的毛病，千萬不要餓著！」倒是兒子班雄比較理智，笑著打趣：「母親能將父親一輩子所需，全都準備齊備嗎？父親是要去帶兵，有許多人呢，帶了也不能他一個人享用，多少是個念想罷了。」

這孩子！儼然一個大小夥，唇上長出了細細的茸毛。女兒班韶那麼小，卻會幫母親燒火了，瞧她拉風箱的架勢，身子向前一撲一撲，還真有模有樣。他疼愛地招呼韶兒起來，讓父親來燒。閨女懂事地推開他，認真地說：「父親要出遠門，孩兒要為父親做點事情。」他正享受家庭的溫暖，覺得每一個人都對他極好，是他上輩子修來的福氣。這時兄長班固來了，帶著嫂子，不知給嫂子說了什麼，惹得人家小嘴撅了二尺高，一臉不高興。他想著一家人難得一見，應該好好聚一餐，敘敘離別之情。剛擺開八仙桌，卻被一個小黃門叫走了，說是皇帝召見。他跟上小太監在九六城轉了半天，總算來到皇宮，卻見大殿裡空蕩蕩的，只有章帝劉炟一個人，器宇軒昂地坐在龍椅上，龍冠華麗，遮蓋了臉面，啥表情也看不清。他叩拜了章帝，三呼萬歲，卻聽不到讓他平身的口諭，兀自站立起來，心下狐疑，不知皇帝要問什麼。

過了許久，彷彿是從天上發出一個聲音：「大膽狂徒，你竟敢拿『擒賊擒王』來頂撞朕，朕忍你很久了，今天就讓我的兒子來跟你算帳，把你打入十八層地獄！」端坐龍椅的章帝扔下一個簽子，喝令：「拉出去！」他喊了一聲冤枉，正要辯白，已經過來幾個彪形大漢，架上他就往外拖，一直拖到一個濁浪滔天的海邊，令他跪在一塊礁石上，寒光一閃，一把大刀舉到頭頂。他想自己一生奔忙，也沒有在親娘膝下伺候幾日，臨死呼一聲親娘，也不枉做兒子一場。可是嘴巴大張，胸口堵得厲害，怎麼都喊不出聲來。正焦急無比，那明晃晃的大刀「咔嚓——」一聲下來，他的腦袋就落在海裡了。

一群自由自在的魚，對他的到來非常歡迎，一條條尾巴用力甩著，猶如莎車舞女那纖軟的細腰。他以為腦袋已經搬家了，就什麼都看不見了，結果才不是。難怪佛教說人是不會死的，只是換了一個存在的地方。他新換的海洋也不錯嘛，過去從來沒見過，只是從典籍裡了解的一點知識，全靠腦瓜子想像。現在清楚地看見了，才知道海洋之大，遠非九六城能比，也不是蒲類海那樣，就是偌大的西域也遠非能比。一隻碩大的千年老龜游了過來，把他的腦袋頂在背殼上，吃力地游到礁石跟前，勸他趕快自己上去，不要和上面過不去，也不要和自己過不去，他的小命就攥在別人手裡，到處都有冤死的鬼。

這時那幾個面目猙獰的劊子手，正站在他無頭的身體旁，向他大聲呼喊，說是值班的太監搞錯了，讓皇帝發錯了詔令。皇帝已經看到了你的奏章，覺得你在西域做得不錯，應該嘉獎才對。他一腦子怨氣，氣憤幾個太監就能草菅人命，把皇帝都架空了！在這樣宦官當道的朝廷裡，不做官也罷！他這麼想著就不願意上去了，這裡也是個不錯的歸宿。渴了有水喝，餓了有魚吃，冷了浮到水面晒太陽，熱了下到水底享清涼。誰知老龜又發話了：「你趕快回到身子上去吧，一會兒血涼了，就回不去了，機會稍縱即逝，那一群魚是等著吃你的。」他猛然一驚，跳起來回到身子上，卻覺得傷口合不攏，隱隱作痛，痛得椎心，不由得呲牙咧嘴，大聲呼喊，竟然被痛醒了。他猛地翻身坐起，胸口又被利器扎了一下，一個黑影正在他身邊晃動。他順勢一滾，雙腳使勁一踹，將黑影踹出帳外。由於力量太大，整個帳篷都給帶翻了，他趕緊喊叫一聲，胡亂扯起被子披在身上，已有衛士圍過來，摁住了黑影，火把一照，竟是一個赤裸的女人，長相的確不錯，但眼裡滿是陰冷。班超心裡又悔又恨，讓人綁起來審問，不料一個衛士已經手起刀落，將女刺客殺死了。

這一夜再也無法入眠，所有的人都從溫柔鄉裡爬出來了，重新籠起篝火，心裡很是後怕。班超的脖子上被扎破一塊皮，胸上的傷口也不深，但兩處都離要命部位極近，可能因為帳裡光線不好，也可能是刀子太小，只有一寸多長，凶手難以用力，總歸是不幸之中的萬幸。

要是赤身裸體死在女人的被窩裡，還不成了天大的笑話！朝廷本來已經罷掉了西域都護府，招呼他回去，他是藉故留在這裡，要是死於非命，還讓妻兒老小今後如何做人！看來這採摘野花的事情不能再做了，就是偷吃的味道再香，比起能喘一口氣的生命，實在不值一提。這不是玫瑰帶刺，這是花瓣兒藏刀啊！

霍延說新鮮雪蓮能止血，讓祭參把白天採的那株雪蓮拿出來，用嘴嚼碎，給班超敷在傷口處包裹。班超急忙攔擋，連說自己不要緊，那支雪蓮他想捎給母親。在場的人都為他的孝心所感動，一時不知如何相勸。只有霍延悄悄背過身，把雪蓮嚼碎，給他敷在傷口，很快止住了流血。霍延說：「給伯母的，咱後面再找，我們成年就在蔥嶺和天山之間運動，找幾株雪蓮不是啥人問題。」

班超也就沒了奈何，打問霍延如何知曉藥材。霍延說：「是田慮告訴我的，這雪蓮西羌那邊也有，都是在高山之上生長。打仗多了，難免磕磕碰碰，醫官們常常需要，也告知士兵見了就採集下來。」

高子陵突然冒了一句：「看來藥這個東西，還真有些靈異，非醫家不能預備，一旦備下，就可能用上，這本不是人的初衷。」高子陵是熟習黃老的，他的話多少有些宿命，卻也有些道理。

成大覺得高先生是給他開脫，更加不能原諒自己。他覺得都是他的人疏漏，才導致弄巧成拙，把讓大家都高興的事情辦砸了，心裡很是過意不去。他一直向班超道歉，還把衛士頭兒和勿雷找來，當眾訓斥一頓，令其嚴查這個女人的背景，以及小刀是如何帶進來的。班超擺擺手說：「算了，姑墨王，可能是我入西域以來太順當了，命裡當有此一劫，就不要聲張了，也不是什麼光彩事！」

可是齊黎這個人嘴上還是漏風，他去姑墨有驚無險，回程路過疏勒時，將班超受傷的事告訴了忠。忠的嘴皮也沒閉嚴實，讓米夏知道了。米夏急得坐臥不寧，一宿沒睡著，天一明就把孩子交給傭人，牽了馬找到田慮，要他陪自己去探視丈夫。田慮考慮八九百里的遠路，一個女人家，不是開玩笑的，試圖說服她，實在不行自己替公主去一趟。米夏執意要去，懟道：「你要是受傷，看你老婆急不急！」

田慮見自己說服不了米夏，就跑去找疏勒王忠。忠和米夏的母親一起來勸，執拗的米夏還是固執己見。忠無可奈何地搖搖頭，就讓田慮多帶幾個人，路上也好有個照應。米夏見夫心切，也不知哪兒來的邪乎力氣，一路快馬加鞭，連個氣也不讓喘，到了尉頭地界，直接把馬累趴了，一頭倒下去，把她的左腿骨壓折了，痛得哭天喊地。田慮趕緊跑去找尉頭王哈力，情急之下弄來一個獸醫，三捏兩拽竟然接上了，用樹枝夾起，布帶纏上，說沒有三個月不能騎馬下地。

哈力倒是很體貼，很快安頓一行人住下，找了幾個手腳俐落的女人伺候米夏，邀了田慮觀看每年一度的馬術大賽。米夏傷心極了，丈夫是個什麼情況不得而知，自己又被困在尉頭動彈不得，悶得不行就拿伺候她的女人出氣。田慮心裡著急，看了一天就坐不住了，不知是應該派人到姑墨給班超報信，還是該回去給疏勒王報信。

哈力說：「母馬要見公馬，報信給馬倌有什麼用？」

田慮吃不準，就去問米夏。米夏不讓給任何人報信，只叫田慮弄輛馬車繼續北行。田慮不忍米夏長途顛簸，又想不出好的主意，急得在地上打轉轉，末了還得依她，就挑了兩個女人同行，畢竟一路水火，男女總有不便。

米夏趕到姑墨時，班超的傷口已經癒合了。這個沙場躍馬的男兒，看到少妻為探望自己摔成這樣，又心疼，又感動。覺得有如此掛念他、愛他、為他不顧一切的女人，這一輩子沒白活，他就是捨下命，也要把她呵護好，以後做什麼都依著她。他一改以往的矜持，親自將米夏抱起來，一直抱到房子裡，輕輕放在睡毯上，然後撫摸著夾板，問還痛不痛。兩個隨行的尉頭女人，看到這一幕，傻眼了，「嘖嘖嘖」感嘆半天，悄悄議論：一輩子遇上這麼一個體貼的男人，就是摔上八次十次也值了。

女人有個特別的功能，吐槽她的話一般聽不見，誇她的話總是特別耳尖，就是隔上十里八里，聽不見也會耳根發熱。米夏這會兒真真地聽見了，就把兩行眼淚一收，臉上綻開了幸福的粉花。她要求班超吻自己，一下兩下還不行。班超說大白天的，一會兒人都來了。米夏就撒嬌，說她腿疼，吻一下就不疼了。班超沒招，只好就範。正親熱著，剛才在外面與大家寒暄的田慮，拉著董健、霍延、祭參等人進來了。成大與他們也是前腳跟後腳，一進來就笑說是不是來的不是時候，又埋怨田慮一路沒保護好公主。

米夏卻是不依，埋怨道：「你都是國王了，連我家司馬都保護不好，還有臉說別人！我這都是自己不小心，哪裡怪得田都尉！」她見成大似有愧意，又照著班超身邊的人，一個個數落埋怨，嫌他們沒有照顧好長官。

當丈夫的聽不下去了，用指頭堵住米夏的嘴，笑說：「你把人都罵完了，也該消氣了，董健和霍延為了我的事情，已經吵了一架，祭參還被董健踹了一腳，差點打起來，還是我調解說和的，都是我的好兄弟、好姪子，我受傷他們比我自己還心疼，你可不能再冤枉他們了。再說成大，如今貴為國王，一會兒肚子脹了你連飯都沒得吃！」

「那不能！」成大說，「公主來了我應該好好招待，比司馬大人還要隆重呢！」

等人都走了，米夏就輕輕摸著班超的傷疤，追問如何受傷的。班超也不知齊黎那個碎嘴子透漏到啥程度，乾脆和盤托出。但他沒有告訴米夏最新的情況，其實勿雷已經將謀殺他的案子查清了。

那個女人是馬彌的女兒，因為王府的新官吏沒有幾個認識她，就收買王宮的一個衛士並與之密謀，當天混在歌妓隊伍裡，伺機行事。因為檢查比較嚴格，女人身上是不能帶任何凶器的，就由那個衛士私藏一把別核桃的小刀，夜裡趁天黑塞到帳篷裡。幸虧那刀短小，又沒有把兒，班超才躲過一難。那衛士怕馬彌的女兒供出他，所以當場殺人滅口，待事情剛查個眉目，就偷偷逃到龜茲去了。

米夏聽到丈夫與別的女人鑽一個被窩，自然有些醋意，半晌不說話。不過她從小適應一夫多妻的環境，也就那麼回事兒了。她在丈夫肩膀上咬了一口，又在他身上掐了幾下，算是出氣。轉而又眼淚兮兮，沒想到這裡的女人也敢殺人，太可怕了！她摸著丈夫的心口，要班超以後走哪裡都帶著自己。班超也不知道如何安慰比較合適，就問了一些家裡的情況。

聽說齊黎把自己的女兒給了忠，忠已笑納，班超半天沒吭聲，反覆地思索這件事，不知道這齊黎出於啥目的。米夏看他不高興，又說班勇已經會挪步了。這話班超愛聽，聽了心裡非常受用，把米夏育兒的功勞，舉出許多事例，表揚一番。誇得米夏心裡不知怎麼美，臉上卻掛著不好意思，嬌嬌地把腦袋直往丈夫懷裡，說：「哪有你這樣誇自己女人的！」

這邊兩個人正親熱著，成大又踅過來了，也不再迴避，進門就說：「剛才是公主剛到，沒好意思說。那邊兩家的人爭執不下，還得司馬大人給拿個主意。」

米夏問：「啥事情那麼急，也不讓我和他說說話？」

成大說：「不關公主的事，先將妳家司馬借我一用，一會兒宴會準備好了，我們再來請妳！」

班超以為什麼軍國大事，就跟著成大往議事殿去。路上問：「啥事情還這麼神祕？」

成大這才說：「姑墨的兩大部落王，都要把自己的女兒送進來做王妃。」

班超笑道：「當國王就是好，好女人任你挑！你兩家都答應了不就得了，左擁右抱，前後吃香，至於這麼難嗎？漢朝的皇宮裡美人多得要翻牌子排隊，你這才到哪裡？」

「要是這樣就簡單了，關鍵是他們兩家都要先送，誰也不肯落後。」成大說。「兩家的勢力相當，較上勁兒了。」

班超停了一下腳步，覺得送女是表象，聯姻是實質。先進來的未必受寵，後進來的未必失意。兩家為這事要爭個你高我低，就純粹成了賭氣。平心而論，不管是大國還是小國，王的後宮，歷來都是權力角逐的重點。大的族系要想保住既得利益，並圖謀發展，必須在國王身邊刷出存在感，以為靠山；而國王這邊，也需要有實力的族系支持，才能保證王位坐得住，穩得長。說穿了都是互相利用，利益交換，把政治和經濟利益用裙帶扯在一起，形成你中有我、我中有你的連鎖關係，讓權力中心以外的人望而生畏，輕易不能起來造反。作為國王，要在這中間搞平衡，各方面都照顧到，也確實要費一番腦筋。

倆人還沒走到殿門口，就能聽見裡邊嘈雜的聲音。勿雷過來見過班超，跑到門口喊叫「肅靜」，班超這才隨成大進去，看見左右兩邊，兩大部落各有三四個代表，都是年長的男子，已經爭得面紅耳赤。班超讓他們各自申述理由，東邊部落的主張按照太陽執行的方向，先娶他們家公主，符合天神的旨意；西邊部落的主張以女子的年齡大小為序，就像賞花，花開有遲有早，總是先開的先賞。

在所有的明白人聽來，這都是些打幌的道理，不是問題的根本所在。根本在於兩大部落，要借送女進宮這件事，在新王這裡分個高下，論個輸贏。把他家的！這個世界怎麼到處都充斥著鬥爭，這一次還真不能讓誰占了上風。班超想起漢宮裡動輒都是姊妹一起進宮，雙侍三寢，皇帝玩得高興，姊妹倆身價就節節攀升；兩家既然都是看好新王，不如同日入宮，誰也不偏不倚。

兩家的人互相對望了一下，竟像約好了似的，一起表示反對。班超不解。勿雷解釋道：「人家姑娘，都要有自己獨立的初夜，留下一輩子的念想。」

班超若有所思，決定回去問一下米夏，看她有啥好主意。

米夏半躺在炕上發呆，聽說此事，就怪成大剛才故作神祕，直接告訴她不就結了。她建議馬上派人去疏勒，把成大的妻子接來，她才是正宮娘娘，後面這兩個都是小老婆，就兩家同日送，進了宮以後的事情，叫正宮娘娘安排。你們男人家，怎麼能討論這種事呢！

班超摟住米夏，親了一口，誇她這小丫頭真是善解人意。出門喊了祭參，叫他轉告成大。成大這麼一說，還真說成了。這時米夏要小解，憋得臉都紅了，讓班超去叫她帶來的那倆尉頭女人。班超說不用了，他來照顧就行。結果他將米夏抱到馬桶上，米夏怎麼也尿不出來，憋氣，舒氣，閉眼，睜眼，什麼法子都用了，就是尿不出。班超在旁邊乾著急，沒辦法，恨不得自己替米夏尿。

米夏被他的話逗樂了，忍俊不禁，「噗嗤——」一聲笑了出來，底下也通了，一下子尿了半桶，一股尿騷味兒衝了上來，瀰漫在屋裡，米夏自己都感到不好聞。可是班超竟像沒聞到似的，找布子替她揩乾淨，又將她抱上炕放好，提上馬桶往外邊去倒。米夏的眼淚撲簌撲簌就下來了，心想在家時班超從不做這些事，以前是有下屬幫他，後來就是她安排傭人做。如今她受了傷，連累夫君這麼大年紀了，還幫她倒馬桶，她本來是來照顧他的……米夏這麼想著，罵自己沒用，越罵越傷心。倒馬桶的人進來，一時沒有反應過來，還以為她傷口痛，一邊輕撫她的腿，一邊安慰，要她彆著急，過一段時間就好了。米夏終於哭出了聲，抱住班超，身體抽搐，彷彿受了很大的委屈。班超拍著她的肩膀，勸了半天也沒勸住。幸虧有人敲門，這才收住眼淚。成大叫人搬了一把椅子，要抬著米夏去宴會廳，大家給她接風。班超抱起米夏，就要往椅子上放，可是米夏摟著他的脖子不鬆手。他知道這傢伙撒嬌，只好一直抱著，走到宴會廳。米夏這才破涕為笑。霍延他們幾個在後面搬著椅子，一路起鬨。王宮裡那些官吏雜使，也都笑看風景，他們一下子覺得漢軍的司馬，原來不像人傳的那麼凶。

宴會之後，班超忙公事去了，米夏就招呼那兩個尉頭女人，和她們搬到了一起，與班超分居了。她覺得作為妻子，如果不能給夫君帶來樂趣，至少不要成為人家的累贅，她不想讓班超伺候她，也不想把自己身體不美、不香、不那麼招男人喜歡的部位暴露給夫君，破壞了她在夫君心中聖女一樣的形象，降低了她的魅力。她很倔，定了的事情，幾匹馬也拉不回去。班超最終還是理解了她，對米夏的愛憐，無形之中增加了幾分敬重。他沒事的時候就去看她，因為還有另外兩個女人，他也不能老和米夏待在一起。倒是成大的妻子感念米夏的幫助，有事沒事就帶著女兒來陪她，幫她排解了不少無聊。

一晃兩個月過去，米夏的腿能自如走動了，情緒也恢復得很好，這才搬回班超的房間，不幾天就纏著夫君帶她出去看風景。適逢高子陵拉他和成大出門，最後確定引水渠的走向線路，他就帶上了她。為了這條水渠，高子陵和甘英已經忙活好長時間，並給成大培養了好幾個水利方面的人才。

姑墨的水資源非常豐富，城邊有一條小河，自北而南流淌，為城區人畜提供了用水保障；從蔥嶺發源的蔥嶺河和于闐河，在城南不到百里的地方交會，拐了好幾個大灣；城西十幾里又有從天山下來的白水，也與其他河流匯在一起。幾大水系給原始的交通帶來很大的困難，幾個月前攻打姑墨城時，聯軍為了越過白水，曾從溫宿繞道北部山口水淺處，多跑了近百里。但豐富的水資源，卻給發展農業提供了得天獨厚的條件。自西漢引入水稻種植後，這裡就成了名副其實的稻米之鄉，每年出產的稻米，遠銷龜茲、鄯善，還被販運到烏孫、大宛、康居等地。

但是由於水利設施不到位，姑墨可利用的耕地只開發了十之一二，讓高子陵嘆惜不已。因此，他建議在白水上游修一座攔水壩，用人工渠引水，旱地變水田，稻米的產量至少還能增加三、四倍。那時種地的人又不夠了，可以考慮從關內招一些人來，像于闐那樣。班超強調找人的事情，只能靠高子陵私下解決，就是親戚帶，朋友拉，採取民間行為。因為朝廷連屯田校尉都撤了，他曾委託兄長和朋友招募教書先生，到現在也沒有來一個。他準備給朝廷再上一封奏疏，最根本的還是要解決龜茲的問題。龜茲這顆釘子一拔，天山南路南北兩條商道就都通了，關內人經龜茲到姑墨也就很方便了。

高子陵很讚賞班超的抱負，也理解他目前的處境。他這個人一輩子不願意出仕，就是看透了官場的亂象，真正有能力的人得不到應有的重視，那些靠裙帶關係和前輩餘蔭上去的卻把持著高位。國家的大政，社會的管理，經濟的發展，都不能採用最佳的系統的方案，到處都是權力爭鬥的角逐場。漢朝是這樣，西域這些國家也是這樣。他在于闐幫廣德，雖然掛個博士，實際是個顧問的角色，出些具體點子，辦些具體的事情，人比較超脫，若要他實際參與政事管理，他也是不願意的。他認為自己適應不了官場的環境。當然他也強調，人畢竟是有私情的，要是人盡其才，物盡其用，也就不是眼下這樣的皇權社會了。不過，以西域的資源，只要保持社會穩定，好日子肯定不會遠了。

班超和成大為高先生所描繪的遠景所鼓舞，心裡非常舒暢。正是秋高氣爽的時節，豐收的景象映襯著裊裊的炊煙，處處充滿了生機。稻穀熟了，胡麻熟了，阡陌之間，一片金黃。就連河邊一樹一樹的胡楊，也漸漸被白日的溫暖和夜裡的涼意交替染色，遠遠望去，就像一條彎曲的金帶子，鑲在美麗的白水河邊。無憂無慮的鳥雀，在樹枝上飛來飛去，嘰嘰喳喳歡叫，抖落的黃葉雪片一樣，緩緩地掉落下來，與米夏瀑布一樣的黑髮和鮮豔的紅紗相映襯，色彩疊搭，層次分明，夢境一樣，畫兒一樣，是一種從未發現的美，美極了！

班超遠遠看著，欣賞著，心下歡喜，情不自禁地喊了一聲米夏的名字。米夏聽到了，就興奮地招呼他：「來呀！來呀！」她在胡楊樹下唱著，跳著，旋轉著，天真得彷彿小孩，快樂得像隻小鳥。成大和高子陵見狀，都忍俊不禁，趕緊催著班超到胡楊林裡會美人去。

米夏本來是和這一幫官員走在一起的，出來時班超說帶她散心。可是一出來他們說的都是公事，她也插不上話，就自己在河邊撿胡楊葉子。等到班超公事辦完，來到胡楊林裡，她就成主角了。她覺得年輕女子一定要學會撒嬌，在丈夫跟前最好跟個小孩一樣，問什麼不知，做什麼不會，把自己的弱小表現得足足的，讓男人以為離了他自己寸步難行，不由得雄性大張，憐香惜玉。她很會撒嬌，撲在夫君懷裡，讓他像那天抱自己下車一樣抱她，也就是雙手從背部和腿部端起，然後就摟住班超的脖子，問班超這一晌午想不想自己。

班超一直在和別人說事，沒顧上想。發嗲的女人就不愛聽，埋怨夫君心裡沒她。班超跟她述說剛才看見她與胡楊林協調的美，天仙一樣，她就嗤嗤地笑，笑他還挺會欣賞，到底還是想她的。既然是想，她就刨根問底，是哪裡想呢?是這裡還是那裡?這裡指心口，那裡指哪兒，只有他倆知道。班超只笑不答，猛不防吻了一下自己的女人。

米夏到底年輕，情潮來得太快了，說要就要。特別是在這樣一個充滿色彩的地方，黃葉染了半個天，鋪了一滿地，樹上鳥兒叫著，樹下河水流著，多有情趣啊!她也不管班超願意不願意，就掙扎著下來，跑到對面一棵大樹底下，背靠上去，張開雙臂，一聲聲呼喚著，呼喚班超過去。這個女人有些肆無忌憚，根本不考慮成大那一幫子人，距離只有百十步遠，讓人看見了多難為情!米夏用手指畫個大圈圈，示意班超往周圍看。班超像個小偷一樣環顧四周，確實都是疊影的樹身，外面什麼也看不見，只有藍天陽光山川河流大地樹木，還有樹上的小鳥，這些大自然的存在與他們為伴，但這些伴侶不善言語，不會吐槽說是非，完全可以認為他們是閉著眼睛的。班超這才把心放到肚子裡，嘴裡罵著小淫婦，心裡卻想著米夏找的位置是煞費苦心，在這裡男歡女愛也別有情趣。於是就解下腰帶，將外套脫到地上，跳躍著衝到米夏面前，雙手捧住美人的下顎，看那滿臉的紅暈。

紅暈的背後是一顆撲騰撲騰亂跳的心，心讓呼吸急促，眼睛放彩。高聳的胸部強烈地徘徊著，從領口裡掙扎出來，中間那兩團淺淺的粉暈，好似花朵裡花蕊的隆起，似乎還殘留著他曾經吸吮的痕跡。兩人就這麼貼著樹幹，看著，親著，愛著，把一場靈與肉的結合，從被窩裡轉移出來，在陽光下做得陰陽交融，轟轟烈烈……秋陽高照，黃葉滿地。鬆軟的沙地熱乎乎的，像極關中的熱炕。一對酣戰之後的男女，就跟卸了磨的驢一樣，雙雙仰躺在樹下，一邊慢慢喘勻氣息，一邊看藍天上自由漂浮的白雲。白雲太善於表演了，一會兒變成龍，一會兒變成馬，一會兒又變成四不像。他倆挖空心思，想把這種四不像比成某種動物，老虎、雄雞、灰雁……卻總覺得還是不像。不斷有胡楊的葉子掉下來，掉落的過程飄忽旋轉，在陽光裡閃閃爍爍，似乎是對樹體不捨的依戀，又似乎是邁入新生活的出場表演。就是一片樹葉，也不願意平凡地落下。人生，又安能耐得平凡！

班超忽然覺得自己的女人應該是與樹林有緣。第一次與自己親熱，是在翠綠的榆樹林，這次又在金色的胡楊林，那次是馬上，這次是樹下。同樣的人，不同的景，趣味也大不相同。直到聽見成大遠遠的招呼，高子陵大聲打趣司馬是個情種，見色忘友，倆人才慢慢爬起來，穿上衣服，緩緩地走出胡楊林。班超一副不太自然的樣子，惹得米夏「咯咯咯」直笑。

高子陵問：「公主為何發笑？」

米夏脖子一轉，脫口而出：「想兒子了，想回家！」

是該回去了。姑墨的局勢已基本穩定，成大聯姻了部落，整頓了王府，已經坐穩當了，班超「扶上馬，送一程」的責任也盡到了。不知勿雷是有意還是無意，把班超回疏勒的消息透露了出去。離開的這天，王府門口來了很多人，有附近的幾個部落王，有王府的官吏，有冤獄昭雪的莊園主，也有不再怕走夜路遇賊的居民。人們送上乾果、甜瓜，核桃、雞蛋，還有的專門給他們打了路上吃的油饢餅。

成大悄悄告訴班超：「路邊一眼望不到頭的女人，是專門來看米夏公主的。她們想知道疏勒公主長成什麼傾國傾城的模樣，竟讓漢軍的司馬抱著招搖過市！」

班超一臉驚愕：「這個他們也知道？」

成大的大王妃在旁邊說：「我們這裡的男人，只敢在家裡抱女人，在人面前抱的，也只有你司馬大人了。所以那些人也是來看你的！」

班超有點不好意思，就提醒米夏精神點。他哪裡知道女人的天性就是好面子，米夏當然想給姑墨人留個好印象。她本來就漂亮得像個妖精，又早早起來梳妝打扮了一番，越發顯得眉毛又細又長又黑，大眼深邃，鼻梁高挺，略施粉黛，就看著楚楚動人。再是紅紗裹烏髮，黃綾披柔肩，高挑的身材配上一襲幾乎拖地的布拉吉，顯得端莊大方，溫婉美麗。

人群中一片讚嘆，路兩邊嘰嘰喳喳，三五接耳，七八交頭，羨慕人家不知是怎麼長的！米夏不住地向人們揮手致意，像個明星，絕對搶了班超的風頭。她見路邊有幾個女人跪地磕頭，問了知是馬彌的幾個姑墨老婆，並未跟著馬彌的龜茲老婆逃跑，就走過去扶起說：「女人命不由己，以前的事情過去了，以後好好過日子吧！」

這幾個女人都是名門望族的女兒，其家人在旁邊也是頗為感動。他們千恩萬謝，感謝漢使不殺之恩。她們還送了一塊艾德萊斯大披肩給米夏。米夏望了一眼班超。班超點頭，示意她收下。她便將這塊大披肩直接披上，讓微微的和風，把她打扮得飄飄欲仙。

班超覺得米夏這一行為特別得體，給自己長了大臉，也為漢使贏得了聲望，就囑咐他們多多支持新國王，把姑墨的事情辦好。這時，高子陵喊叫著馬驚了，趴在馬背上直往前衝，董健趕緊追上去。班超只好與成大等人匆匆告別，趕緊上馬去追高子陵。追了一會兒，高子陵自己慢下了來，說了句「千言萬語，總是一別」。大家才知「中計」，這老學究竟然是幫大家解脫告別難呢！

班超拱手致謝，卻又感嘆：「高先生誠實人，也會使計了！」

「近朱者赤，近墨者黑，和班司馬盤桓這些日子，也就學了這點，兵不厭詐！」高子陵把馬勒住說。

大家相顧一笑，覺得高子陵「詐」得恰到好處。前瞻通往疏勒的道路，雖然山高水阻，曲曲折折，終是陽光普照，完全可以信馬游韁。

過招

一場幾十年不遇的大雪，悄無聲息地來到疏勒城，下了幾天也不停歇。天地渾然，茫茫一片，積了二尺多厚，去哪兒的路都不通了。

高子陵想走也走不了，就被班超安排在盤櫜城，白天為將士們講講天文地理、諸子百家，晚上和大家一起喝點小酒，談談在西域的見聞，中間還進行了一場塞語演講比賽，拔得頭籌者有獎。獎品是一條狐尾圍脖，由米夏提供且親自頒獎。大家都賣力去爭，結果被祭參奪了去，氣得白狐嫌讓他當評審，拉著祭參要喝酒。這一喝酒都喝上了，哪能光請白狐一個！姑墨一戰大勝，班超有意識讓弟兄們放鬆放鬆。

倏忽到了開春，緊接著冰消雪融，班超帶著高子陵去莊園見疏勒王，想讓他就于闐的開發經驗，給忠開動開動腦筋。誰知忠像換了一個人似的，對這些興趣不大，讓他找機會和輔國侯也森說，卻讓人拿出一張繪在絲絹上的圖形，請倆人看看，還有什麼需要完善補充。這是一張新王宮擴建圖，忠要在現在莊園的基礎上擴建一倍多，將東西兩邊的民居全部拆了，打坯壘殿堂，夯土築圍牆，移花栽木，引水挖塘。

忠在班超駐姑墨期間就搬到莊園辦公，官員們也都到盤槖城去了，說是為了漢使在盤槖城住得寬敞一些。既是這樣，他要建設新王宮也就無可厚非，況且這也不是漢使需要管的事情。班超只提醒他拆遷時盡量把居民安置好，畢竟這是人家世代居住的地方，把主人趕走總是理虧的，不能讓居民覺得王府欺負老百姓。忠用右手理了理捲曲的絡腮鬍，答應得很痛快。米夏的母親聽說女婿過來了，帶著一幫女眷來見，其中有個十五六歲的少婦，模樣不錯，盯著他看了半天，他的目光一過去，馬上閃開了。不用說這就是齊黎的女兒，當做禮品送給忠的。忠是假著班超老丈人的身分，揀了這個便宜。

回去的路上，高子陵就忠的小老婆眉下有一顆黑痣，跟傳說中的妲己長在一個地方，是顆淫痣，須提醒疏勒王，千萬別沉湎女色，誤了國事。不等班超說話，高子陵突然勒住馬，示意班超不要出聲，順他手指的方向看過去，發現有兩隻野羊，正在水塘邊飲水。高子陵悄悄告訴班超這是一對北山羊，每到初春，山裡儲備的草料吃完了，就會跑到城邊來找吃的。他在于闐逮過幾次，肉質鮮美，沒有羶味，可好吃了。

山羊好像發現了他們，警覺地抬起頭，望見人群，迅速奪路逃跑，穿過一片麥田，就進入茫茫荒灘。高子陵拍馬就追，班超也來了興致，隨行的祭參等幾個人只好趕了上去。北山羊雖然跑得很快，但究竟跑不過戰馬，可是牠們身子靈活，每次快被追上時就調轉方向，等身高腿長的戰馬轉過身，牠們又逃遠了。後來，到了一片紅柳叢叢、駱駝刺很多的地方，人馬都跑累了，山羊更累，牠們竟然分開往兩個方向跑，試圖減少犧牲。

班超突然覺得這兩隻野羊逃生的行為，頗有戰術意義，靈性的跟人似的，就不忍加害牠們，勒住馬招呼大家，停止追捕。高子陵遺憾到嘴邊的肉吃不上，連連嘆息。班超笑而不語，他問祭參：「這是什麼地方？」

祭參原地轉了好幾個圈子，確定是在貝勒克鎮的東南方向，他們已經追出來四五十里了。高子陵忽然哈哈大笑，笑著笑著就往前面跑了。班超不解，還以為他是為沒有北山羊肉吃而發洩情緒，就跟了過去。

映入眼簾的是一湖碧水，微波粼粼，差不多有四五個盤橐城大，周圍還有許多小水塘，星星點點，互相都有水道相連。水邊的蘆葦一片枯黃，幾隻水鳥悠然自得，在水面遊弋覓食。高子陵下馬，到湖邊掬了一捧水，先用舌頭舔了舔，又喝到嘴裡品嘗。嘗完之後，就高興得眉飛色舞，跪在湖邊長長地作了一個大揖，然後磕了三個頭，這才起身說：「今天是遇到神了，那兩隻北山羊就是神派來的領路者。這湖水不鹹，湖底肯定有泉眼，這邊的氣候與于闐差不多，湖邊能長蘆葦，肯定也能長水稻，湖裡那幾隻水鳥叫棕頭鷗，能在水上游，水裡肯定有吃的。只要有人，把這周邊的紅柳叢子、駱駝刺一挖一下，就可以引水種糧種菜了。」

高子陵發現了這一方世界，高興起來彷彿是個孩子，憧憬著把這裡建成阡陌縱橫的魚米之鄉，並為它取了名字：蘆草湖。大家都覺著這個名字不錯，順著高博士的思路添柴加薪。一番高談闊論，已是日影西斜，一行人出來大半天，肚子也餓了，祭參提議到貝勒克吃烤肉，那裡的饢餅也不錯，又酥又脆，上次抓兜題，急急慌慌沒吃夠。班超覺得可以，還可順便看看吉迪，那小夥子人不錯。

一行人來到鎮上，很快就找到吉迪。吉迪剛給人捧場回來，非常高興。鼓樂團隊的生意不錯，賺了不少錢，他已經和一個跳舞的姑娘結了婚。結婚時曾請了田慮幾個，那時班超他們還在姑墨。今天碰上了，就是神的旨意。一定補請大家吃一頓羊肉抓飯，以表感謝之意。

恭敬不如從命。班超當下讓把新娘子找來，給了一筆賀禮。吉迪過意不去，雙手一攤說：「這樣不好嘛！我的好日子都是漢使來了才有的，沒有你們讓我鼓搗鼓樂團隊，也就沒有我現在的媳婦，怎麼還能要司馬大人的禮金呢？」

班超說：「我們是好朋友。好朋友結婚，理當隨禮，這是有講究的！」

吉迪夫婦這才收下禮金，施禮致謝。一會兒抓飯上桌，熱氣騰騰，香氣噴鼻，大家已經習慣直接用手抓著吃了。席間談到蘆草湖那片地方，吉迪也知道，蓋房子的時候還去割過蘆葦。疏勒像那樣的地方多了。人們家門口的土地都種不過來，也就沒有人去遠處開荒。高子陵不住地點頭，再三強調要想開發，還得從關內移民。

班超沒有直接表態。畢竟大規模的移民，需要法律層面的保證。而要獲得朝廷的首肯支持，需要提供詳盡的資料。

回到盤槖城後，班超找來也森，請他派幾個人，協助高子陵、祭參和甘英。這些人用了大半年時間，將疏勒周邊容易開墾的地方大致踏勘一遍，編成圖冊。班超沒事的時候也和他們一起外出，基本把疏勒國東西南北走了個遍。也森讚揚這是一件功德無量的大好事，即使眼下用不著，以後也會用上的。可是榆勒的心思都在修建王宮上，在漢使幫他丈量土地、編制開發計畫的過程中，他的新王宮也基本建成。

忠只簡單翻了翻圖冊，就邀請班超等人登上王宮的大牆，俯瞰內外風景。新王宮的規模顯然比盤橐城大多了，而且建設速度之快，出乎人的意料。圍牆頂部比盤橐城略窄，每隔十丈也築有箭樓，四角的敵樓是凸出去的，有牆堆，也有瞭望臺，可向兩個方向發弩射箭，外圍的防禦基本到位，只是裡邊的建築，有一些尚未完工。

據忠介紹，整個工程都是番辰負責，宮牆全部在夏季築成。這傢伙不但會帶兵，搞建設也是把好手。看得出他對番辰的信任，完全發自肺腑。班超就覺得怪怪的，自從他從姑墨回來，忠對他沒有以前的熱情了，也不在他面前打問米夏和孩子，甚至連米夏受傷的事都沒問過，卻無意中透漏了一個消息，番辰快和他成連襟了，齊黎準備把他另一個女兒配給番辰。班超不由得為之一驚：莎車的國王，把兩個女兒分別嫁給疏勒的國王和都尉，怎麼看都不是個簡單的事情！他一到家裡就找來田慮，叫他仔細談談番辰這個人。

番辰是也森三個兒子中的老大，中等個頭，頭頂微禿，比田慮小幾歲，兜題時代就當了軍侯，也沒有太大的罪過，就一直留在軍中。這個人腦瓜子很機靈，說話很有煽動性，曾被老都尉黎弇提拔為騎兵校尉。後來，黎弇發現番辰在軍中拉山頭，並把自己的兩個弟弟也弄在他手下，培養自己的親信體系，就把他明升暗降做了副都尉，將成大調來任騎兵校尉。黎弇死後，番辰本以為自己可以當都尉，不料忠當時特別信任隻身抓兜題的田慮，沒有考慮番辰。田慮上任後，他也曾出了些不大不小的難題，比如放縱下屬夜不歸宿，嫖妓不給錢讓老鴇追到軍營等。

田慮在羌營的時候，這種偷雞摸狗的壞事沒少做，只是後來到了漢營才被束縛，索性給他來個既往不咎，重申紀律，以後違反的重罰不貸。他自己墊錢給老鴇，並警告老鴇：「以後沒名沒姓的，不許到軍營來鬧，進來就扔到光棍堆裡，讓你把一年的工作都做了。」

這樣一來，當事士兵主動找到田慮請罪認罰，田慮的威信反而樹起來了。後來田慮覺得番辰有野心，就重點培養了成大，也不光因為他妻子是成大的表妹，主要是成大比較忠誠可靠。

成大留在姑墨以後，忠在番辰和坎墾兩個副都尉裡提拔了左副番辰，程序上應該也沒有什麼問題。但以忠以往的性格和習慣，軍事主官這樣敏感人物的任免，似乎應該和漢使通個氣，才更穩妥。坎墾是個平民子弟，絕對聽話，和士兵關係也特別好，就是謀略差點。番辰眼下自己兼任騎兵校尉，駐紮在西大營，讓坎墾兼任步兵校尉，駐紮在東大營。

疏勒軍隊這種布防體系，承襲了班超原先制定的方案，沒有大的問題。至於番辰與忠連襟的事情，還有待觀察。眼看到了年底，班超決定完成在姑墨時就計畫的事情，鄭重上一封奏疏給朝廷，說明自己的打算，希望章帝有個明確的態度。由於關係重大，他特別安排霍延帶祭參和馬弘親自送到陽關，順便領些經費回來。霍延這個人是個典型的好男人，家庭觀念重，有一個錢都攢著，捨不得亂花。班超私下裡准他回家一趟，正好高子陵離開于闐快一年半了，廣德派人來接，要他幫著籌劃己巳春節祭祀大典，就一路同行了。高子陵臨走又悄悄叮囑班超一句：「那顆淫痣，不可小覷！」

班超暗想：高子陵如此看重那個女人的作用，是否有點小題大做呢？過了半晌，門口的衛士帶來一個陌生人，說有人給了兩個錢，讓他來說一句話：「與都尉迎親隊伍同路。」班超不用想，就知道是祭參打發來的人。既是番辰納妾，有可能請漢使撐面子，班超也想藉機觀察一下番辰。誰知番辰成親這天，並未下帖，而且除夕的祭祀活動，忠破天荒沒有請漢使參加，這就有問題了！

正月初三這一天，班超照例帶著米夏和班勇到新王宮給忠拜年，卻發現番辰帶著他新娶的女人也在場，更奇怪的是忠送去洛陽的質子也回來了。忠與番辰談笑風生，齊黎那兩個女兒在旁邊表現親暱，大的已經快生了，小的巴望著快點盤根生蔓，就是見了班超一家，也不見收斂。喝酒的時候，班超故意提到番辰新婚的話題，自己還有一份大禮沒有送出，甚是遺憾。番辰只是笑笑，說：「不敢動漢司馬大駕！」班超聽他特別強調了「漢司馬」，以前他們都是稱「司馬大人」或「班司馬」的，從來沒有如此稱呼，就放下酒盞，不解地哼了一聲。

番辰卻也乾脆，打開天窗說亮話：「叫你一聲『漢司馬』，是對你的尊重，因為你已經不是漢使了，至多就是個客人。早在三年之前，漢朝的皇帝就下令放棄西域，命你回去。你這幾年由著性子來，完全是個人行為，我們也給了你很大支持，都是看的國王老人家的面子，你畢竟是名不正，言不順嘛！今天既然見了，也正好問一聲，你準備啥時回去？你走後盤橐城就做我的都尉府了，我也得有個安排不是？國王和你情關翁婿，不好直接問，只好我來當這個惡人了。不過，你也不用太著急，再住一段時間也沒關係……」

原來人家有話在這裡等著自己。班超氣得臉都青了，憤怒地盯著番辰的臉，兩個鬢角的青筋都微微起爆。番辰似乎想起了班超專砍人頭的傳說，有些害怕，目光躲躲閃閃。班超又轉視忠，希望忠能表明態度，因為沒有忠的授意或者預設，番辰是不敢如此放肆的。令他失望的是忠始終沒開口，看冷場了，才說：「今天都是拜年喝酒，別的事情以後再談！」

忠的三個兒子就打圓場，勸著大家喝酒。那個從洛陽回來的老大叫布拉提，還專門請班超品味他從洛陽帶回來的酒。旁邊女人桌上的米夏實在看不下去了，站起來說：「要不是我家司馬拚命保護，南聯北合，打下尉頭，又打下溫宿、姑墨，現在的疏勒就是兜題當家。你們這些男人的腦袋在不在，都不好說，還能坐在桌子上喝酒嗎？放這種沒有良心的臭屁，也不聞聞是什麼味兒！」

忠不悅地瞪了女兒一眼，被班超看在眼裡。番辰說話時他不聲不響，聽見米夏說話卻出面制止，這立場已經很分明了。熬了這時，他也不裝了，說道：「班司馬扶我當國王不假，保疏勒也不假，打尉頭、打姑墨也不假，做了很多好事，也不假。可是漢朝皇帝的命令，也不假，他不回去，就是抗命。哪天皇帝不高興了，吃虧的是他！」

米夏也不示弱，當面質問她父親：「當初死乞白賴不讓我家司馬走的是誰，老都尉當街自殺為的是誰，城裡的百姓哭著阻攔為的是誰，又是誰把我送到鄉下親戚家，害得我第一個孩子生下來就是死的？這才幾年過去，位子坐穩了，排場講大了，王宮也建成了，這就好了瘡疤忘了痛。爸，你還是那個善良的醫生嗎？」

忠被女兒搶白，無言以對，只好拿此一時彼一時搪塞。班超清楚再說下去沒有任何意義，乾脆起身離席，帶上妻兒告辭了。

這一夜，一家人都無法入睡。班勇著涼了，有些咳嗽，米夏一直陪著他，餵水餵藥。班超守了一會兒，被米夏勸去睡覺。可是躺在炕上，輾轉反側，就是閉不上眼睛。表面來看，番辰說得也沒錯，他這幾年就是個人的任性，憑著一腔熱血，東掃西攻，南北縱橫，控制了天山南道的絕大部分地區，就等著掏龜茲這顆黑菜心了。但他能有所作為，假的是大漢朝的國威，西域各國支持他，也都是看重他漢使的身分。沒有朝廷這顆大樹緊靠，就憑他這幾十人馬，略微大一點的國家，都可以將他們置於死地。

但是，朝廷讓他回去的指令是三年半之前的事情，那時候忠為什麼不勸他回去呢？親情？安全？利益？連西域當地的官員都知道章帝的決策是錯誤的，那才是真正的小兒任性。於是就有黎弇死諫，就有于闐王的周旋，就有百姓抱馬腿、流長淚。當他宣布留下來戰鬥的時候，百姓彈冠相慶，官吏烤羊祝酒，就更是說明問題。

外放之臣做事，有時候不能光聽上頭怎麼說。皇帝坐在戒備森嚴的深宮裡，對天下寒熱、百姓疾苦究竟能了解多少？他的決斷，都受到智力的制約，受到具體管事官吏的左右，受到環境和情緒的影響，甚至有後宮作梗，而這些人裡難免有個人私心存在。有時同樣一件事情，在皇帝高興時稟報和在發怒時稟報，那結果都有可能大相逕庭，朝堂裡的官吏奏事，往往要看皇帝的臉色，是陰是晴。

歷史證明，皇帝決策失當的事情，也是常有的，特別當這個皇帝還不怎麼成熟的時候。問題是當廟堂的決定明顯錯誤的時候，作為地方大吏、欽差要員，如何透過自己的努力，減少或消除錯誤政策的影響，甚至藝術地糾正來自上面的錯誤，來為朝廷爭得根本利益，為老百姓造福，這才是考驗地方大吏的關鍵。皇權是某一家族的，但天下並不只屬於這個家族，天下也是老百姓的，朝廷是靠老百姓供養的。水能載舟，亦能覆舟。朝廷一切政策的好與壞、對與錯，最終都要看符合不符合長治久安的根本目標，看基層民眾能否承受，歡迎不歡迎。凡是老百姓支持的，大的方面就應該沒問題。

班超覺得自己透過質子返國的條件，用拖延的辦法留在西域，是符合朝廷維護西域穩定，保證「絲綢之路」暢通這個大目標的，也是為章帝糾正自己的錯誤決斷找下坡的臺階。這裡邊也確實有他實現遠大抱負、揚名立萬的需求。他不是聖人，他覺得透過朝廷給他建立的平臺，在為朝廷服務的同時，實現個人的理想是一個正人君子正當的追求。他要是個庸官，朝廷一聲令下，早都回去了，回去後隨便補到哪個衙門，也比這風沙肆虐、乾旱少雨的地方滋潤。可是他一走，西域就成了匈奴的大後方，對漢朝的威脅，就不是多一塊少一塊土地那麼簡單的事情了。上一次的中原大亂，漢武帝用四十多年打下的西域，整整易手匈奴五十年，教訓刻骨銘心啊！

天明後，班超紅著眼睛把大家找來開會，分析可能發生的變化。他義正詞嚴地說：「現在撤出西域等於灰溜溜逃跑，沒臉沒皮。萬一朝廷很快准了本司馬年前所奏，派來援軍，而被援助的人不在了，我們就是犯了欺君大罪，以前的努力就都白費了。援軍一來，忠和番辰驅趕漢使的基礎就不復存在，大家還是能夠替朝廷收復整個西域的。」

大家聽了，都很激動。弟兄們都是來西域立功的，誰也不想被治罪吧，都一致同意堅守待援。米夏等幾個漢軍家屬，對這項決定也持歡迎態度，畢竟這裡是他們的根。

可是沒過兩天，且運派人送來急報：齊黎宣布重新與龜茲和好，和漢朝解除歸屬關係；他與齊黎也決裂了，自帶一千多騎兵在靠近拘彌的幾個部落割據。莎車叛漢才幾天，番辰也騎著高頭大馬來了，直接衝城門喊話，完全是最後通牒的架勢，宣告疏勒要效仿莎車，也不再承認漢朝的管轄了。看在他曾經喜歡米夏公主的面子上，可以允許漢軍在盤橐城住半年，半年之後必須離開。

番辰的表演完全是一副小人得志的架勢。他原來想娶米夏是實，他的父親也曾向忠提過親。但這都是忠當國王後的事情，在此之前他們家怎麼會看上一個醫生的女兒？何況忠從來都沒有表態同意，米夏也沒接觸過番辰。番辰的這番話，傳到了米夏的耳裡。米夏不無嘲諷地笑道：「喲，我的面子還蠻大的嘛，能頂半年的房錢！」

班超卻沒有閒心，去思索那個小人話裡話外的鹽鹹醋酸，他要思考的是番辰這蹩腳表演的背後，是誰在運籌的一個什麼樣的大盤。

透過一段時間的調查了解，班超分析這盤大棋的操盤手是齊黎。看來以前還是小瞧他了，這個人的能量超乎一般人的估計，他在龜茲甚至匈奴人那裡都有一定影響力。這傢伙是摸準了班超的軟肋，就開始一步步運作，一刀一刀捅出去，刀刀都是見血。齊黎殺掉匈奴籍王妃，是害怕遭到漢使的清算，慌亂中莽撞行事，完全是擇清自己的責任。他在去姑墨的時候，恐懼得不行，心裡沒底，才送女搭橋，借忠的關係，說明在此之前還沒想到要反水。回途路徑疏勒，見忠已經對其女難捨難離，剛剛任命的都尉番辰，妻子生孩子後常年臥病，就產生了籠絡番辰的想法，想用他具有匈奴血統的兩個女兒，雙雙住進疏勒的王府和都尉府，間接控制疏勒，等到時機成熟就把它歸到莎車。待二女都成了疏勒貴婦，他越想自己在班超面前的卑躬屈膝，就越覺得喪氣，他突然想到了漢朝召回班超的事情，覺得有大文章可作，就與忠同時派人到洛陽接回質子，又從龜茲王那裡續娶了一位貴族美女，繼續保持和龜茲的翁婿關係。他利用探親的機會打發人傳信給女兒，讓她們成天在男人耳朵邊聒噪：漢使被朝廷撤銷了，班超在西域是假著朝廷名義自行其是，跟個流亡者差不多，大家沒必要聽他的，匈奴才是西域真正的靠山。

俗話說，謊言說千遍就成了真理，醜女誇萬回就成了美人。何況齊黎的鼓譟並非謊言，他在一定程度上打到了班超的痛處，就是要把班超從西域趕出去。齊黎應該是嫻熟美人計的，他這次用四個女人的進進出出，騰挪移動，看似不動聲色，就把西域攪得烏煙瘴氣，天下大亂。難怪高子陵幾次三番提醒他，注意齊黎女兒的淫痣。高先生可真是個高人吶，僅僅從面相就能看出一個美女身上暗藏禍水，絕對不簡單！高先生還說：「美人若是出生在尋常人家，也許就是德惠淑女，賢妻良母，一輩子撒播著母性的慈愛；美人一旦到了王侯將相之家，就不再是簡單的女人屬性了，她們可能是結盟的禮物，隨時都會被送給毫不相干的大人物，也可能是政治犧牲品，為了一個見不得人的陰謀而喪了卿卿性命。」

歷史地看，從春秋的縱橫外交，到西漢與外夷的一次次和親，哪一次少得了紅顏美女這根紐帶呢？一個女人能輕易改變一個男人，一個男人能輕易改變一個世界。商時的妲己，戰國的羋月，前朝的王政君，哪一個不是引得天翻地覆，水動山搖？就連自己的愛妾米夏，他的父親也是把她當做感恩回贈的禮品的，讓她有意接近自己。但是他後來確實喜歡上了這個潑辣的美女，看見了就緊張，見不著就念想，事情就不一樣了。令他頗感安慰的是米夏在這場政治鬥爭中，旗幟鮮明地站在丈夫一邊，與他同進退。

事情到了這般地步，應該做最壞的打算了。班超將白狐和甘英找來，讓他們立即部署，祕密購買糧食和物資，人吃馬用，作戰器材，能買多少買多少，最少按一年儲備。為了不引人注意，採取少量多次的辦法，全部僱人去辦，白天買到家裡，夜裡再送進盤橐城。安排祭參和馬弘繞道聯繫且運，盡量避免與齊黎正面衝突，以保存實力，並加強和于闐王的連繫，必要時可以拉到疏勒來。儘管這樣做可能被疏勒視為侵略，引起雙方的戰爭。

三月底，霍延回來了，沒聽到任何朝廷議論發兵的消息。班超想朝廷盛行官僚作風，辦事拖拉，沒有那麼快，就讓霍延和董健陪著自己，隔三差五帶十幾個人遊山玩水，逢人就說快回去了，要最後看看疏勒的風景。田慮建議要演戲就演得像點，也帶了兩個人到番辰的兩個大營去，和昔日關係比較好的軍官喝酒話別，共敘昔日友誼。到了點瓜種豆的時節，班超帶領大家一起操傢伙，將院子裡能開墾的地方，全部種上了胡蘿蔔、黃瓜、豆角、蔥頭、大白菜等蔬菜，還特意種了一塊苜蓿，理由是使團經費緊張，回去前要節省開支。這些活動的消息很快就傳到外邊，番辰知道了，自以為得計，報告給忠說：「大王姐夫，班超這次倒也識趣，在做回朝準備了。」

忠想了想說：「識趣就好，可以給他們送些錢，總不能讓人家連菜都買不起。我家老大在洛陽，人家漢朝可是照顧的很好。」

米夏的大哥布拉提，作為忠的代表，帶了一些錢幣和牛酒，來到盤橐城，這是班超始料未及的。為了不讓大舅哥到處亂看，他立即安排酒飯。這位大舅哥這幾年一直生活在洛陽，孩子也說一口流利的洛陽話，回來這幾個月倒有些不習慣了。總體感覺是洛陽城大人多，山清水秀，吃的玩的都豐富，豈是西域這些國家可比！他還去過班超的家裡，還記得水莞兒做給他的臊子麵，又酸又香，就是油太大了。這話自然勾起班超的思鄉之情，不由得反主為客，問起家裡的情況，事無鉅細。米夏也手掌撐著下巴，手臂放在桌子上，拉起聽故事的架勢，布拉提卻不講了。問得急了，他就說：「就去吃了一頓飯，看了一眼，哪裡知道許多！要不是惦記著繼承王位，我才不願意回來。」臨走邀請班超一家去一趟王宮，過兩天就是他們的小弟弟葛季的「搖床禮」。

搖床禮是佛教和巫師盛行時期，在西域興起的一種習俗。原意是母親在生孩子後，四十天內不能下地幹活，四十天後要開始做家務了，這是個轉折。因為不能老抱著嬰兒，就必須給孩子一個安全的處所。考慮到孩子好動不好靜，這個處所要能晃動。因為信仰的關係，在搖床製造的過程加進不少宗教元素，其選材、制式和工藝就都有了一定講究，比如要桃木、杏木或者胡桃木等果木材料，不能使用柳木、榆木，木頭必須進行燻蒸；搖床要做成駝式的，底下是弧形，搖一下可以長時間晃動；形狀也有規制，長約三尺，闊約一尺二寸，高約一尺八寸，嬰兒在這個搖床裡一直可以躺到兩歲。

為了引起重視，人們逐漸將這項活動演變成一種儀式，並且不斷地豐富其內容，把一個簡單的事情變得十分複雜。儀式一開始要先為嬰兒剃頭，然後放入浴盆洗浴，並準備四個寓意不同的吉祥碗，分別放入冰糖、舊房土、木炭和烤褐羊肉，然後往碗裡注入溫水。洗浴時要早早預備四十個孩子，讓他們每人從任意一個碗中舀一勺水，呼著嬰兒的名字，送上人生的祝願，把水澆在嬰兒身上。一般認為，冰糖水表示嬰兒會成為一個嘴甜的孩子，舊房泥土表示嬰兒健康長壽，木炭表示嬰兒會成為一名樂於助人的人，烤褐羊肉水表示嬰兒會成為一名健壯幸福的人。洗浴完畢，祝福也結束，才把嬰兒放進搖床，客人們一起誇讚孩子、唱祝福的歌。

兩歲半的班勇也是送祝福的四十個孩子之一。他在灑完冰糖水後回到米夏身邊，睜著無邪的大眼睛問他小時候是不是也這樣。米夏悄悄說：「你是按父親老家的習俗過滿月的，沒做搖籃禮。」班勇又問滿月是怎麼過的。米夏和母親為了即將發生的分離，正說到傷心處，就讓他找父親問去。班勇找到父親的時候，班超已和忠吵得面紅耳赤。女婿在苦口婆心勸說無果後，警告老丈人：「齊黎是一個危險人物，你和他搞在一起，不會有好結果！」

「不要這樣嘛！你是我女婿，齊黎是我岳父，都是親戚嘛！」忠不以為然地說，「你給了我一個王位，我也給了你一個女兒，應該說我們兩下扯平了，互不相欠。好了，你走吧，帶著老婆孩子走吧，快回洛陽去！疏勒的事情，以後本王會做主，就不勞你司馬大駕了！」

班勇一聽外公攆他走，老大不高興，嘟著嘴說：「我的家在盤槖城，為什麼要走？」

這時，齊黎的女兒抱著兒子進來了。

齊黎的兩個女兒都叫姑莉，給忠的這個叫大姑莉，給了番辰的叫小姑莉。大姑莉為了顯擺她的大奶子，邊走邊餵奶，後面還跟著米夏的母親和一大群女人。搖床禮儀式結束了，她們要國王給兒子祝福。忠雙手合十，緊閉雙眼，然後給嬰兒摸了頂。大姑莉一臉得意，轉身要求班勇對嬰兒叫舅舅。

班勇年紀尚小，還沒搞清世界上有八十歲的孫子、抱在懷裡的爺爺這回事，明明他年歲大，是哥哥嘛！這話肯定不對，孩子的輩分不是看他的出生遲早，關鍵是看他是誰生的。班超顯然是忽視了對班勇這方面的教育，讓他變得「沒大沒小」。大姑莉特別生氣，罵班勇有娘生，沒娘教。被班勇頂了一句：「我有娘，你才沒娘教！」

大姑莉氣急敗壞，轉身將孩子交給奶媽，回手就「啪——」地一下，在班勇臉上抽了一巴掌。

米夏本來就很討厭父親的第五個小老婆。以前以為她就是個狐狸精，專門狐媚父親，現在才知道她是齊黎用來拽動父親的韁繩。自從她來後父親就像徹底變了一個人，對這個女人當眾指責教訓兒子更是厭惡至極，只是看在父親母親的面上沒有爆發。這下見兒子被打，比打在她身上還難受，心疼得不行，扭住那女人的手臂，直接就搧了兩個大嘴巴。「我兒子我都沒捨得動過一指頭，他父親也沒打過。妳算什麼東西，竟敢打他！」

大姑莉捂著留下巴掌印的臉哭了起來，撒潑耍賴，慫恿著忠對米夏動手。忠早在幾年前就鑽到道家養生的牛角，把「採陰補陽」玩得走火入魔，看著自己心愛的小女人受了委屈，也不管父女之情了，起身就要揍米夏。米夏已經拉著班勇，藏到了班超身後，一群女人也趕緊勸架。忠一看班超護著米夏，當時就放了絕話：「滾！一輩子不想再見到你們！」

米夏一氣之下，拉起丈夫就上馬，一溜煙跑回盤槖城，回到家還淚眼兮兮。

「打得好！像我們班家娘們！」

班超給了米夏絕對支持和安慰。但這件事後，忠徹底翻了臉，又改回「榆勒」的名字，與「忠」

決裂了。其實這點小事只是個導火線，聽米夏的大哥布拉提說，齊黎承諾將來把尉頭併到疏勒，榆勒被齊黎煽起來的野心已經膨脹了。半年時間一到，他就派番辰來趕人。番辰帶著一隊人馬，喊叫著要進盤槖城。班超讓人收了吊橋，說朝廷決定繼續經略西域，派出的援軍已經出發，讓他回去告訴榆勒，趕緊迷途知返，以免在錯誤的道路上越走越遠。番辰悻悻而去，第二天就帶了大隊人馬，揚言漢使團再不離開，他就要攻城了。班超汲取耿恭的經驗，做了半年準備，早已嚴陣以待。看見番辰，撤了吊橋，自己坐在城門樓上，搖著葦篾編的扇子，叫番辰三思而後行。

番辰想著自己人多，踏都把盤陀城踏平了，便搬來幾架長梯，試圖在吊橋位置架設便橋。吊橋的後面，排列著兩輛戰車，裡邊各有八名戰士，全部使用弩機，發現有人往梯子上架橋板，不急不忙，照直往額頭上射擊。持續了一個多時辰，番辰損失四五十人，橋板也沒鋪上幾塊。番辰調來一百名弓箭手，持續快速放箭，一時箭矢如雨，幾乎扎滿了戰車，也有不少從瞭望孔射進來。祭參在裡邊組織大家躲避，聽著響聲漸漸稀疏，估摸著每人二十支箭放完了，加緊反擊，再打一陣，又射死一些。番辰也知道戰車怕火，就命令士兵用力往裡邊扔火把，幾十個火把扔進來，戰車很快著起來了。

班超在城上看見了，冷冷一笑，心想番辰學得不錯。祭參本來也是準備抵擋一陣後燒掉戰車的，不能留給對方。這會兒看見火苗，就將裡邊的桐油也點著，在煙火的掩護下趕快撤退進城，然後城門緊閉，後面用石頭和木頭頂死。番辰的人馬一直等到河邊那兩團大火熄滅，才能過橋，好不容易弄進一抱粗的大木頭，準備撞門。番辰騎在馬上，隔河叫囂：「班超聽著，再給你一次機會，立即開門投降！否則，等我殺進城去，就是我想饒你，手中的寶劍也不會答應！」

「做個樣子給他們看看！」班超扇子一揮，馬弘已帶著十幾個戰士打開弩機，每人兩發射，將二十幾個抬木頭的全部射死。這才說：「我聽田慮說，番辰都尉一向健忘，不顧士兵死活。從今天起，請你好好統計一下傷亡人數，我們將來好對帳哩！」

班超給了番辰嘲諷回應，故意又搖起扇子。番辰氣急敗壞，又支使一批人進來抬木頭，一邊重新調集大批弓箭手跟進掩護，往城牆上放箭。這種常規的火力壓制，對城牆上的漢軍幾乎無用。因為城牆在戰前加固過，四周每個堆口都固定了一部大弩機，人動機不動，有效殺傷範圍可達護城河外，只需城樓上有人觀察下面，發出上下左右擺動的指令，執機者低頭扳動，就能射中牆外的目標，無需每次瞄準。抬木頭的只要死傷一半，剩下的人就抬不動了，後面再往上補員，就是添油戰術。番辰幾千支箭射進來，等於是白送給漢軍，落在牆上的，順手撿起來就能用。等到番辰第四批人員進來，木頭也快到門下的時候，班超乾脆改變戰術，命令大家抛卵石。一陣石雨砸下，牆下的腦袋開出一片肉花。沒死的哭爹喊娘，紛紛退往後邊。

趁著敵人鬆懈之機，班超命令所有人一齊射擊，將吊橋前後的敵人殺傷大半。番辰欲再次組織進攻，士兵畏縮不前，又要揮劍殺人，被坎墾擋了駕。倆人嘀咕一陣，就下令撤兵。班超也是厚道，讓田慮喊話：「小子哎，司馬大人宅心仁厚，准許你拖走屍體，保證不傷害拖屍人，以防天熱腐爛。」

等敵人走遠，班超也招呼大家，趕緊打掃戰場，拆掉敵人所搭便橋，輪流吃飯，重新部署，防止番辰夜裡偷襲。

番辰真不愧是跟著班超打過仗的，這次也跟班超玩起了心理戰，當天夜裡沒來，一連十幾天都沒來，班超和他的屬下們，提著的心老落不下來，日夜輪守在城上，很是疲累。出慮出去找了好幾個熟人，也沒獲得任何有用的消息。白狐看班超一臉愁煩，拿了一包錢出去，找到他熟悉的妓院老鴇。商女只知後庭開花，一向不聞國事，見了錢就開眼，痛快答應，還挺講信用，忽一日帶著幾個妓女在城門口招搖，說要進來做生意。白狐出去講價，得了信兒，故意和老鴇吵了一架。得知番辰第二天夜裡來攻，自然預備一番，枕戈待旦。

番辰果然如期而至，妓院的消息準確無誤。當夜無月，番辰的人悄悄搭好便橋，然後就擁到城樓下。漢軍本來都守在城上，看見黑影移動，也不做聲，待敵人準備抬木頭撞門，這才點起十幾個火把，一齊拋擲下去，燃了事先環形布置的一百個桐油袋子，又引燃撒在旁邊的松香，須臾之間，形成火環，熱光沖天，濃煙四起，番辰的人被圍在火圈裡，連燒帶嗆，咳嗽聲響成一片，一個個成了無頭蒼蠅。漢軍這才拿起卵石，專揀人多的地方亂砸一氣。

急於建功的番辰又敗一陣，天不亮就狼狽撤退，留下坎墾向城頭喊話，要求收揀被燒焦的一百六十多具屍體。班超准允，條件是報上數字，送來三千斤桐油、一百個布袋做補償。這就是做不吃虧的買賣，用在疏勒兵身上的開銷，就得找他們報銷。坎墾無法做主，派人報知番辰。番辰氣得咬牙切齒，礙於士兵都死在家門口，不搬走掩埋會惹眾怒，不得不照數籌措，於後晌交割清楚。

困守

漢軍一仗打掉了番辰的氣焰，這個不知天高地厚的傢伙一時找不到攻城良策，就讓他的兩個弟弟各帶五百人，把營帳紮在城外，將盤槖城團團包圍，揚言要困死漢軍。

這一招是班超早都料定的，也不和他計較，白天只放幾個哨位，晚上多加戒備，有時間就和大家研究守城戰法。時間持續了小半年，到了隆冬季節，裡邊的人還沒有著急，番辰卻沉不住氣了，藉著護城河西、南兩面死水結冰的機會，同時架起十幾部雲梯，採取群狼戰術，夜間強行攻城。番辰這次確實使了厲害手段，漢軍人少，弄不好就會顧此失彼，只要有兩三個地方登城成功，就會突破漢軍防線，防線一破，任是漢軍再能以一當十，卻不能擋百，被消滅是大機率。

可是番辰沒料到班超對此已有預案，一聽哨兵報告，全部人員悉數上牆，沿城牆扔下幾十個桐油火袋，燒得下面一片透亮，從上面看得一清二楚，一兩個人盯一部雲梯，或石頭砸，或弩箭射，先對付一陣，等敵人爬到梯子上半部，正躍躍欲試的時候，用噴火槍往下一燒，一串著火的身體就仰摔下去了，死的馬上閉嘴，傷的就地打滾，鬼哭狼嚎，叫爹喊娘，有的梯子也著了火，嗶嗶啵啵，像是伴奏。

番辰遠遠站在護城河外，不明就裡，喊叫著逼第二波再上，又一次遭遇火焰噴射，又是摔下一批。有軍官跑來報告，不知漢軍使用的何種祕密武器，人到梯子上，就有火蛇出來，這才慌了神。他們在明處，漢軍在暗處，打的是不對等的戰役，哪裡有他們的便宜！地下的往城上看，隱隱約約，迷迷茫茫，什麼也看不清，就看著雲梯都在冒火，可是上面的人對他們實施的是精準打擊。番辰的撤退命令還沒下達，卵石雨又下來了。士兵們哪裡還敢戀戰，紛紛抱頭鼠竄，灰溜溜跑回去了。天明後有收屍者叫田慮問話：「昨夜用什麼武器？」

「神火！」田慮見是一個熟悉的軍官，故作神祕地說：「啥武器也沒使，就是天神護佑漢使，關鍵時刻就顯靈，得道者多助。你回去告訴番辰，再莫與神過不去了！」

田慮當然是故弄玄虛，但這噴火搶真是個全新的祕密武器，是祭參的最新發明。別說疏勒人沒見過，就是漢朝的軍隊也沒見過。備戰的時候，白狐本來想多做一些迷藥管，留待對付雲梯登城的敵人，叫祭參幫忙。祭參做了幾天，忽然開竅，他想根據巫師用嘴噴火的原理，把迷藥改成松香粉，一試還真行。但是松香粉吹不遠，火勢也不大，他又想往裡邊拌料，拌上木炭屑，再拌上桐油，裝滿半管，燃起來火勢是大了，吹起來卻十分費力，氣小的人根本吹不動。這又讓他犯頭痛，幾天都睡不好。有一天他回去得早，妻子的飯還沒做好，讓他幫忙燒火。燒了一會兒，他突然研究上了風箱，還把風箱拆了。妻子正等著下麵條，他卻抱著風箱跑了，飯也不吃了。他跑到外面找了個木塊削圓，塞到噴火槍後部，用一根木棒助推，一下子推出老遠，裝填之後試驗給班超看。

班超覺得這玩意甚妙，讓祭參和馬弘祕密研究改進，就是對內部人也是知道的越少越好。為了使噴火槍能真正成為一種武器，祭參跑到外面找鐵匠，用鐵皮捲成管子，長三尺，粗三寸，把推桿和木塊也改成鐵製，這樣就可以反覆裝填使用了。他一口氣做了五十支，番辰圍城後才和馬弘一起教大家使用。戰前裝填，將填料一端用油布封住，使用時將前頭油布點燃，待火焰起來，從後面徐徐推出，前面就會噴出一條火蛇。

番辰沒事找事，又賠上一些士兵的性命，連他二弟都腦袋開了花，還被榆勒訓了一頓，就不再尋思攻城了，繼續實施圍困策略，不信困不死漢軍。班超他們雖然沒讓番辰占便宜，但被圍時間一長，難免人心浮動，眼看要過建初六年春節了，儲備的糧草也消耗過半，還沒有一點援軍的消息，班超自己也很鬱悶。除夕之夜，他讓夥伕殺掉最後一隻羊，做了幾個菜，搬出最後的幾罈酒，全體將士和家屬一起迎接新年。

班超故作鎮靜地回顧了這一年的經歷，表揚了每一個人的功績，追憶了死去的四個隊友的事蹟，之後就讓大家高高興興喝酒，歡歡喜喜過年，什麼事都別想。可是嚴峻的現實擺在面前，不想是不可能的。眼下雖然還沒到最後關頭，但是坐吃山空，沒有補給，遲早要走到戊己校尉彈盡糧絕那一步。有人提議想辦法派人出去打探消息，這樣一味死等也不是辦法；有人主張辭退雜役人員，以減少糧食消耗；也有人提議猛然出擊，拚命殺到王府，捉拿榆勒，逼番辰退兵。此刻，班超想到了一個人，就把祭參和田慮拉到一邊，商量了一個辦法。

正月初二天一亮，田慮就登上城樓，招呼圍城部隊長官搭話。一會兒走出一個軍侯，遠遠喊道：「圍城半年，田都尉還這麼大的嗓門，想必糧食還沒吃完吧！」

這個人田慮認得，也不知他是善意惡意，就虛虛實實告訴對方：「不瞞依布拉音兄弟，儲糧足可支應三年，就是酒肉略欠。都是你們番辰都尉和我們過不去，把我們困在城裡，想出去和弟兄們喝點小酒都不行。」

依布拉音尷尬地笑笑說：「這都是上面的事情，田都尉也別怪弟兄們！」

田慮又閒扯幾句，話題一轉：「人之為人，倫理親情，人之為善，孝敬父母；常言每逢佳節倍思親。今逢春節，米夏公主思念父母，以致茶飯不思，水米不進，就是賤妻，也是想念娘親，希望貴軍給個方便。兩軍交戰，不能不顧人倫，況公主的父親還是國王呢！」

依布拉音聽了，表示理解，待他向上稟報。過了一個時辰，來說：「番辰大都尉同意平民探親，許出不許進，要進去就是作戰人員，格殺勿論。」

田慮報與班超，班超瞇著眼沉吟一會兒，說不進來也罷，省得婦孺跟著擔驚受怕。就讓人套了一輛車，送米夏母子和田慮、祭參的家小出門，叮囑車伕到了王宮再說不要回來的話，重點是送祭參的妻子去見且運。

到了二月二龍抬頭的日子，盤槖城裡落下一個風箏。以前就經常看見空中風箏飄，大的小的都有，也有長似一條龍的，白狐也幫孩子們紮過。外面的風箏落在院子裡，也不是第一次，誰也沒有當回事。可是一個半大小孩，在城門口嚷嚷著要進來撿，圍城的士兵不許，小孩的家人和士兵爭執半天，沒有結果，就高聲向城牆喊話，叫漢軍幫他送出來，不要把龍骨給弄壞了。

正在巡邏的霍延，聽著似乎話裡有話，就親自下牆去撿，發現龍骨上確實綁了一個木片，上書：溫宿尉頭降龜茲，成大孤守姑墨。霍延一看事大，趕緊找班超。班超知是米夏所傳消息，心情大為沉重。他本來還想把白狐弄出去，聯繫成大救援，現在這條後路斷了，處境更為不利。他親自登城，讓人將風箏線綁在箭上射出去，看著徐徐落在護城河外，這才叮囑那家大人，看好孩子，以後不要來這裡放了！也是話外有音。那家人看了班超幾眼，默默地離開了。

過了幾天，祭參妻子帶去的信鴿飛了回來，且運信上說：韓陽去了兩次洛陽，援軍的事還沒有消息；齊黎虎視眈眈，時刻準備滅他。他要是全軍出動，老窩必為之所占，所以只能發騎兵三百，約定三月三到達疏勒，救漢使出城，與他會合，等待機會。班超本來想請且運傾巢出動，攻下疏勒城東的東大營，與番辰形成對峙之勢，自然就解了盤橐城圍，一起等待援軍。但是且運有顧慮，提出這樣的方案也還合理。

班超覺得且運這個人年輕時聲譽不好，但這些年辦的事還都挺仗義，而且目前也只有這一個退路了，到了且運那邊，背靠于闐，還有迴旋餘地，總強似被困在這裡。他把幾位大員都叫到沙盤前，大家一起研究突圍方案。

霍延說：「司馬善火攻，屢試不爽，還得在火上下功夫。」

班超問他可有預案，他便指著沙盤，講他的辦法：把平時用來套車拉磨的二十幾匹馬，套上五輛車，裝滿樹枝，用繩索固好，上面架一個桐油袋子，夜間放下吊橋後即點火趕出。馬被屁股後面的火催著，必是奪路奔跑。敵軍就占據著城外的馬路，見火必自亂，我們鐵騎隨後衝出，與友軍會合，急奔出城，料無大阻。

嘿！真是一條妙計！班超大喜，為他的部下們越來越會用計。可惜沒有酒了，只好用茶代替。祭參自告奮勇，負責裝車事宜，馬弘也不閒著，準備發火裝置。一切都已齊備，就等三月三一場春風。誰知春風送來的不是喜訊，還是上次那個風箏：米夏從榆勒的談話裡聽出，且運派出的人馬投奔了齊黎，且運還不知道。班超木木地站在樹下，臉色煞白。一團柳絮刮到臉上，迷了一隻眼睛。他使勁揉著，一滴清淚湧了出來，手指都溼了。當此亂世，人心叵測，也是難為且運了。班超叫來祭參，讓他放信鴿傳書，請且運固守一隅，好自為之。這時甘英要找班超單獨一談，倆人就走到院子後面，在菜地邊上坐了下來。

墨綠的韭菜，已經長到大半尺高，透著勃勃生機，小白菜中間已經起了苔，落蘇和胡蘿蔔剛長出嫩苗。被困期間，蔬菜全靠自己種植，也虧了隊員們大部分出身農家，本來就會。甘英指著旁邊一塊綠綠蔥蔥的苜蓿說：「這苜蓿以後得考慮給人吃了，我們得開始殺馬吃肉，節省糧食，馬比人吃得多，那些雜役僱傭也不能留了。」

班超問：「糧草還有多少？」甘英伸出三個指頭，晃了晃。

「三個月？」班超眼睛一瞪，似不相信。聽甘英強調這還是減人減馬才能撐到的時間，就雙目緊閉，低頭無語了。白狐遠遠看見，踅了過來。聽了甘英的方案，先點頭，後搖頭。甘英問他有何高招，他說：「不如詐稱願意回撤京都，與榆勒番辰談判。先離開這個囚籠，去與且運會合。大不了撤到于闐，等援軍來了，再一起殺回來，不和他們在這裡耗了。」

這其實和霍延的計策殊途同歸，只是詐降——班超覺得同意被驅趕就是投降——完全是商人的手段，有損國格人格，他作為漢使絕對不能同意。他堅信朝廷會支持他的，這幾年一直沒有催他回京就是佐證。此時他不想批評人，眼下對部下唯一要做的就是鼓勵。他拍了拍白狐的肩膀，一語未發，逕自往馬場走去。

白狐與甘英對視一眼，默默跟在後面。到了馬場，班超向每一位馬伕道了辛苦，像檢閱士兵一樣把馬檢閱一遍，還特意為他那匹紫騮馬刷了刷毛。之後又去柴房、草料房、糧倉巡視，趕後晌飯時來到餐廳。自從米夏出了城，他就和大家一起吃小耳朵飯了。秦漢時代的作息制度，源於農耕文化，一日兩餐，卯時上朝入府，俗稱點卯，辰時吃前晌飯，叫朝食或饔，飯後官吏回衙處理公務，到申時收工回家吃後晌飯，叫哺食或飧。一般軍營和學堂也沿用這種制度，極少有吃三餐的。

班超看見大鐵鍋裡煮著麵片，熱氣騰騰，夥伕正在下苜蓿菜，還有一股爆韭菜的香味兒。他向這些勤勞樸實的人們拱手致謝，弄得人家受寵若驚。飯後，他囑咐夥伕明日殺一匹挽馬，給大家弄點葷腥。夥伕們沒想到，吃了這頓有肉的飯，就該捲鋪蓋離開了。有兩個夥伕和一個馬伕，說家裡沒什麼人，盤橐城就是他們的家，死活都不走，誰勸都沒用。

離別的場面有點傷感，大多數人都流了淚，還有人把剛發的錢悄悄放下，後來才被發現。班超站在城門樓上，目送這些朝夕相處的人，也是戀戀不捨。他突然覺得有點不對勁，那些人一過吊橋就被番辰的人扣住了，然後集中在橋頭，站成一排。他以為人家要訓話，對這些為漢軍服務的人進行洗腦，心正憤憤，沒想到一隊兵卒過來，拔刀就砍，將他們全部殺害了。悽慘的叫聲傳來，班超差點吐血，身子一歪，靠在牆堆上，雙目緊閉，淚如泉湧，心痛得直用拳頭砸胸脯。

那是五十幾條生命呀，男男女女，不但有馬伕、夥伕、車伕、更夫、廁夫，也有磨麵、舂米、裝具維修工，還有幾個獸醫及一批勤務人員，因為原來國王也在這邊辦公，勤雜人員配備較多，榆勒搬走後也沒裁撤，米夏請的保母也在裡邊。那些人大部分人做了五六年，還有兜題時期的老馬伕，他們與漢軍相處久了也有感情，平時有點事情都樂於幫忙，就是被困這麼長時間也沒有人鬧著離開，幾乎就是一家人。辭退他們是不得已而為之，是想給他們一條生路，沒想到提前把他們送到了黃泉！霍延也氣炸了腦袋，沒有請示就擅自做主，招呼大弩遠射，十幾個人上手，一陣發射，將那劊子手射倒十幾個，其他人很快撤到射程以外了。田慮破口大罵：「番辰畜生，雙方說好放行，為何殺害無辜？你這樣出爾反爾，就不怕遭報應嗎？」

番辰倒也真在現場，陰陽怪氣，把手捲成個喇叭，朝田慮喊道：「就是你和班超出來，一樣是砍。兜題大人已經當了疏勒的監國侯，我們現在有龜茲和匈奴做靠山了，你們都是將死的困獸，誰怕你？」

田慮放眼望去，番辰旁邊果然有個肥嘟嘟的身子，一看就是他非常熟悉的兜題。兜題得意地揮著手，大言不慚地勸降，並承諾可以看在以往的交情上考慮饒過性命。田慮罵道：「兜題小兒，做你的白日大夢去吧！這麼快就忘記了，以前是如何跪在爺爺面前求饒的？」這時班超剛緩過氣，擺手示意田慮，不必跟他們費口舌了，下去休息。

班超像大病了一場似的，幾天都不和人說話。直到有一天霍延跑來報告，米夏公主領著一群人，在外面憑弔她的保母，這才勉強撐起身子，登城搭話。夫妻倆城上城下，一條護城河之隔，不能相聚。米夏要進來，守城兵不讓，鬧騰了半天，沒有一個當官的出來。班超估計再鬧下去也沒用，就勸她回去照看好孩子，自己一定會堅持到勝利。

目送米夏離開後，班超已經飢腸轆轆。吃了一碗稀稀的麵糊糊，就把大家召集到一起開會，重新部署孤軍堅守事宜：雜役走後，連兩個夥伕一共就三十一個人了。所有的事情都要自己做，要有人磨麵，有人餵馬，有人種菜。要做長期堅守的準備，要做犧牲的準備。榆勒、番辰已經和匈奴穿到一條褲子裡，徹底翻臉了，唯有一戰脫困，而戰必有朝廷的援兵。

使團的人都是帶過兵的，每個人對處境都心知肚明。這種眼巴巴等待援軍的日子說起來簡單，但每個人心頭都承受著巨大的壓力。甘英出身於漢陽的一個耕讀世家，到了他這輩兒，立志從軍改善一下家族的文弱之風，膝下兩個孩子他倒不擔心，他最牽掛的是祖父八十多歲了，還能不能等到他送終。霍延去年回了一趟家，他的大兒子霍續要去當兵吃糧，被他送到一家藥店學徒，也不知安心與否。白狐最是消極，因為到現在沒找到兒子，最遺憾的是捱了兒子一鞭子，卻沒告訴他自己就是他爹。田慮的一雙兒女還小，不知在舅舅家是否習慣，也不知妻子在外邊是如何為自己擔心的。班超自己，要想的更多，但一直掛在心上的是援兵，最怕像柳中的關寵那樣，援兵到時，人已經沒有力氣了。

不知希望在哪裡的日子特別難熬，太陽每日從東邊出來，好不容易才轉到西邊，卻架在山巔上，遲遲不肯落下。與慢日子相反的是，情況在一天天惡化。雖然甘英精打細算，馬肉和蔬菜搭配著吃，盡量節約糧食，後來乾脆一天只吃一餐，到了十月，糧食還是不多了，挽馬也殺完了，要開始殺軍馬。每個人對自己的坐騎都有感情，都不願意交出去，那是騎士生命的一部分。班超理解這份感情，決定先殺自己那匹紫騮馬。

白狐首先不幹了，拔出劍跳到馬前，兩隻眼睛瞪得比銅鈴還大，威脅道：「誰敢殺牠我就殺了誰！」

這匹紫騮馬比所有馬加起來還值錢，大家也都不同意先殺長官的坐騎，自然無人與白狐爭。這時董健出來說：「由我帶頭，按職務往下輪，職務最低的留到最後。」

這下，那些低軍階的人就不好意思了，一個個低著頭，護著馬。誰也沒有注意，霍延已經悄悄牽馬出去，抱著馬頭親暱了片刻，然後狠下心在脖子上給了一刀，回頭對大家說：「從下一匹起抓鬮，除了司馬大人那匹紫騮馬。」

霍延說完就走了，一直走到城門口，爬上了城牆。班超隨後也上了牆，倆人繞城轉了一圈，誰都沒說話。初冬的日頭雖然刺眼，卻沒有了夏日的溫熱，冷風吹在臉上，多少有些刺痛。護城河外的樹葉已經快掉完了，番辰的營帳依然紮在路邊，在缺乏綠色的季節特別顯眼。

倆人從城牆下來的時候，看見有人打架，這可是盤橐城破天荒的事情。走近一問，起因是一個叫劉慳的隊帥正在掏茅廁，另一個叫孫魯的憋不住跑進去拉稀，糞沫飛濺，弄到掏廁人身上。掏廁人生氣，照著上面的屁股揚了一鍬，弄得拉屎者滿身髒臭，兩個人一語不合，便扭打在地上，滾來滾去。董健看不過去，一人踹了一腳，罵了幾句。倆人不打了，卻又抱在一起，雙雙哭了起來。霍延費了好多口舌，才將人拉起來。

大家的人一見班超，齊齊跪下，異口同聲，請求跟長官殺出去，就是戰死，也強似被困死！

班超親扶他們起身，從袖口裡摸出汗巾，替他們擦拭臉上的土，又為他們拍打身上的土，勸慰道：「都是我的錯，不該帶你們重返疏勒，更不該想著立功建勳，害得你們有家難回，有父母妻兒難見，你們要怪就怪我吧！弟兄們，現在衝出去只有死路一條，我可捨不得大漢朝廷派到西域的這點血脈！我們現在最重要的是堅持，只要堅持到最後，勝利一定是屬於我們的。能不能撐到最後，靠的是一口氣，靠的是心中的念想。請大家相信本司馬，朝廷一定不會拋下我們，援軍一定會來的……」

這些發自肺腑的話，雖是畫餅充飢，可都是打氣之語，在場的人都聽了進去。其實誰還能埋怨班超呢，跟著他做了那麼多驚天動地的大事，每每想起來都提氣，而且比起打尉頭和姑墨時犧牲的那幾位，活到現在都是賺的。於是紛紛散去，決心跟司馬大人一起堅持，堅持到援軍到來的日子！

好不容易熬到建初七年（82）春節，夥伕把最後一點麵粉全和上，幫大家包了一頓馬肉胡蘿蔔餃子。團圓飯前，班超讓大家在餐廳聯歡，以改善死氣沉沉的氣氛。儘管形勢十分嚴峻，班超還想讓大家樂觀面對。祭參和白狐事先排練了「角抵」之戲，祭參扮的東海黃公，白狐扮成老虎，倆人上演人虎搏鬥。黃公頭戴面具，左手執刀，右手抓住老虎後腿，老虎回頭張開血口看著黃公，在餐廳裡繞了一圈，形象生動逼真，逗得大家都笑了。

班超提議大家每人出一個節目，吼兩嗓子也行，說個笑話也行，倆人、三人甚至多人「鬥雞」也行，一下子把氣氛活躍起來了。有人提議司馬大人來一個，班超撓撓後腦勺，想來想去也不會啥，就唱起他教給兒子的家鄉童謠：「咪咪貓，上高窯，高窯高，沒腳窩。金蹄蹄，銀爪爪，上樹去，逮嘎嘎，嘎嘎飛了，把咪咪貓給氣死了。」

霍延借歌喻事，拿番辰比咪咪貓，拿盤槖城比高窯，漢使團的兄弟就是嘎嘎。他番辰就是有金蹄蹄、銀爪爪，也逮不住我們，最後只能氣死！霍延的這一番解讀，連班超都大吃一驚，喜出望外。他自己也還沒想到這麼深，一連伸了三下大拇指。看著餃子已經出鍋，幫廚的馬弘招呼大家趁熱快吃。將士們興高采烈，似乎事先約定好的，誰也不提明天就斷糧的話茬。

每天一餐只有馬肉和蔬菜的日子，維持了不到四個月，習慣了吃糧食的關內之人，一個個看見那酸不溜秋的馬肉就吐酸水，到了後來，柴禾緊張，班超下令一律喝涼水，肉也只煮到七成熟，純粹就是靠咀嚼抗飢。隔三差五也有好心人，夜裡隔著吐曼河扔幾塊饟餅，白天在城牆上發現，記下位置，夜深人靜時派人悄悄撿回來，拍拍上面的土，一人分上一小塊，誰也捨不得吃，端詳上好大一陣，默默地感恩一陣，才用舌頭舔一舔，一口咬下一點點，慢慢咀嚼，彷彿那就是比任何山珍海味還好吃的珍饈佳餚。

後來，扔進來的也有了拳頭大的小布包，裡頭裝著稻米或者鹽巴，攢起來能熬一鍋稀飯的時候，大家就眼巴巴等在餐廳。為了燒飯，霍延帶人極不情願地拆了作為進攻武器的那幾車樹枝。董健帶人砍了所有的馬車、馬槽、拴馬樁、農具，又砍光了院子裡的樹。祭參和白狐又將桐油拌上晒乾的馬糞來燒，還把院子各個角落都打掃一遍，所有能燒的都拿來當柴薪。勉強維持到七月，只能拆房取木了。眼看著好端端的房屋一間間變成廢墟，哭都沒有眼淚。一絲不祥的氣氛籠罩了盤槖城，人們見面連話都不說了。

就在大家幾乎絕望的時候，且運發信鴿傳來朝廷準備發兵的消息。這突如其來的喜訊，興奮得人們笑的笑，哭的哭，白狐帶頭登上城樓，在城牆上奔跑，祭參跟了上去，田慮也跟了上去，緊接著大家都跟了上去，在城牆上邊跑邊喊：「援軍來了！援軍來了！」直跑得上氣不接下氣，一個個累得趴在堆口喘息。招得城下的敵營士兵紛紛駐足，一個個莫名其妙，想不通漢軍被圍了兩年，竟然沒有餓死，還這麼興高采烈地歡呼！要不是天神相助，就是一個個成仙了。等他們聽得是漢軍援兵要來的消息時，卻哈哈大笑，懷疑漢軍一定是想援軍想瘋了。援軍在哪兒，我們怎麼沒看見呢？盤橐城被圍得鐵桶一般，連個鬼都沒進去，哪兒來的消息？

消息源當然不能告訴敵人，誰也沒有忘乎所以。就在大家歡呼雀躍的時候，班超和霍延卻在盤算著援軍到達的時間，和最後這一段最難熬的日子如何度過。軍馬就剩三匹了，嚴格控制二十天殺一匹，加上院子裡的蔬菜，可以維繫兩個月。這是極限。如果在兩個月後援軍還不能到達，那就只能等援軍收屍了。但不管他們這些人能不能活到那時候，番辰必須死，必須將消滅番辰的戰役部署好。

班超讓信鴿通知且運，趕快去找于闐王，等援軍一到，立即發于闐和拘彌之兵，然後一路疾進，迅速攻占疏勒東大營。疏勒軍隊分屯東西兩個大營，東大營是步兵，除了圍困盤橐城的，看營的就剩五六百人了，老窩一失，圍城部隊必然回救，是時據營作戰，兵力又占絕對優勢，可保萬無一失。西大營是騎兵，等占領東大營之後再做打算。且運就留在原地牽制齊黎，使之不能西援番辰。

可是信鴿長途飛奔過來，沒有飼料餵養，馬肉牠又不吃，只喝了些水，吃了些菜葉，沒有體力，放出去飛了不遠，又返回落在護城河邊的胡楊樹上，咕咕地叫著，被圍城的兵卒射了一箭，噗嚕嚕斜墜到護城河裡，又撲稜了兩下，就飄在水面上了。霍延在城上看得真真切切，見對岸有人拿了一根長竹竿想打撈，趕緊打開弩機，射到河岸，那人扔下竹竿就跑。過了一會兒，敵人似乎覺察了那是一隻信鴿，組織了一大幫人，舉著盾牌，到河邊打撈。

霍延深知事關軍事機密，死信鴿萬萬不能落到敵人手裡，便集中大弩猛射。雖說強弩之末，也是傷了幾人，有一個傷者立足不穩，滾落河中，撲騰撲騰掙扎幾下，竟沉入水下，脫手的竹竿卻把死鴿子推到了護城河裡邊。敵人的弓弩隔河射不到城牆之上，也不敢再組織人打撈，只好作罷。到了夜裡，霍延打發劉慳和孫魯兩個人去撈。摸索了好長時間，總算找到，卻驚動了對岸士兵。猛然間箭矢如雨，趕緊回撤，孫魯還是脖上中了一箭，背進城不一會兒就斷了氣。

劉慳非常傷心，傷心不該和孫魯打架。班超比他還傷感，命人將孫魯與信鴿埋葬在一起，以表達對一切忠魂的紀念。信鴿雖死，消息傳遞還得進行。班超發動大家想辦法，想了幾天也沒啥好法子。正在苦悶之際，適逢執勤的祭參來報，前日沉入水底的敵兵屍體漂浮起來了，坎墾請求打撈。班超這人在人道方面堪稱模範，也想讓那無辜的士兵早日入土為安，擺了擺手就算同意，卻被白狐擋住了。

白狐的意思要和坎墾談條件，讓米夏進城一趟。只有她有可能再出去想辦法傳遞消息。班超順著這個思路，想了一條詐死之計，就讓田慮出面，喊出他認識的軍侯依布拉音，言班超病得不輕，想最後見米夏公主一面，希望對方行個方便。依布拉音猶豫了一下，答應去稟報。

第二天晌午，祭參看見米夏和班勇來了，但番辰親自檢查，不讓馬車進城，也不讓她帶吃食進去，就是米夏隨身帶的小包袱，也要打開搜，幸虧坎曌相勸，才罷了手。祭參趕緊報知班超，一面放下吊橋。等米夏和班勇進來，看見班超直挺挺躺在炕上，身上蓋著一條白單子，一下子撲上去，就嚎啕起來，哭得傷心欲絕。五歲的班勇已經多少懂些事，聽說父親死了，也是哇哇直哭，把一邊站著的霍延、田慮和甘英幾個也惹得眼淚兮兮。白狐看見米夏將白單子扯歪了，露出班超半個臉，趕快重新蓋好，咳嗽兩聲，給米夏使了個眼色，然後就把班勇抱出去哄了。

白狐走後，霍延趕緊關了門。班超一把扯掉白布單，坐了起來，把米夏嚇了一跳。班超說：「狗日的番辰想讓我死，沒那麼容易！可是妳和娃剛才這一哭，倒把我哭得受活，想著就這麼一死也是幸福的。」

米夏破涕為笑，不停用拳頭捶打班超，似乎一切的思念和不捨都在這輕輕的捶打之中。班超用手為他拭去淚花。米夏覺得班超精神還不錯，就是瘦了一圈，眼窩都有些深陷。想到夫君和一幫弟兄在裡頭所過的艱難日子，她也幫不上大忙，又是一陣傷心，不住地掉眼淚。

經大家一陣寬慰，米夏不哭了，趕緊打開小包袱，露出裡邊十幾塊饢餅，還有一些奶疙瘩、炒麵、方糖塊和鹽巴。她捏了一小塊奶疙瘩就往班超嘴裡塞，班超半張著嘴咬了一點點，然後抓住米夏的手，感謝她關鍵時刻送進來這些寶貝，讓甘英將東西都交到餐廳，統一分配。甘英雖然看見饢餅眼珠都綠了，不停地舔嘴唇，但他還是有點不忍心。班超說：「越是到這種時候越要同甘共苦，我當司馬的豈能搞特殊呢？拿走！」

米夏把東西重新包起來，遞給甘英。她早料到裡邊缺吃的，但沒想到連燒的也缺。看到不少房子已經被扒了頂，樹也砍完了，以前整齊氣派的盤槖城，毫無生機。她曾經住過的王宮也拆了，馬廄也拆了，不由得傷感。但將士們竟然能堅持至今，精神頭也還不錯，又使這個女人既嘆且驚。其實她在外面也沒閒著，她讓人放風箏的事，被番辰察知，下令放風箏的人一律不許靠近盤槖城。她和田盧妻子阿麥替尼沙都不完全是自由之身，番辰的人在暗處監視她們，有一次她找一個藥店老闆給吉迪帶話，發現一個人賊頭賊腦窺視她，轉身給了一馬鞭，打得鼻青臉腫，狼狽逃竄，後來再沒見到那個人。她讓吉迪和田盧小舅子的朋友想辦法，往城邊投擲鹽巴和饢餅。

由於護城河不易靠近，南邊的赤水河太寬，只能從東邊的吐曼河對面投擲，加上距離較遠，城又在高處，包大了投不過去，數量多了容易被發現，也是戰戰兢兢，不容易呢！霍延帶頭跪下，對米夏磕頭，感謝她的救命之食，其他人模而仿之，急得米夏過來一個個攙扶起來。班超笑道：「一個個沒眼色的，你嫂子來了，也不讓我倆單獨待一會兒！」

霍延等人掩門而去。米夏又控制不住了，抱著夫君啜啜泣泣。班超告訴米夏：「我每天冷水洗澡，身體無大恙，能堅持到如今，就是相信援軍一定會來。妳出去後拿著我的漢使符節，帶上兒子，到于闐調兵，讓于闐王派兵與援軍一起來疏勒，攻打番辰。」

為了能夠公開成行，班超囑咐米夏出去後，一定要謊稱他已經亡故，臨終託付她送兒子班勇回洛陽，並請求榆勒多派人護送，裝得像真的一樣。估計榆勒考慮班超原來的身分，還曾有恩與他，不會不答應。吩咐停當之後，招呼董健、霍延、田慮和甘英等幾個進去，重新給班超蓋上單子，再找白狐抱來班勇，為他頭紮白孝帽，再哭一場。到了一天唯一的飯時，米夏不好意思留下分食，趕緊帶上班勇，娘倆哭著出城。祭參也已經在城樓插上一面白旗，蒙蔽番辰。

這次班超算得很準，榆勒果然同意米夏東去。這個醫生出身的國王，還有他的一份清高，雖然和匈奴勾上了，也不願意結仇漢朝。他認為班超是病死的，又不是他打死的，他沒有責任。但班超是以漢使的身分來的，又死在了他的地盤上，讓人家的兒子回家，也算仁義之舉。他還讓人買了一口上好的棺材，讓番辰送過去，以示體恤。班超看到祭參接回來的大厚松木棺材，繞了一圈，不禁失笑，讓霍延劈了燒火，倆夥伕直嘆可惜。白狐抻脖皺眉，捏指掐算，說班大人有喜了！董健特別見不得奉承拍馬的舉動，照著白狐的屁股給了一腳，說：「人家送棺材咒咱，你還說有喜！有個屁的喜，每天吃一塊馬肉，喝一點菜湯，全都是喜屁！」

白狐顯得很認真，解釋道：「本人到過關內很多地方，有的地方講究，給當官的送玉石棺材，不到一尺長，取的升官發財的意思。如今這口雖不是玉石，但體積大，材料上乘，也算得好禮，說明大人你還要再上一層樓呢！」

這話雖說有點牽強，卻也受聽，最重要的是有利於鼓舞士氣。班超捻捻鬍子，轉圈看了看自己的部下，笑說：「果若白兄弟所言應驗，你們大家也都有了自己的功名，豈不大好？」

說來也怪，從這天開始，城外投擲的食物也多了，有時候每人能分到一整塊饢餅，大家不約而同地讚嘆棺材帶來的福氣，相信困苦的日子很快就會過去。不幾天，米夏到盤橐城外致祭，以告訴班超成行。祭參在城樓上幾乎是笑著招手，被霍延拉在了身後。可是就在米夏離開疏勒的第二天，班超真病倒了，還有五個人和他一樣，跑肚子拉稀，頭痛發燒，半天時間就拉得身子軟塌塌的，站都站不起來，躺在炕上渾身滾燙。醫官讓人不停用涼水擦身，還是不能退燒。

藥箱裡只有幾包甘草，煮水喝了也是無濟於事。霍延急得來回踱步，催醫官再想辦法。醫官攤開雙手，一副巧婦難為無米之炊的樣子。田慮從城牆上發現，坎嫼在城下給士兵訓話，讓他們嚴加防範，不許老百姓往城裡投擲食品，聲音很大。田慮和坎嫼以前關係很好，他分析坎嫼有可能是給他聽的。他覺得弦外有音，應該是番辰發現了城外有人拋擲食品的事，利用這個機會在饢餅裡下毒了。

大家覺得田慮分析得有道理，這個千刀萬剮的番辰，對漢軍耍了這麼毒的一招！甘英連忙追查，果然病倒的都是吃了一個整包裡頭的饢餅，而其他人吃的都是散裝的小塊。醫官一聽是中毒，忙叫董健通知所有人，禁食外來食品，並將大蒜頭和青菜葉加鹽巴搗成汁，用井水給病人沖服。這大蒜也叫胡蒜，從古埃及傳到西域，在西域有很長時間的栽培史，張騫出使西域回去時帶了幾頭，始在關內開始栽種。大蒜是一種可藥可菜的調味品，對於艱苦環境下增強人的抵抗力，具有很好的效果。董健負責種菜，他每年都要栽大蒜，並要求每人每日生吃一兩瓣。

經過三天救治，所有病人都脫離危險，但身體還十分虛弱。班超年紀最大，經此一折騰，瘦得眼窩深陷，連翻身都困難，硬是靠著頑強的毅力，和幾十年的練武的身體底子，闖過鬼門關，於十天後能起來下地了。他讓祭參攙著，想上城牆看看。祭參笑而不語，就是不讓他上去，他這才想起，自己

「已經死了」，苦笑著回到屋裡，躺在炕上，掐指頭計算米夏應該到了于闐，援軍該走到哪裡。

這種黎明前的黑暗最是難熬，你明明看到啟明星了，卻急忙等不來天亮，苦苦掙扎著，更多的是靠信念支撐。到了九月中旬，盤橐城所有的房子都拆完了，能吃的東西都吃乾淨了，韭菜葉，白菜幫，甚至連苜蓿根都刨得一根不剩。這天董健將翻過好幾遍的胡蘿蔔地重新翻了一遍，累得上氣不接下氣。好不容易找到半根胡蘿蔔，卻像撿了個大饃饃一樣高興，左看右看，舉到頭頂看，看夠了便在胸口的衣服上擦了擦，遞給班超。

班超捨不得咬，遞給霍延，霍延又遞給田慮，這樣一個個傳下去，傳了一圈，又傳到董健手裡，誰都捨不得吃。董健眼眶酸酸的，將胡蘿蔔伸到班超嘴邊，請他務必吃了，因為他是大家的主心骨。班超搖搖頭，指著坐在地邊的下屬們說：「沒有你們這些弟兄，主心骨有啥用！給祭參吃吧，祭參年紀最小，應該得到照顧。」

祭參把頭一埋，含淚說：「叔叔和兄長們體恤，我更應該講究孝道，誰吃都輪不到我！」

班超突然看見離他最遠的兩個夥伕，想著他們一直給使團做飯，很是辛苦，這胡蘿蔔就給他們兩位吃吧！倆人只是擺手，把頭深深埋在兩個膝蓋之間，一語不言。最後還是霍延想辦法，讓班超先咬一口，然後大家輪流咬，咬到哪兒算哪兒。班超只好用牙尖兒啃了一點，後面的人也都用牙尖兒啃一點，一圈轉下來，半截胡蘿蔔只吃掉指甲蓋大一點，難過得董健轉身走了。過了一會兒，他與白狐一起回來，卻顯得很高興，因為白狐在東牆腳下挖到了可以吃的板土，長得一層一層的，很像薄板。

板土沒有任何營養，僅僅可以飽腹，而且吃多了漲肚。白狐又發明了一種吃法，就是把被子裡的棉絮扯出來，撕成條，捲著板土吃。這樣維持了幾天，棉絮也沒有了，只有白狐、董健等幾人還能堅持吃板土，其他的人只能靠喝涼水維持生命，連上城巡邏都很困難了。班超覺得援軍到現在還不來，大概是他們這些人的大限到了，關寵在柳中的悲劇有可能重演，只是沒人說破。他仰八叉地躺在長過白菜的地上，想著就算這幾天死了，也算值了。在西域這些年，占蒲類海，燒匈奴營，大敗尉頭、姑墨軍隊，還把康居大軍都搬來了，算算也是沒少折騰。前朝太史令司馬遷說過，人固有一死，或重於泰山，或輕於鴻毛，他所率領的漢使團不說與泰山比吧，至少也和蔥嶺差不多！

這個時候，班超突然覺得要死也死到城樓上去，要看著敵人，守著城，讓援軍一到就能看見我們。於是大家拄著劍，拉著手，互相攙扶著、依偎著，蹣跚挪步，慢慢爬上城頭，一人一個堆口趴在上面。不一會，有的睡著了，有的頹下去，靠牆坐下，或者直接躺到了，只有他們幾個能吃土的還有一點精神。到了夜裡，深秋的寒氣襲來，大家都被凍醒了，不管有無氣力，一個個渾身發抖。白狐拿出唯一保存下來的一床被子，為班超披上。班超讓他也進來，還讓旁邊的霍延也扯一個角。班超有氣無力，勉強張口，讓大家看東邊天上的下弦月，像個啥？霍延嘴裡烏拉烏拉，說像舀水的馬勺，董健咬著嘴唇說像塊瓜皮，祭參哆嗦著說像一隻船，白狐搶著說最像女人圓圓的屁股蛋，只是太遠了，摸不到。

白狐是個生命的奇蹟，不管多麼惡劣的環境他都能忍受。他讓大家仔細想想這輩子見過的女人屁股，一個個拿來比一比，看哪一個更像下弦月。一群光葫蘆就沉入對女人的想像與渴望，一個個閉上眼睛，似乎將周圍的寒冷都忘了。一向不願提女人的董健，此刻也不覺得白狐的說法有多麼討厭，反而看出白狐的生命力最旺盛，這時候還能想到女人，一定與從小在狐狸窩裡生活有關，就想讓他講講跟狐狸抓雞的故事。白狐卻不語了，又往嘴裡塞了一把板土。

太陽出來的時候，大部分人都沒從半僵中醒來，只有白狐還趴在堆口，向下張望。突然，他像是自語地說：「番辰撤了。」緊接著又大喊一聲：「番辰撤了！」

等大家掙扎著要起來，他卻一屁股坐在地上，嗚嗚地哭了起來……

宮鬥

建初六年仲春，當班超和他的隊友困守在盤槖城面臨物資短缺的時候，東漢帝都九六城的柳絮亂花，漸漸迷了路人的眼睛。

班超上給朝廷的奏疏，已經在太尉府躺了半年多，時任太尉鮑昱還是不敢呈給皇帝。這個鬍子花白的老臣，甚至有點埋怨班超，把一個燙手的山芋放到他手中，吃又吃不得，扔又扔不成。班超假太尉之手轉奏，是符合程序的。因為幾年前章帝命他撤回的詔令，是透過太尉府下達的，也就是皇帝把這件事交給了太尉府，他就不能再就此事直接向章帝上疏了。他前一次上疏，通報西域那些國家要接回質子才放他回來。幾年來有些質子走了，有些還沒走，他一直沒回來，章帝也沒再過問。

久經官場風雲的鮑昱，人雖正直，但見皇帝被後宮的鬥爭弄得焦頭爛額，也吃不準年輕主子的想法。他幾次與竇固私下商議，倆人都覺得章帝太重女色，又剛愎自用，聽不進別人的意見，在他自己沒有收回成命以前，把這個奏章遞上去，要麼被披頭蓋臉罵一通，要麼把班超放在了抗命的境地，這兩種結果都不好。老臣們都想觀察一段時間，看章帝到底想做什麼，然後再做計較。

此時，二十六歲的漢章帝劉炟，與皇后竇蕊及其妹妹貴人竇茵，在春意盎然的床笫纏綣了一夜，早朝時又聽了一大堆奏議，身子頗覺疲乏，也不看案上堆積的奏章，懶懶地斜靠在宣室殿的軟塌上，一邊喝著紅棗人蔘枸杞茶，一邊瞅著門外的陽光，思忖如何來處理生母賈貴人的問題。

劉炟的父皇明帝劉莊，後宮養的嬪妃宮女非常多，最出色的當然是明德皇后馬氏了。但馬氏一生無出，卻是女人內心的痛，終生極大的遺憾。馬皇后曾經對人說：「人不一定非要自己生孩子，善待別人的孩子，好好養大成人，也不亞於親生。」這段話曾在朝野盛傳，一度成了東漢中期的警句名言，以至於好多不能生育的人家，紛紛收養窮人家養不起的孩子，或者棄嬰，在一定程度上提升了人口的增長率。其實這也就是一句山村老太太言不由衷的俗話，養恩重於生恩，只不過借皇后的金口說出而已。

世上的事情就是這樣，一句至理名言，山野村夫說出來，稀鬆平常，沒幾個人覺得入耳，一旦變成達官貴人的語錄，那就人人傳頌，身價百倍。可貴的是馬皇后不光這麼說，人家也是這麼做的。劉炟在娘胎裡的時候，馬皇后還是太子妃，就和賈貴人達成協議，生了男孩過繼給她，將來若能立為太子，繼承皇位是大機率事件。

賈貴人的母親是馬援前妻的姐姐，馬援續娶馬氏的母親後，兩家沒斷走動，所以也是親戚，所謂肥水不流外人田，確保自己離皇權最近。所以，賈貴人很爽快地答應了。可是孩子一出生，看著兒子那小可憐樣兒，想想自己十月懷胎的不易，一時骨肉難離，賈貴人又捨不得了。馬氏看她難捨難分的樣子，也動了惻隱之心，便說：「賈貴人實在捨不得的話，也就罷了，反正都是皇子，將來也是有機會的。」

然而，賈貴人大事面前不糊塗，她在親子之情和繼承大位的取捨上，還是表現出了女人少有的大智大慧。明帝一共有九個兒子，其中有七個是在太子任內所生，賈貴人生的劉炟已經是第五個，四子劉黨才一歲，還有兩個腆著大肚子的妃子成天在皇宮招搖，生怕別人不知道他們懷了龍種，說不定幾個月之內就能誕下皇子，馬氏選擇的範圍可大著呢。

賈貴人清楚太子和皇帝身邊的女人，說到底只不過是個生孩子的機器，皇家要的是你肚子裡產出的兒子，對你是誰並不在意。身為人主的皇帝，是天下美人翹首以盼的偶像，夢中情人，能選進宮的女人，哪個不是嬌俏美顏呢！美人對皇家來說就像韭菜，割一茬又長一茬，割都割不及，早都審美疲勞了。她清楚馬氏是因為和她關係密切，才向她借子的，她要反悔了，不但會疏遠將來的皇后，也等於把大好的機會讓給了別的女人。後宮這麼大，你得細細看，明面上一團和氣，背地裡暗流湧動，哪個不想踩著別人的肩膀上呢？

賈貴人在奶了幾天兒子後，就叫人稟報太子妃，等她用母乳餵滿一個月就送過去。馬氏不用受那十月懷胎的罪，憑空得了一個胖兒子，高興得恨不能自己變成奶娘，自然視如己出，寵愛有加。三年之後，馬氏一成為皇后，就順理成章立了劉炟為太子。但依後宮規矩，孩子自過繼之日起，就斷了與賈貴人的聯繫。所以劉炟從小到大，一直以馬家為自己的外戚，朝中大臣對此也諱莫如深，誰說出去就是殺頭的大罪。直到前兩年已經成為太后的馬氏仙逝，才有獻媚邀寵的大臣敢上表，請章帝追封生母賈氏。

章帝先為生母的官服印紐上繫了赤色絲帶，又賜給四匹馬拉的安車一輛。這是諸侯王才能享受的規制，一下子提升了賈貴人的身分地位，第一次在街上招搖，就收穫了一路的眼球。光有地位還不行，面上的光鮮需要裡子飽滿才能支撐。於是再增宮人二百，御府雜帛兩萬匹，黃金（漢時金與黃金混稱，金一般指黃銅）千斤，錢兩千萬。這些財富比西域那些幾百人的小國殷實多了，足夠一個中年女人盡著能耐揮霍。

賈貴人沒想到中年之後享此榮華，不由得勾起二度的春心，就讓人祕密物色了幾個有八塊腹肌、人魚線分明的面首，藏在宮裡，整日聲色犬馬，樂此不疲，把明帝當年欠她的通通找補回來，她覺得這才是做美人的最高境界。想當初美人們荳蔻之年進了皇宮，身分雖然高貴了，但總覺得還差那麼一點點，於是爭寵吃醋，都想成為皇后。當了皇后，雖然貴為天下之母，那也是高處不勝寒，整日如履薄冰，如臨深淵，危機四伏，步步驚心，隨時都得堤防有人用更高明的手段，讓自己的既得成果翻盤，甚至變成前漢後宮裡呂后一手炮製的「人彘」。

從某種意義上說，皇后身分的女人一旦誕下或者收養了皇子，就再也不想有那個一年難得見幾次的丈夫了，巴不得他早日晏駕，那時皇后到了皇太后的位置，就不再有任何危機了，那才是真正的太上老君，再也沒人和她爭了。太后的生活是一個自由世界，想做什麼沒有做不成的。賈貴人這時倒有些替明德馬太后抱不平，才剛剛四十歲，就追先帝去了，讓她白白揀了個大便宜。

章帝聽到生母肆意作歡的傳言，心裡著實難堪。他本來還想找幾個賈氏的族親賞些好處，讓生母這麼一鬧，也沒有心情了。茶杯裡的紅棗、人蔘、枸杞，本來都是甜的，這時飲起來怎麼有些酸味。小黃門蔡倫躬著腰，用貓一樣的嗓子稟報：「皇后和竇貴人來了。」不等章帝說話，那一對仙娥一般的姐妹，恰似雲彩一樣飄了過來，雙雙髮髻高挑，羅裳溢香，標緻的粉臉上，水靈活泛的眼睛，一眨一閃之間，都是能讓男人掉魂失魄的騷媚。

竇氏姐妹往章帝左右一坐，一個捶腿，一個捏腰。一個知冷知熱地說：「皇帝操勞國事也不能太辛苦了，要注意勞逸結合。」一個嬌嗔地念叨：「園子裡的牡丹開了，皇帝本是採花大盜，不能讓別人先賞了。」章帝雙手一抱，把姊妹倆攬在懷裡，賞心悅目地說：「什麼花好看，還能好過妳們這倆朵活花兒！」然後一人臉上親了一口，就在美人的簇擁下賞花去了。

竇茵所說的園子在北宮的東南角，長十八丈，寬十二丈，是按九六城的比例修建的，裡面廣植玉蘭、牡丹、蟠桃、鬱金香、芍藥、秋菊、臘梅等草本和木本花卉，為的是一年大部分時間都有鮮花次第開放。後宮的嬪妃們，常年被禁足在皇宮裡，不能任性地去看外面的世界，就隔三差五來這院子裡消遣。

章帝對這些花花草草，本來沒什麼興趣，但對打扮得花枝招展的美人，卻不能沒有興趣，所以這個地方也是經常走動的。他高高興興進到園子，一眼看見梁貴人姐妹和宋貴人姐妹一行人等，已在園子遊走，還以為是竇后專門安排，請後宮的女人們一起賞花的。剛想表揚兩句，及至那些嬪妃們跪下請安，竇蕊的鼻子都氣歪了，才知道那些人是不請自來，事先不知道皇帝和皇后的安排，否則早都迴避了。

梁家姐妹和宋家姐妹都是雙雙入宮，已經有好幾年了。梁氏的祖父是與竇融一起幫劉秀打嵬囂的功臣，也是「亂世用重典」的積極倡導者，在朝野很有影響，先封成義侯，後改封高山侯，四個兒子都是郎官，也是門楣光耀。後來伯父梁松犯法服罪，連累了父親梁竦和叔叔梁恭，被流放到九真一帶，明帝時代好不容易回到京師，已是昔日輝煌不再了。梁竦鬱鬱不得志，常作文諷刺那些尸位素餐者，又得罪了一些權貴，只好想辦法將兩個女兒送進太子府，史稱「大梁小梁」，以求再次顯貴。碰上明帝是個只讓外戚富、不讓他們貴的主，盤桓好幾年也沒邁進二千石的行列。好不容易等到明帝嚥了氣，小梁貴人肚子爭氣，一朝分娩生下劉肇，這才被女婿章帝提升為大鴻臚，補了改任光祿勳的竇固的缺，一躍成為九卿之一。

宋家是漢文帝時代的功臣宋昌的遺脈，在西漢時期就食邑五千戶，後來漸漸淡出人們視野。到宋貴人父親宋楊這一代，就做了恭孝隱士，拒絕出任朝廷官職。但宋楊的姑姑是馬皇后的外祖母，馬皇后聽說宋楊有兩個女兒，教養很好，才藝俱優，好不容易做通宋楊的工作，抬入東宮，得侍儲君，史稱「大宋小宋」，幾年後大宋貴人生了劉慶。在竇家姐妹進宮前，她們四個都比較受寵，大宋生的劉慶，已經立了太子，小梁生的劉肇才剛週歲，封王也提上了議事日程，可見澤被不淺。

自從竇氏姐妹進了宮，四位貴人的好日子就到頭了，可見世上確實「花無百日紅」。章帝不想兒子就不來見她們，幾個人都鬱鬱寡歡，心裡頭要多憋屈有多憋屈，有好多氣沒地方出，見皇后無端找事，也話裡話外地說：「有好長時間沒見到皇上了，正好給皇上請個安，願皇上萬歲。今見皇上眼睛紅腫，可是熬夜過度？皇上乃萬乘之軀，當以龍體為要。臣妾們也祝願皇后千歲。」

章帝倒是打哈哈，終歸是一起快活過的，沒有無端斥責的必要。但竇后可沒那麼大的心胸，聽著不順耳，嫌他們沒有問候妹妹竇茵。梁貴人說：「竇貴人與妾等同屬貴人，妾身年長、進宮早，應該是竇貴人先問候臣妾。」這梁貴人也是不識時務，你都過了氣了，還要圖一時口舌之快，何苦來哉！竇蕊沒了理，還要以勢壓人，並且從此與兩人結了梁子，接下來就要往死裡整。

竇蕊的確是個宮鬥的高手，而且由她開了東漢外戚專政的先河。這個年輕的女人之所以如此厲害，與她的生長環境有關，更與母親沘陽公主從小的培養教育，密不可分。竇蕊和妹妹竇茵是親姐妹，都是東漢開國大功臣竇融的曾孫女。祖父竇穆（與竇固為堂兄弟）、父親竇勳，都在明帝時代犯罪服法，母親沘陽公主年紀輕輕就守寡，帶著竇憲、竇篤、竇景、竇瑰和竇蕊、竇茵六個孩子，也被親弟弟明帝不大待見，地位一下子跌落千丈。但以她公主的尊貴身分，瘦死的駱駝比馬大，生活還是富足的。而且宮裡那些骯髒毒辣的手段，她從小就耳熟能詳，也知道在生命谷底，如何才能鹹魚翻身。

當時洛陽流行一句童謠：「從來富貴兩條路，不走黃門走紅門。」黃門即金錢，就是買官，這條道兒分兩岔，一是朝廷拮据時實行捐官政策，捐官不算賄賂，走的是正黃門；平時私相授受，託門子、拉關係獲得提拔叫偏黃門。紅門即鮮血，也有兩條岔兒，戰場浴血奮戰賺功名，叫俗紅；把女孩子送進宮血染龍床，叫雅紅。竇家前輩竇融跟光武帝打江山那叫俗紅，到了竇憲這一輩，母親可不想讓兒子血灑疆場，畢竟雅紅比俗紅愜意多了。於是把一切翻盤的希望，寄託在一雙女兒身上。

大概是豪門世家種子好的緣故，沘陽公主的女兒，落地就是美人坯子，越長越出落得水靈秀氣，人見人愛。據說竇蕊六歲能著文，公主便時不時招來相士問命，都說是大貴之命。沘陽公主便多給金錢，讓相士到處傳揚，並不時請來大內太監，按照妃子的要求嚴加調教。到了十三歲，又趕緊託人往後宮選拔秀女的官員身上使錢，原想送一個進去，就已經燒高香了，誰知選官說太子喜歡姊妹花一起侍寢，也就是坊間傳說的「雙飛燕」，便把倆美人一起抬了進去。

時為太子的章帝之於女色，比之朝政的興趣要大得多。他早就聽說竇女才藝雙馨，還是他的表妹，一見果然傾國傾城，第一夜就玩得盡興，後來經常雙鳳戲龍，雙雙侍寢，左摟右抱，欲罷不能，恨不得天天寵幸，須臾不離，把以前寵幸的那些梁貴人、宋貴人，一個個拋諸腦後，登基第二天，就封竇蕊為皇后，竇茵為貴人。

竇氏姐妹既得專寵，就想在後宮排除異己，樹立威信。她們的眼中釘是宋貴人姊妹，肉中刺是梁貴人姊妹，必欲除之而後快。偏偏這些不識時務的人又在花園裡頂撞了她，讓竇后的牙齒都咬得咯吧響。但作為皇后，地位在那兒擺著，不能啥事都親力親為，做事要找幫手。竇蕊看皇帝身邊的小黃門蔡倫很機靈，腦瓜好使，好似屁股上都長著眼睛，就找他來幫忙。

蔡倫是桂陽郡人，雖然出生在農家，卻也識文斷字，長相英俊，人又十分聰明。十五歲那年淨身入宮，頗能奉承上意，半年時間就當了小黃門。竇蕊叫他先拿宋貴人姐妹開刀，偏巧找著一個機會。大宋貴人老覺得頭暈無力，蔡倫就介紹他小時候聽說生菟（菟絲子）能治，而太醫院的藥材都擱置時間太長，藥效不好，最好到宮外求購新鮮的。宋貴人還以為他是好意，就讓他給娘家捎信，想辦法求購一些。

蔡倫出了西宮，直接到長秋宮，直接將信交給竇后。竇后一看，喜不自禁，便將它作為話柄，在章帝跟他們姐妹玩到興頭上，突然說宋貴人慾作蛊道，借生菟為厭勝術，咒詛宮廷。這時她的母親所教那些演技，馬上就派上用場，立即裝出一副愁眉淚眼的容態，譖毀宋貴人母子，且說宋貴人一心想當皇后，當不上就會害死她們姐妹，她這會兒就情願將正宮位置讓與她，只求能伺候皇上就行。

劉炟正與竇后姊妹如膠似漆，血管裡的液體正在往外膨脹，氣憤地說：「正宮的位置是朕封的，不是誰都能想進，想進就能進的！」從此對宋貴人母子漸漸生憎，打入冷宮，很快又派人送去兩條七尺白綾，令她們姐妹自殺了斷，留個全屍，已是顧念以前的情分。一雙宋貴人就算悔斷腸子，也躲不過鬼門關了，只能手拉手含恨步上了黃泉。宋貴人的兒子劉慶已經當了三年太子，也在竇后的蠱惑下，被章帝說成了「精神病」，一道詔書貶為清河王，令朝中文武都感到不可思議，也令已故明德馬太后的一番苦心化作了煙雲。

竇后見章帝這麼容易中計，心裡大喜，有機會就和竇茵一起商量，如何在後宮的江湖上說一不二，保持絕對的霸主地位。考慮到自己雖得專寵，終無生育，妹妹竇茵與她輪流當夕，也總覺閉塞不通，毫無懷妊消息，百計求孕，始終無效，就給劉炟灌迷魂湯：「陛下，你知道我們姐妹為什麼不生嗎？不知道吧！我們是為了保持體形，保護關鍵部位，一直服用藥物，目的是伺候皇帝玩得開心。要不然一生孩子，身子大破，與別人沒了區別，皇帝還有什麼新鮮勁兒。所以我們姊妹決定永遠不生孩子，反正後宮能生的女人多的是。皇帝想要兒子，還不是分分秒秒的事情。」

劉炟也是色迷心竅，竟然覺得竇氏之言，標新立異，不落窠臼，一切都是為他著想，對她們姊妹更上心了。過幾天竇后又說：「臣妾雖然不生，但得盡快立個太子，過到臣妾名下才行，否則不能服眾。」章帝照准。竇蕊就把那小梁貴人所生的皇子劉肇，移取過來，視若己生，立為太子。事情發展到這一步，其實也很好。章帝自己從小也是馬皇后撫養的，後來順利接了班。但人一上百，形形色色，女人和女人更是不同。馬皇后得了皇子，對賈貴人照顧有加；竇皇后得了皇子，卻容不下皇子的母親，就連她的母家，也要殺得乾乾淨淨。這次還是找的蔡倫，蔡倫辦事絕對讓她放心。

蔡倫這傢伙使人寫了一封匿名信，誣陷梁貴人姐妹與宮外聯繫，要找高手刺殺竇皇后。竇后姐妹在章帝面前哭得死去活來，讓劉炟給她們一人一杯毒藥自盡，省得被人所害，受盡侮辱。章帝不知是腦子缺弦還是豬血塞了心竅，前面賜死了宋氏姐妹，也沒認真想一想，竟然一氣之下，真讓蔡倫給梁貴人姐妹送去兩觚毒酒，強按著頭飲下。可憐又一對姊妹花，倏忽斷了氣息。這還不算，後來又把梁貴人的父親——大鴻臚梁竦勾連進去，關到監獄，出獄後流放。不到半年，就被那些落井下石的外地官吏給折磨死了。

心狠手辣的蔡倫幫竇后有功，後來被提拔為中常侍。章帝死後十歲和帝劉肇登基，由竇太后（蕊）聽政，讓蔡倫隨侍幼帝左右，參與國家機密大事，秩俸二千石，地位與九卿等同。中國歷史上宦官干預國政，也正由此開始。和帝親政後立鄧綏為皇后，蔡倫立即投靠鄧皇后。鄧綏喜歡舞文弄墨，蔡倫為投其所好，甘心屈尊兼任尚方令，主管宮內御用器物和宮廷御用手工作坊。

蔡倫這個人有陰毒的一面，也有聰明能幹的一面，如同任何歷史人物都不是十全十美一樣。在兼任尚方令期間，他廣泛蒐集前人製造粗紙的工藝技術，不斷加以改進，造出了優質的紙張，一舉結束了竹簡上寫字的歷史，為世界文明和進步做出了卓越的貢獻。鄧太后把持朝政那些年，蔡倫繼續受到重用，被封為「龍亭侯」（封地在今陝西洋縣），從此進入貴族行列，由他監製的紙被稱為「蔡侯紙」。元初五年（118）又被提升為長樂太僕，成為鄧太后的首席近侍官，受到滿朝文武的奉承。永寧二年（121），正當他權位處於頂峰之際，鄧太后去世了，安帝親政。蔡倫當初作為竇后幫凶做的那些壞事，終於得到了清算。蔡倫自知死罪難免，自己弄了一杯鶴頂紅毒酒，結束了飽受爭議的生命。蔡倫一生在內廷為官，靠機巧侍奉四個幼帝，投靠兩個皇后，地位節節上升，身居列候，位尊九卿，最後卻以慘死告終，說明人在做，天在看，不能為了往上爬而昧了良心，做那些欺天害人的醜事、惡事。但「蔡倫造紙」對中國造紙工業的貢獻，得到後世的承認，因而千古留名——這些都是後話。

就在蔡倫幫著竇后殘害梁、宋四貴人的時候，章帝正為提拔竇蕊的兄長竇憲頭痛。竇憲雖然長在沒落貴族家庭，從小也習了一些武藝，但學了一身的壞毛病，打架鬥毆，欺男霸女，經常鬧出些荒唐事，而且誰要是得罪了他，哪怕為芝麻大點小事，他也要找機會報復，使得沘陽公主不得不拋頭露面，一次次替他擺平。自從妹妹進了宮，巴結他的地皮流氓就把他尊為京城老大，行事更加肆無忌憚，常常把人家酒館茶肆禍害得雞犬不寧。但竇后對章帝可不是這麼說的，她已經頻頻在章帝枕邊吹風，極言其兄如何文修高深，武功蓋世，如何有鴻鵠之志，如何有深孚眾望的領導能力，云云。章帝被美人說動了心，也知道那些褒獎必是誇大其詞，但就憑著竇憲的大舅子身分，也不能沒有個官職。

其實早在建初三年春夏之交，就由衛侯李邑聯合了一幫趨炎附勢的諂媚之臣，上了一個摺子，拿天下大旱、好幾個月不下雨說事，請求章帝分封諸舅，光耀外戚。章帝當時就把這個摺子交給三公討論，因為這牽扯到顛覆明帝時外戚不能插手朝政的禁令。當時的大司徒是鮑昱，大司空是第五倫，太尉是牟融。三個老臣都知道章帝的意思，反正明帝已經作古，現在吃的是章帝的俸祿，一代天子一個弄法，愛怎麼折騰怎麼折騰，所以都表示贊同。然而要分封，先得封他的舅舅，然後才能封大舅哥，這是禮制，順序還是不能亂套。

問題是在分封這個事情上，明德馬太后一直持反對態度。她聽說了李邑的摺子，馬上頒出一道懿旨，讓章帝當庭曉諭眾臣。太后指出：「凡是提議分封諸舅這件事的人，都是為了巴結哀家而獲得好處的。前漢成帝給五個舅舅同日封侯，一時黃霧四塞，也不聞澍雨之應，最終還導致了王莽篡權，漢室蒙羞。外戚過於貴盛，鮮有不導致朝廷顛覆的。所以先帝堅決不把舅氏放在樞機之位，難道你那幾個舅舅，能和先帝的陰興家族幾個舅舅相比嗎？人家可都是光武中興的英雄，天下公認的人傑！哀家沒有什麼大本事，常恐虧先後之法，有毛髮之罪，所以不怕你們不愛聽，屢屢出來說話。即使這樣，親屬們還時有違反法規者，比如給先人起高墳，哀家一聽說就讓他們平了。哀家一生粗衣大練，不是不喜歡穿好的，只是想給天下做個簡樸的表率。有一次出門看見馬家門前車如流水，馬如游龍，蒼頭衣綠構，領袖正白，顧視御者，不及遠矣。哀家也是很生氣，當時沒有進去譴責，是因為皇帝已經給他們加了官，哀家只能讓皇帝不再賞賜他們，絕了他們的財源，期望他們能夠愧疚自省。知臣莫如君，況且親屬呢！今天豈能夠上負先帝之旨，下虧先人之德，重蹈西京敗亡的覆轍呢？」

這道懿旨，站在了道德的制高點，言辭犀利，話說得很重。朝堂裡再也沒人敢提分封之事了。可是章帝背後有竇后推著，還是不肯罷休。有一天借去給太后請安，又搬出一番說辭：「光武時代，舅氏封侯與諸子（皇子）相同，都是因為太后您過於謙讓，非但您的父親馬老將軍沒有列入二十八星宿，朕的三個舅舅也沒有得到太多的好處。如今他們有的年高，有的身體不好，現在不冊封，萬一哪天他們歿了，不是讓朕這個做外甥的抱憾嗎？」

馬太后不管章帝怎麼說，就是援古說今，一再阻止。最後說：「士大夫渴望封侯，上為祭祀時能告慰先人，下為家庭溫飽。如今馬家祭祀有哀家的名份在這裡，應該夠榮耀了。衣食用度也由府庫供著，他們還有啥不滿意的？孩子啊，從來人子盡孝，以安親為主。今屢遭變故，天旱無雨，穀價漲了幾倍，你應該好好想辦法，解決老百姓的吃飯問題，怎麼能光想著外封舅氏，一再違拗慈母的苦衷呢？」

從竭力阻止分封馬家這件事來看，馬太后無疑是難得的賢后，朝野尊其「明德」，也是名至實歸。一心想擢拔竇皇后兄長竇憲的章帝，見皇太后這關硬是過不去，就想了一個架橋鋪路的辦法。他一改不許貴戚典兵的舊制，命他的二舅馬防為車騎將軍，與改任長水校尉的耿恭領兵十三萬去西羌平亂。當時燒當羌滇吾子迷唐，率兵攻入了金城（今蘭州），把黃河兩岸的財物糟蹋得差不多了，又轉寇隴西、漢陽，一時趨之若鶩，聲勢浩大。但是有智勇雙全、血戰疏勒城的耿恭在，當然旗開得勝，一戰即斬首四千多級，剩下的要麼投降、要麼潰逃了。快報到了洛陽，章帝見好就收，馬上召還馬防，留下耿恭繼續剿撫。

耿恭在西域是個連敵人都敬重的真英雄，他在西羌不濫殺無辜，撫剿並舉，以撫為主，很快就恢復了西羌的安寧，深受羌人的擁戴。但是馬太后的哥哥馬防這個人，品行還真不怎麼樣，這點他的妹妹比誰都看得清楚。耿恭幫他立了大功，他非但不心存感激，一回到京城還告人家的御狀，說人家在出征的時候老大不願意，根本不考慮打仗的事。

其實是耿恭這個人沒有心機，或者是想說些討好的話，藉機和馬防搞好關係。他沒太把馬竇兩家的恩怨當事，說：「馬將軍貴為國舅，原不該到西羌這樣的蠻荒之地風餐露宿，已故安豐侯竇融在西羌很有聲望，姪子竇固出師西域，白山大勝，聲威遠震，還不如讓竇固鎮撫河西，馬將軍駐屯離京都比較近的漢陽，末將就借你們的威望，在前方平息羌亂就行了。」

馬防也不分好賴話，嫌耿恭引薦竇固，滅了他的權威，從此懷恨在心。章帝就是再糊塗也應該知道這一仗是誰打勝的，可他偏聽偏信，不久就嚴旨催耿恭回京述職。耿恭離開的時候，許多羌人都灑淚相送，希望耿恭能快去快回，他們是多少年了才遇上一位他這樣的好官。耿恭下馬致禮，許諾自己很快就會回來。可是一到洛陽，沒進得了皇宮先進了監獄，也沒人和他解釋為什麼。幸好耿恭的人緣不錯，有太尉第五倫等幾個大臣聯名保他，總算被釋放了，但也被免職回了老家，只有在低矮的土屋裡含恨終生了。馬防從這次平羌中撈到資本，章帝直接就封馬廖、馬防、馬光三兄弟同日為侯。

明德馬太后知道後，喟然長嘆：「哀家少壯時，但願名垂竹帛，志不顧命；今年已垂老，尚謹守古訓，戒之在得，所以日夜惕厲，思自降損，居不求安，食不念飽，長期不負先帝，裁抑兄弟，共保久安。偏偏老志不存，令人唏噓，就使百年以後，也覺得此恨綿綿，無絕期了。」這次馬家三兄弟倒是體諒姊妹的苦衷，趕緊上書章帝，提請讓出封邑，願意在關內隨便有點食邑就行。可是章帝好不容易鬧這麼一出，豈是能退回去的！

接下來才是正戲，章帝隔夜就提拔年輕的竇憲為虎賁中郎將，他的弟弟竇篤為黃門侍郎。沘陽公主高興得仰天長哭，禱告老天爺她近二十年守寡，功夫總算沒有白費，竇家再一次站在天下仰望的高處。當年那些趨附馬家的豪門走狗，朝秦暮楚，一溜煙又跑去攀附竇家。竇憲藉著妹妹的關係，日益囂張，朝中的王公貴戚，包括六大家族中的陰家、梁家、鄧家、耿家都開始害怕他。馬家三兄弟仗著章帝是外甥，開始對竇憲並不買帳，但抵不上竇憲的兩個妹妹，在床上給章帝告陰狀。馬太后一死，馬家剛剛到手的那些榮耀與富貴，很快又被章帝收回了，只虧了馬援父女一條「紅道」，兩方努力，到頭來還是一場空，恰似竹籃打水。

竇憲年輕跋扈，固然與章帝寵幸其妹有關，但實際上是一種復仇意識的膨脹，是對他先人被明帝處死的一種不滿。章帝轉這麼一大圈下來，費了不少周折，結果還是外戚互掐，也是一肚子悶氣。就在這時，不甘寂寞的校書郎班固，因為妻子老嫌他不思長進，俸祿還沒有弟弟多，時刻想找個機會出人頭地，就與同事付毅等人商議，給章帝上了一個摺子，言國家沒有大的戰事，應該講經名義，效法當年漢宣帝的故事，博徵群儒，在白虎觀考訂五經，把這些年文人們對於孔孟董仲舒之道的高談闊論，統一個調子，作為後世範本。

章帝自小拜一個叫張酺的大儒做導師，學了一肚子儒家理論，也寫得一手好字，後世所傳「章體」，就是章帝的書法風格。他一聽這幫文人上奏的事情，剛好是他所感興趣的，也能舒緩一下後宮的緊張與勞累，一下子提起了精神。他讓班固等人張羅，請中郎將魏應和帝師張酺兩個大儒出題，各地儒生踴躍作答，由章帝親自裁決，考證五經的異同，其他事情一概擱置，不信天能塌下來。此事延綿經年，最終的成果就是出了一卷《白虎通議》，將「君為臣綱」列為「三綱六紀」之首，將當時流行的讖緯迷信與儒家經典糅合為一，使儒家思想進一步神學化。

章帝玩得挺高興，並沒有想起給班固等人加官進爵，讓他們白忙一場。試想一個大國的皇帝，把主要精力放在一家理論的研究上，而把比這些重要若干倍的軍政大事擱置一邊，這是何等的無知和迂腐！歷史上的亡國國君，不是因為殘暴、荒淫，就是因為沉迷聲色，或者對一家學說走火入魔，很少有勤政固邊而失敗的。

太平日子過得很快，轉眼到了建初七年（82）五月。班超的密使韓陽第三次來到洛陽，向竇固打聽朝廷對西域問題的態度。竇固覺得這個事情再也不能拖了，一個奏疏壓了一年半，還到不了皇帝案頭，要是緊急軍務，早都時過境遷了，不知多少人已經人頭落地，命喪黃泉。此時他已由大鴻臚轉任光祿勳，在九卿中的地位又往前排了些，覺得行不行都要去碰一下，不能太冷漠了前方將士的心，就俯下身子去找新上任的虎賁中郎將竇憲。

令竇固大感意外的是，竇憲對班超的事特別感興趣，稱讚班超年輕時就膽識過人，是他崇拜的英雄。對太尉府如此壓下這麼重要的奏章，很難理解。他說：「這個節骨眼上，把奏章直接遞上去，皇帝不把他們下獄才怪！不過，班超是你的愛將，您老屈尊降貴跑一趟，我這當孫子的也不能不搭把手，就讓太尉府送我這裡來吧！」

竇憲這個不可一世的花花公子，在這個事情上的擔當，還真讓竇固對他刮目相看。竇憲進宮是比較自由的，幾乎是高興就可以進，誰敢攔就揍誰，這也開了歷史先河。他把奏章扔給妹妹竇后，讓她打個馬虎眼蒙混過去。竇蕊是多聰明的主兒，眼珠一轉，計上心來。一見到劉炟就說：「後晌在床下找東西，發現了一卷奏章，八成是以前掉下去的，臣妾也不知道要緊不要緊。」

劉炟常常不在宣室殿坐班，奏章送到皇后那裡，是司空見慣的事兒。這會兒一看是班超從西域發來的，落款是建初五年冬月，多少有些慍意。而班超要經營西域的想法，也是他現在的想法，因為這幾年的龍椅坐下來，也讓他悟出許多國家社稷的道理，已經為當初輕易放棄西域的草率決定後悔了。正好班超的奏疏給了他一個臺階，卻被遺棄在床下，不知是他的運氣不好，還是班超的運氣太差。章帝搖頭苦笑，覺得皇后能把這封奏疏找出來，也算有功，當時就賞了一顆交址進貢的大瑪瑙。

班超的奏疏是這樣寫的：

臣以前看到先帝想打通西域、重開「絲綢之路」，因而北擊匈奴，命臣出使西域，經過臣等宣達漢威，鄯善國和于闐國當即歸附，後來拘彌、莎車、疏勒、月氏等國也陸續歸順。前不久臣帶領疏勒、莎車、于闐和拘彌的軍隊，在康居鐵騎的幫助下，一舉攻破了姑墨南城，趕走了龜茲在姑墨、溫宿的勢力，朝廷的影響更大，就連烏孫和康居這樣天山北道的國家，也表示願意與漢朝交好。臣雖然只是個軍中的小吏，卻很想效法谷吉在遠方為國效命，像張騫那樣在曠野捐軀。從前魏絳只是一個小國的大夫，都能與諸戎訂立同盟和約，臣今天仰承大漢的聲威，難道不能盡鉛刀一割的作用嗎？

前漢議論西域形勢的人，都說只要聯合了三十六個國家，就等於折斷了匈奴的右臂。現在西域的各個國家，那怕是極邊遠的小國，沒有不願意歸附漢朝的，凡是漢使到達的地方，大小國家都十分高興，自願進貢的絡繹不絕，只有焉耆、龜茲二個國是匈奴的幫凶，不服從我們，死心塌地與漢朝作對，臣正在想辦法，聯合一切可以聯合的力量，共同攻滅龜茲，拔掉「絲綢之路」上的釘子，開闢通往漢朝的道路。如果我們攻下了龜茲，天山南路的南道和北道就都通暢了，東西方的交流將會得到更大的發展，大漢文化的影響將會越來越遠。

奉命出使西域以來，臣帶領三十六個部下，取得了一些進展，也歷盡了艱難危困。自從孤守疏勒，至今已經五年了，對於西域的情況，還是較為熟悉的。臣現在已經能流利地使用當地的語言，也曾經問過大小城廓的人，他們都認為大漢與天一樣可靠。對於解決龜茲問題，臣建議還是剿撫並舉，請朝廷派幾百步騎兵護送白霸回來，封為龜茲國王，他是當年去洛陽做質子的；然後由臣來聯合其他各國軍隊，共同對付匈奴在西域的重鎮龜茲，相信要不了多久，就可以擒獲匈奴人立的龜茲王尤利多。這個人是匈奴的忠實走狗，與大漢離心離德。用當地的武裝力量，來消滅當地的反動勢力，這是上上之策！

另外，臣經過多次勘察，發現莎車、疏勒、于闐和姑墨都是田地肥廣，草茂畜繁的地方，不同於敦煌、鄯善兩地。在那裡駐軍，糧食完全可以自給自足，不須從遙遠的關內來輸送。若能動員一些失地農民到這些地方墾荒就更好了，既能開發利用當地的土地和水利資源，增加糧食供給，也能將關內的文化和生產技術帶到西域，促進漢與西域的融合。懇請陛下能恩准下臣的奏章，若能參照辦理，獲得成功，就是天下之大幸，陛下之大幸！臣就是粉身碎骨也沒有什麼遺憾。

但願上天保佑大漢，一定讓臣能看到西域平定、「絲綢之路」通暢、東西方交流頻繁的盛況，那時，陛下就可以舉杯告慰祖廟，天下人都過上歡歡喜喜的好日子了，陛下的功德將永世傳揚！

看過奏疏，劉炟在龍椅上往後一仰，大發感嘆：「記得先帝曾說班超有點愣，歷練了這些年，朕看他這奏章還是很有見識的，他對西域的分析很透澈，想法也頗合朕意，這些年真是難為他了。」

章帝一高興，馬上招來三公九卿商議。他先向竇固打問，班超這些年的給養問題是如何解決的。竇固見章帝點了他的名，就將班超帶領三十六勇士，在西域浴血奮戰，平叛安民的事情擇要做了彙報，又將西域的荒涼和氣候特點做了說明，至於他們的供給，是他離開西涼時，安排敦煌守軍轉供，並報到了太尉府。章帝不知怎麼回事，突然動了惻隱之心，伸出十個指頭，喃喃地自言自語：「十年，快十年了……」

竇固見章帝有了體恤之意，抓住這個時機說道：「十年一瞬間，可人生沒有幾個十年。班超一行絕域求生，艱苦卓絕，將士同心，無怨無悔，為的是大漢江山穩定，『絲綢之路』暢通，皇恩廣達天下，這是陛下之福，國家之幸！為今之計，應盡快派人馳援。待攻下龜茲，平定西域，再考慮派人守護，也讓人家回家過過與家人團聚的日子。」

章帝不住地點頭，又問太尉該調何處之兵。鮑昱當年在司徒任上曾經力主救助關寵和耿恭，與竇固立場相近。他說：「若調敦煌大營之兵，大營還得再徵兵補充，匈奴的威脅近在咫尺，恐非穩妥之策。西域遙遠，去時容易回時難。臣下之意是徵發各地監獄中強壯的犯人，一律免罪，給條出路，以功折罪；再徵集一些能領兵的志工，多給軍餉，讓他們馳援班超去。就是對班超一干人等，也應增加供給，以資鼓勵。」

鮑昱的提議頗合當時的社會背景。東漢時代基本消滅了奴婢制度，普通民眾有了基本的人身自由。但長期以來形成的人身依附關係，還是主流的意識形態，以農業為特徵的經濟活動，又加劇了鄉紳、大戶對周圍民眾的控制程度，所以家裡只要有幾畝地，交了皇糧，上了保護費性質的貢品，就能在鄉紳、大戶的羽翼下，過起平常的粗疏生活。即使沒有土地，也可以在王侯將相的封地上當佃戶，沒病沒災的情況下，一個壯男養一家人還是能夠溫飽。要是再有三十畝地一頭牛，老婆孩子熱炕頭，那更不願出遠門。在這種情況下，要想動員人們自覺自願到遙遠的地方戍邊，那是相當的困難。

章帝同意鮑昱的主張，問竇固派多少人合適。竇固略加思索說：「兩千人比較好，但是要快。因為這幾年間情況有可能變糟了。」其實他想說班超已經遇到了麻煩，莎車王和疏勒王都叛變了。可是班超派韓陽與他通情報的事情，屬於違反朝廷官員不許私下交通的禁令的，不能暴露。好在章帝主動承擔了奏章疏漏的責任，也就只有亡羊補牢了。老太尉鮑昱一直提著的心總算落了地，出了皇宮，就拉上竇固去沘陽公主府。名義是探望「偶感風寒」的公主，實際是感謝竇憲去了。

竇憲那個混世魔王，這次可是為朝廷辦了一件正事。

援軍

徐幹無論如何都沒想到，能在有生之年前往西域，支援他的師兄班超去。這不是老天的安排，而是他主動爭取來的。時下的人們，往往把一些機緣巧合的事情，說成冥冥之中的安排，非人力所能為。其實冥冥之中老先生一個人遠在人間之外，哪能管那麼多的事情呢！

機會降臨的時候，徐幹正忙著為長孫做滿月。他家的院子，裡外三進，門口一對石獅子，進門一個大照壁，門檻有一尺高，在扶風也算旺族。遇上增加一代人這樣的喜事，自然是門外結綵，門裡張燈，高朋滿座，貴客盈門，裡裡外外都沉浸在四世同堂的喜慶之中。作為四十五歲的爺爺，徐幹被一幫親朋好友畫成了花臉，面上卻洋溢著幸福的笑容。他的父親已經掛冠回家，正陪著郡守等一干郡裡的頭面人物吃酒說話。出於禮節，徐幹要帶著兒子，給這些長輩敬酒。敬了兩觚，好事成雙，郡守卻要他再喝一觚，有個消息要告訴他。

作為郡府的小吏尉曹，郡守讓你喝酒，那就是看得起，即使沒消息也不能含糊，徐幹一仰脖子就亮了觚底。郡守這才說：「我們扶風的大英雄班超，是你的朋友吧！聽說明帝時你曾陪他到洛陽闖皇宮來著，現在他在向朝廷申請援軍。皇帝下詔讓遴選囚犯充軍，凡願意去西域的，一律免罪，立了功還能蔭及子孫。這支軍隊需要一個領軍的，官拜假司馬，一下子就是六百石的俸祿了，我問你想不想去？」

徐幹乍聽，簡直不敢相信自己的耳朵。班超自從去西域後，一年總有一兩封信給他的，信上除了朋友的思念之情，主要是講西域的風土人情，有一次還讓他在老家招募各種工匠，到西域去傳播中原的手工業技術，他費了很大的勁，才沒讓老友失望。班超還說過需要教書先生，但沒讓他招募。最後一封信是三年前收到的，說他比較困惑，不知該半途而廢，還是等待機會。後來就斷了音信。這次給孫子做滿月，他妻子早幾天就派人去洛陽接水莞兒，為的是表姐妹多年沒見了，藉機聚一聚，把這些年的思念，在一起捋一捋，順便也打聽一下班超的情況。

徐幹還有個小女兒，今年十六歲了，出落得蓮花兒似的，也想說給班雄，延續一下他們兩家的情誼。由於班雄在太學研習，最近比較忙，只有水莞兒和女兒班韶來了。來了後先回的娘家，然後就和他妻子在一起，問起班雄可否成家。水莞爾不知徐家有意結親，實話實說，道是大伯子班固做的媒，已經定了親，徐幹兩口就不好再提。幾天來家裡客多，他也只簡單地和水莞兒聊了幾句。

聽郡守傳遞的消息，班超肯定是遇上坎了。作為幾十年的好友，徐幹覺得他去幫忙，是義不容辭的事情！可是，關中一帶是特別講究孝道的，「父母在，不遠遊。」作為家裡的長子，父母都是奔七十的人了，他怎麼敢隨便開口呢？他用徵詢的目光看著父親，希望老人家表個態度。

「我兒儘管去，家裡還有你兩個兄弟呢！」徐父一下子就明白兒子的意思了，真是知子莫若父。他說：「事關國家大義，不必拘於小禮。孔聖人並沒有說，父母在一定不能出遠門啊，只要『遊必有方』！再說你爹做了一輩子也就是個比六百石，郡守大人提攜你在府裡當個尉曹是三百石。真要到了西域，立了功，千石也是有指望的。那時你就是大郡丞的級別，也算光耀門楣了。你爹比你在膝下伺候著，還要高興幾倍哩！」

徐幹見父親很是豁達，自覺非常榮幸，當下就向郡守跪拜，表示自己和班超情同手足，必是要去！郡守若有所思，想了想說：「想險地立功的，大有人在，別的郡可能也有人想去。此事要想穩妥，最好上京師爭取一下。」

上洛陽正好順帶送水莞兒。徐幹騎馬，水莞兒母女倆坐車，一路曉行夜宿，徐幹盡的都是兄弟之禮，生怕對母女倆照顧不周。水莞兒苦笑著告訴他：「千石的官，聽著光鮮，家裡作難，一去十年，不能見面，小媳婦轉眼成了老婆婆，光陰還沒怎麼過，一晃就老了！」

徐幹理解這位表妹兼嫂子的不易，她替班超操持一個家，是令人敬重的。但她在需要男人廝守的年紀守了十年活寡，失去的確實不少。她和妻子在一起的時候哭過好幾回，所以他一路盡量不提遠行西域的話題。但他覺得自己和班超的情況不一樣，妻子四十多了，又有了孫子在膝下盤桓，足以打發時光。有時候，女人和男人的想法不一樣。你有才華吧，她希望你長得帥；你是宋玉轉世吧，她希望你能賺錢；你在外面賺功名吧，她希望你顧家；你成天在家圍著她轉吧，她希望你有出息；你能頂天立地吧，她希望你懂得憐香惜玉製造風花雪月。總之，那都是沒有什麼想什麼。

水莞兒的人緣很好，肯定是平時很會處事。馬車剛到家門口，就有左鄰右舍的大婆婆小媳婦出來問候，幫忙拿東西，對徐幹也很熱情。一個小夥跑出來叫娘，水莞兒讓他見過徐叔父。此時的班雄已經十九歲了，個子很高，略顯單薄，長得倒挺精神，被徐幹從頭到腳打量一番，似乎有些不好意思了，連叫了兩聲「徐叔父」。徐幹這才拍拍班雄的臂膀，打趣地說：「你娘把好吃的都給父親留著，捨不得給你吃吧！」

水莞兒笑說：「他奶奶說這孩子像爺爺，就是一天餵一頭豬也吃不胖。」說著就讓徐幹進屋，欲請鄰居幫著做飯。班雄看母親和妹妹剛回來，一路風塵，意思她們先歇一會兒，由自己陪徐叔叔到外面喝幾口。

徐幹一看這孩子的做派，比一般長在父母身邊的孩子成熟，差不多像個男子漢了，心裡卻為自己下手太晚，耽誤了一門好姻緣暗暗懊悔。倆人剛一出門，班雄就告訴徐幹，他已經知道朝廷要發兵西域，他也想去。對這毛頭小子的想當然，徐幹卻不能同意，嚴肅地說：「你是家裡的男子漢，棟梁，你爹不在家，母親和妹妹就指著你呢，你走了怎麼成？」

班雄見徐幹不支持他的想法，也就不再堅持了。倆人來到一個小酒肆，小酌幾口，徐幹就讓班雄帶著去找班固，順便給班家老太太帶了一籃子鹿糕饌。老太太高興地喃喃自語：「這鹿糕饌是我們扶風的特產，對我老太太來說，是個念想，到了涅陽公主那裡就是稀罕物。你還要找顯親侯，就給他送去吧，留兩塊就行！」

徐幹覺得班家老太太真是善解人意，忙說：「車上還有。」

「禮無車載，心到就成。」老太太說，「叫你大哥帶上你，趕緊找駟馬爺去吧！」

滿頭銀髮的竇固，正躺在後院的搖椅上喝下午茶。看見班固，意欲起來，被班固勸住了。老將軍也不見外，招呼兩人坐下。雖然十多年不見了，他對徐幹倒是有些印象，覺得徐幹既管過監獄，又做過徒卒轉運，有二十多年管理囚犯的經驗，加上和班超的關係，應該是這次援軍首領的不二人選。但他現在是光祿勳，不管軍事，雖然能在鮑太尉那裡遞上話，事情最終要太尉府拍板。

過了一會兒，竇固突然欠身敲了一下搖椅，問徐幹：「你見沒見過鮑太尉鮑大人，以前做過好多年司徒，主管全國獄訟的。」

徐幹答道：「回大人的話，鮑大人早年去過扶風，但小姪是個小人物，無緣相見。」

正說著，涅陽公主一臉驚喜，手裡捧著一塊鹿糕饃，興沖沖地讓竇固看：「你說這麼好看的饃，怎麼捨得下口呢！」

竇固雖然是扶風人，七八歲就離開家鄉，對家鄉的熟悉程度遠不如西涼。他接過這塊小乾糧，左看看，右看看，翻過面兒再看看。看這形似滿月的吃食，碗口大小，厚約寸許，皮薄如紙，內外一色，白中略帶乳黃，背面微微隆起，正面中間是小小圓坑，坑中用胭脂印染了一個硃紅色的小梅花鹿，整個造類型緻奇巧，宛若一件精美的藝術品。

「見過公主殿下。」徐幹忙跪下施禮，解釋道：「這是下臣老家的特產，叫『鹿糕饃』，適逢長孫滿月，親戚朋友送的。這幾塊是加了鹽的，經放，特意帶幾塊給公主和侯爺嘗嘗，不成敬意！」

徐幹的話讓竇固想起兒時的生活。他瞇上眼睛，把饃饃放鼻下聞了聞，覺得有一種天然的麥麵香，這才掰下一小塊，放進嘴裡，不用大嚼，旋即化了，趕緊讓涅陽公主也嘗嘗。涅陽公主自小錦衣玉食，一向對吃用都是極挑剔的，嘗了一塊也說好吃。竇固就開口了：「徐克振，你福氣大呀，當爺爺的年紀比老夫小多了。既然當爺爺了，也沒啥放不下的，就一心幫班超去吧！是這，把你那鹿糕饃包上兩塊，讓管家拿上我的名帖，帶你找鮑太尉去！」

辦事就是人託人，古今似乎一個理。鮑昱比竇固大幾歲，七十出頭了，一臉慈祥。徐幹進去時，老太尉正在院子裡練書法。他嘗了一小塊鹿糕饃，明明好吃，卻故意說顯親侯老家的特產，還是沒有他老家上黨的棗糕解饞。人是越老越念舊，月亮都是家鄉的圓。說完自己先笑了，長長的銀鬚上，沾了許多小麵渣。鮑太尉認為像竇固這樣知邊關、重國防的重臣，如今不多了，顯親侯能看上的人，十拿九穩。不過太尉府要對各郡國所報人選作一番遴選，才能做出最後決定，讓徐幹回客棧等消息。

徐幹雖然官小，但對官場的規矩還是熟悉的，該走的程序還是要走。誰知事情還真有曲折，次日一早，聽說衛侯李邑也報了名，要去西域立功，一時驚了鮑太尉。由於李邑貴為世襲侯，身分不一樣，一般人灑血疆場就為了封侯晉爵，這個已有爵位的人，不想躺在家族的功勞簿上，請求自己再去立新功，太尉府實在不好駁人家面子，只好把這個難事稟報給皇帝。劉炟聽說一個冒死的職位也有人爭，很是驚奇。讓鮑昱將徐幹和李邑帶到朝堂，他要親自考核比對。

徐幹欲去西域冒險，除了與班超的兄弟之誼外，建立功名博取封侯是主要動力。像他這樣的芝麻小吏，如果不抓住這次難得的機會，就只能在郡府裡混到老了，頂多能混個四百石，要想到父親的級別都很難。現在聽說李邑要和他爭，一下子賭了氣，不管那個一生下來就承襲了爵位的人，出於何種目的，他非得和他爭一爭。

扶風一帶的男人，多少都有點擰，死都不怕，就怕失了面子，沒人爭的事情他不在意，可有可無，一旦有人來爭，那就要一爭高下，鹿死誰手看本事，就是爭來沒用，也不能輕易輸給別人！這種骨子裡流淌的好鬥血液，往往令他們不撞南牆不回頭，有時候撞了南牆也不回頭，不是想辦法跳過去，就是在牆上挖個洞鑽過去。

當天的朝堂，三公九卿都來了，還有不少郎官，分列兩旁。二十六歲的章帝劉炟，在太監蔡倫的導引下，坐上龍椅，接受了大家「萬歲萬萬歲」的跪拜，習慣性地說了句「眾卿平身」。接著就問李邑：「幾年前你不是主張放棄西域、撤回班超的嘛，怎麼自己倒要幫他去了？」

李邑也不慌張，出列稟道：「回陛下，天下之事，往往無常，唯有忠君報國之心常在。當初國家大喪，臣贊同休戰內顧，是為陛下社稷著想。然彼一時此一時也，今皇恩浩蕩，必要威及四方。西域乃中國傳統管轄範圍，既有班超在彼支撐，吾當前去替陛下了解民情，宣達漢威，以效張騫之志，這也是為了陛下社稷。」

劉炟點點頭，也不評論，又問徐幹為何要援班超。

徐幹第一次見皇上，不免有些緊張。想起班超當年面君的情景，漸漸平靜一些，再看看章帝的年紀，與自己的大兒子不相上下。兒子在家被他吆五喝六時，都敢跟他開玩笑，那麼皇帝就算輩分高，也不能把他吃了。這麼想著，也就不再緊張了。他嚥下一口唾沫，把事先準備的腹稿一字一句又想了一遍，說：「回稟陛下，微臣願意西征，只為『理』、『義』二字。」

「哦？什麼理，什麼義，說來聽聽！」劉炟來了興趣。

「論理，微臣兩代承蒙皇恩，在地方為官，雖有勞苦，未見寸功，當此國家需要之時，理當為國盡忠，為陛下分憂；為義，微臣和班仲升是兄弟，孔子說兄弟如手足，手足之情，十指連心。今為兄有難，弟就是赴湯蹈火，也在所不辭！倘若能借陛下龍威，一舉成事，兄弟一起建功立業，豈不美哉！即使賊勢浩大，大不了一起戰死疆場，馬革裹屍，總不能辱沒了大漢朝廷的龍虎之威！」說道後面，徐幹有點激動。

章帝也點點頭，轉過念又問：「你姓徐，他姓班，怎麼就是兄弟呢？」

徐幹躊躇了一下，只好把一段不為人知的隱私，當堂說了出來。

徐幹小的時候很調皮，做事比較叛逆。在扶風郡城北邊有一個比較高的土原，原上再往北就是北山。大人們常說山裡有狼，餓了就會跑到原上找吃的，不讓小孩子到原上去玩。可孩子們好奇心強，越是不讓去的地方越是要去，越是說狼會吃人越要看一下狼是啥樣子。有一年臘八，學堂裡放了假，徐幹就和三個小夥伴偷偷上了原。在原上追野兔，掏鳥蛋，點野草取暖。玩瘋了，竟忘了時間。冬日本來就短，太陽沒晒多一會就要落山。大家飢腸轆轆，有人提議往山腳的廟裡去找吃的。走了不多一會兒，忽然陰風四起，捲起地上的草葉打旋旋，有些森殺。有人說是不是鬼來了，大家都很害怕，越害怕越不敢走，就在原地坐下了。

這群小朋友哪裡知道，有一群躲在亂葬墳裡的餓狼，窺視他們久了，見天色將晚就踅了出來。

這群狼有七八隻，眼睛放著綠光，尾巴長長的，拖在地上，圍著他們轉圈圈，反一圈，正一圈，把他們都嚇哭了。他這才想起父母的話：不信老人言，吃虧在眼前。群狼看他們毫無反擊的意思，就嗷嗷地叫著，圍起他們亂撲亂咬，三下兩下就把幾個孩子都咬傷了，叼起來往北山的方向跑。

也是徐幹命不該絕，叼孩子的狼群被班超發現了。那時班超十三歲，在山腳下的廟裡習練武術，拜了一個高僧為師，不上學堂的時候，就上廟裡。這天是師傅留徒弟在廟裡吃臘八粥，走得遲了一些，師傅準備送他一程。路上遇到狼吃娃，師徒兩人一刻也不敢猶豫，拔出長劍馬上追趕。班超年輕跑得快，邊追邊喊叫，追上了叼徐幹的那隻大灰狼，一劍砍斷了尾巴，那隻狼疼得撂下徐幹逃跑了。可是狼很狡猾，留下幾個沒叼孩子的與他們周旋，掩護那三隻叼孩子的先逃。師徒倆又不敢分開，追了一會兒就追不上了，眼巴巴看著三個孩子都被狼叼到山裡去了，只有他徐幹獲救。

徐幹遇救時已經昏死，是班超將他背到廟裡，央求師傅救命。武僧一般都通醫道，看他漸漸甦醒，就幫他清洗創口，敷藥療傷。因為他的一隻卵蛋被狼咬掉了，師傅就留他治療，也不讓通知家裡。一個月後他基本痊癒，師傅還不讓他回家，卻讓他陪著班超練武。練了兩個月，才讓班超送他回去。其時，四家人都已經從丟失孩子的極度痛苦中慢慢平靜下來，見了他也不再抓著撓著，問他們的孩子都被狼吃了，你為什麼沒被狼吃。他也才明白師傅的一片良苦用心。從那以後，他就和班超成了師兄弟，他們家也在廟裡塑了菩薩坐像，年年供奉不絕。

章帝到底年輕，太好奇了，聽說徐幹只有一個睪丸，當下就要蔡倫帶到後面驗看。蔡倫驗完，回稟章帝屬實。章帝又問徐幹可否娶妻，可有兒女。徐幹毫無隱瞞，一一回答。章帝更是來了興致，又問房事如何。

徐幹原以為章帝會在堂上考他軍事知識，夜裡還特意做了一番準備，這時見章帝問的卻是這個，有點不倫不類。但人家貴為天子，他不能不如實相告。他說：「師傅是個有修行的大德，嚴密為他保護隱私。班超這個人嘴特別嚴實，從未漏過口風。如今我有兩子兩女，孫子都有了，也不怕誰說三道四。既是陛下問起，也不怕丟人了，我雖單卵，但按照民間的標準，微臣還是達標的。」

「什麼標？」劉炟非要打破砂鍋問到底。

徐幹也就不藏著掖著了。「稟陛下，關中一帶，關於夫妻房事有個民間標準，二十歲兩日一次，三十歲三日一次，四十歲四日一次，以此類推，五十歲以後打對摺……」

「有趣！」章帝聽了，擊掌大笑，把平時端著的威嚴，通通拋諸腦後。

皇帝老兒這一笑，朝堂的其他大臣也跟著笑，互相探問是否能達標。只有蔡倫在旁邊，臉上露出了尷尬的表情。大家笑完了，章帝竟站起身，直接走到徐幹面前，說：「徐愛卿，朕不是要故意羞辱你，而是想明白一個道理，就是少一個卵蛋能差多少。今天看來，一點不差，你是真丈夫。由你去援助班超，朕大可放心了！」

聽了章帝的話，徐幹這回是真激動：和他一樣的外郡小吏，想見皇帝的面，就等於痴人說夢，而他竟然被天子稱了「愛卿」、「真丈夫」，這體面大的，比未來那個六百石的假司馬還讓他興奮。回到家裡，他第一時間去見父親，老人家非要他把當時在皇宮的站位方向、章帝說話的語氣，重新演示一遍。他學完了，老父親就搬來一把椅子，安置在他所說的皇帝位置，然後跪下，行了一個大禮，比他在朝堂跪拜得還虔誠。老母親看見了，卻是笑，擠兌老爺子說：「有本事你和我兒一樣，到朝堂跪拜去，拜一把椅子，那能算啥？」

一家人正在興高采烈之際，來了一位不速之客，一頂大草帽蓋著臉，進了門就往牆角一蹲，說他要自首。徐幹知是李尧，頭也不抬說：「你都逃了十年，官家也不追究了，不好好在外面過活，自的哪門子首？」

李尧突然站起來說：「裡邊的人放出話來，說要選囚犯到西域將功折罪，大人你是領頭的，我想跟你去！」

徐幹見他是這種情況，當胸給了一拳，讓他把草帽扔了，抬起頭來，坐到客廳。看李尧還是很不自在的樣子，索性拉起他往酒館去了。

李尧比徐幹小八歲，身材高大，相貌堂堂，美陽縣人，自幼在華山習武學道。風華正茂的時候，通過比武考試，從幾十個競爭者中脫穎而出，當了京都洛陽的一個止奸亭長，其職責就是巡夜，盤查可疑行人。有一段時間實行宵禁，有個內黃公主的奴僕駕車從街上經過，被他手下一個兵卒攔住。公主的奴僕狗仗人勢，二話不說就砍了兵卒的腦袋。李尧一看對方的囂張勁兒，就不是善茬，但他要對部下的生命負責，死死攔住車馬，用刀畫地，敬告其再往前走一步就將車裡的人全殺了。這時候內黃公主從車裡遞出腰牌，讓放她過去。李尧大聲指出公主的過錯，見公主並不以為然，他就呵令那個奴僕下車，當場給殺了。公主立即還宮嚮明帝哭訴：她丈夫竇穆被陛下治罪殺了，如今連她這個公主也有人要殺。明帝大怒，次日就讓人抓了李尧，準備當著公主的面亂棍打死。

李充跪下叩頭，請求讓他說一句話再死。明帝問他想說什麼，他說：「陛下對王子和外戚一向拘束很嚴，為什麼要放縱公主的奴僕隨便殺害士兵呢？宵禁是為保證皇室的安全，要是達官貴人都像公主這樣對待士兵，以後誰還敢盤查路人？如此一來，姦盜盛行的日子就不遠了，皇室的安全還如何保證？與其在那樣的混亂中生活，還不如現在就死了。不用你們棍打，請讓我自殺吧！」說著就用頭碰撞柱子，血流滿面。

明帝急令太監扶持住李充，讓他向公主叩頭謝罪。李充不服從，兩個太監強迫他叩頭，李充兩手撐在地上，始終不肯低頭。內黃公主氣得拂袖而去，明帝也就把滿臉是血的李充免職釋放了。李充回到老家，一肚子氣沒地兒出，成天借酒澆愁，在酒館與縣衙的一幫小人發生口角，被這幫小人落井下石，把一個放火盜竊的案子嫁禍於他，關進了大牢，輾轉又送了郡裡。

徐幹那時管理監獄，了解李充的遭遇後十分同情，就找個機會讓他逃跑了。李充先跑到義渠那邊幫人放馬，後來又加入鏢局幫人護鏢。每年的大年三十，他都會潛回城裡，乘人不備時往徐家大院裡扔一包東西，有錢，也有首飾、皮毛之類。徐幹知道這是一份心意，讓家人收好，也不聲張，這麼多年就過去了。

十年間郡守都換了幾任，徐幹以為那一篇早翻過去了，可是李充在外面總覺得自己是個逃犯，街上到處都有盯他的眼睛，賺了錢也不敢回老家，更不敢張羅娶媳婦成家，混得人不人鬼不鬼，這日子什麼時候是個頭？李充如此遭遇，徐幹也很理解，他知道朝廷不光是徵發強壯囚犯，也在徵募自願者。李充武藝高強，帶過兵，人很正派，又知根知底，正是他想找尋的幫手。像這樣的人誠心誠意來投奔跟他，簡直是他的福分。

找將不如撞將。徐幹心裡十分高興，當下就做了主，囑咐李兗明兒就去郡府報個名，回家安排一下等著出發，剩下的事情就不用管了。李兗衝他鞠了個大大的躬，說聲「大恩不言謝」，倆人一會兒就把一罈老酒喝光了。

分開的時候，李兗突然又拉住徐幹的手，怯怯地問：「我還有幾個好兄弟，都是一等一的好身手，能不能都帶上？」

徐幹一怔，興奮地抱住了李兗。「俗話說打仗親兄弟，上陣父子兵。咱是打仗去，自然是韓信將兵，多多益善。有這等好兄弟，儘管都叫上，我們一起走西域！」

東漢中期，朝廷的組織能力還是很強的。短短一個月時間，就從各郡縣遴選了七百多青壯年囚徒，又招募了五百多志工，組成了一支一千二百多人的徵西隊伍。雖然離竇固所說的兩千有較大差距，但時間倉促，已屬不易。這支隊伍在長安集結，駐紮在終南山下一處專門教習新兵的軍營裡。徐幹把他們編成兩個步兵曲，一個騎兵曲，曲以下按漢軍編制設屯、隊、什、伍，層層都指定了臨時負責人，說好到了西域戰場，按功勞和能力再行調整。然後開始封閉整訓，主要教習兵法戰術，同時進行紀律約束養成。因為這些人大部分是土匪、強盜、殺人越貨的出身，蠻勇之氣挺高，紀律觀念很差。

一個月過去後，那些浪人該收的心收了，軍容初具，刀弓弩箭的技巧也基本掌握。太尉府派人催著出發，聽說西域那邊等著用人。臨行的前一天，徐幹給大家放了假，讓緊張了一個月的士兵們吃肉喝酒，擲骰子鬥雞，隨便玩。就是有一條，不許出營，他自己卻和李兗等軍官開會，研究一路的行軍管理事宜。

麻煩總在意想外。次日天剛亮，突然有一大群村民擁到營門口，舉著刀、叉、木鍁、長棍等傢伙什兒，喊叫著把奸人妻女的肇事者交出來。徐幹讓李兗出看，得知有三個士兵，夜裡翻牆入戶，把一家祖孫三代三個女人給禍害了，其中孫女只有十三歲，還沒出嫁。問他們何以確定是大營的士兵，事主拿出了一串官錢，和一頂士兵帽，還說抓破了一個士兵的臉。

李兗仔細驗看，錢和帽子確是大營昨日剛發的。這時有個屯長來對他耳語，恰好昨夜有三個左馮翊籍士兵，翻牆出營，至今未歸。李兗一下子就懵了頭，覺得麻煩來了，今天是出征的日子，怎麼會遇上這樣的事情呢？他想大事化小，小事化了，於是又把錢還給事主，說道：「你們既然收了錢，應該是兩廂情願的，男女私下這些事兒，民不告，官不究，就不要鬧得滿城風雨了。」

豈料那事主的老頭兒也是火爆性子，憤然把錢往地上一摜，指著李兗的鼻子罵道：「你家女人在家當窯姐兒呀？我們家世代為良，門風嚴謹，這次一下給壞了，今後怎麼做人？明明是賊兵翻牆入戶，強姦人婦，撂下這些臭錢，誰稀罕？今天要不割下他們的賊錘子，誓不罷休！」

李兗好說歹說，也勸不動。就見徐幹過來了，他已經下令集合了隊伍，誠懇地請事主帶人仔細辨認。

事主帶了十幾個人，來到校場。只見兵卒之間，橫豎一步，黑壓壓站了一片。他們從前走到後，又從後走到前，仔細找尋了一遍，也沒找出破相的人，就懷疑被藏了起來。徐幹讓他們到大營裡隨便找，找出來就地正法。村民們找了一個時辰，也沒找見，又懷疑被送到外面藏起來了。徐幹說：「出了這個營門，就不是我們管的地盤了。外面的世界很大，你們隨便去找，隨便去處理。大隊今天要出征，一會兒朝廷有大人來踐行，就請你們先回去吧！」

村民們一時沒了主意，卻又賴著不走，翻來覆去強調附近又沒有別軍營，就是這個大營的人。徐幹心裡對那幾個熊兵恨得要死，也巴不得將他們抓回來殺一儆百，但此刻該殺的人已逃跑，只能交地方隨後緝拿抓捕了，這會兒再糾纏也是扯不清，於是黑下臉道：「你家遭難，我們深表同情。俗話說捉賊捉贓，抓姦抓雙。已經給了你們面子，找也找了，認也認了，有就是有，無就是無，再要一味鬧下去，就是干擾軍事，只好給你們都關起來了！」

長官已經表態，李兗就帶著幾個士兵驅趕村民。忽然有人像撿到金元寶似的喊叫，嚷嚷著在馬廄裡抓到一個鬼鬼祟祟的人，懷疑就是昨晚的暴徒。這邊的村民都在氣頭上，也不管三七二十一，呼啦啦擁過去就打，還有人拿出刀子要割褲襠裡闖禍的東西。及至徐幹等人上前，已經滿臉是血。

李兗好不容易勸住，說道：「國有國法，軍有軍規，這是在軍營，不能由著性子亂來！」說著，踹了被打慘的人一腳，喝令爬起來。誰知村民下手太狠，被打者爬都爬不起來了，卻弱弱地喊了一聲「徐叔父」。

徐幹定睛一看：壞了，怎麼是班雄呢？趕緊叫人攙扶起來問話。原來班雄是從家裡跑出來的，他想跟著隊伍找父親，從洛陽一路尾隨，每到一地都悄悄在營外投宿。知道今天要出發了，就在外面踅摸。剛才乘亂溜進大營，怕被人發現，才悄悄鑽到了馬廄，不想被當成暴徒抓了。

徐幹心疼班雄，親自為他擦拭臉上的血跡。告訴大家：「這小夥子是遠在西域的軍司馬班超的長子。他父親一去西域十年，現在遇到困難，我們這支隊伍就是支援班司馬的。這孩子一心要跟著我去西域幫助父親，我是嫌他家裡的母親和妹妹沒人照顧，勸阻了他，這孩子也是執拗，偷偷跟著隊伍行進，你們怎麼能不分青紅皂白，亂打一通呢？」

村民們似信非信，說徐幹官官相護，一時誰也不能證明。適有一個村民，說他老婆是接生婆，脫了褲子一看，一眼就能辯出是否蘸過。當下從營門外喊來幾個婦人，將班雄抬到房子驗看。班雄掙扎著抗拒，受傷的身體哪裡能拗過眾人。一會兒婦人出來，一臉的不屑，說還是個童男子。這下村民才知誤打了好人，紛紛跪下謝罪。

這種誤打誤傷的事情也不好過於怪罪，徐幹讓大家散了，安排醫官看視班雄。醫官查了，不過皮肉之傷，無甚大礙。徐幹這才鬆了一口氣，把班雄關在房子裡罵了一頓，讓他從這次事情中汲取教訓，過兩天趕緊回去，以後在家奉母扶妹，萬不能瞞著家人任性行事。班雄意識到莽撞害己，答應回家，卻一再拜託徐幹照料父親。「老爹他一把年紀了，為了家庭和子女，還在外面奔波，讓我這個當兒子的於心不忍。」

班雄的話倒把徐幹感動了，摟著班勇的腦袋撫摸了半天，誇他是個孝順孩子。叔姪倆都動了感情，卻又誰都說不出話了。一會兒用過朝食，李兗來報：朝廷派來送行的大人已經進門，由地方郡縣長官陪著，領頭的是新任太尉——顯親侯竇固大人。

徐幹沒料想能來這麼高級別的官員，心裡誠惶誠恐，馬上披甲出迎，行了仗劍軍禮。這才知道鮑昱大人已經逝世，由不得一陣心酸，眼圈都紅了，向著東方行了三鞠躬大禮。

竇固感慨地說：「你感恩鮑大人，重情重義，鮑大人泉下有知，會為他這一生最後一次決定高興，本太尉也深感欣慰。但你是帶兵之人，以後盡可能不感情用事，方能做出準確決斷。」見徐幹唯唯稱是，竇固又囑咐他：「到了陽關後，找溫校尉派人做嚮導，一路前去，不要耽擱，班超等兵久矣！」說完，又交給徐幹一個包裹，說是水莞兒帶給班超的。徐幹接過包裹，正猶豫要不要把班雄的事情告訴他，哪知竇固好似能掐會算，喊了聲「出來吧！」班雄就從屋裡走出，一瘸一拐，低著頭喊了聲「竇爺爺」。

竇固已經了解事情的大致過程，是門口的村民告訴他的。他看著滿臉沮喪的班雄，慈愛地笑了笑說：「男子漢受點委屈會成長，沒有什麼大不了。人這一輩子，比這大的委屈多著呢。就像你這位李兗叔叔，他的委屈給誰說去！」

李兗聽聞竇固點出他的委屈，一個黑塔似的鐵漢，竟然熱淚滿面，向竇固行了大禮。竇固讓人扶他起來，對徐幹說：「你們這隻隊伍，很多都是有故事的人，軍官名單我都看了。不管以前如何，今番去了西域，就跟著班超好好幹，那是個真英雄！老夫今天親自來送大家，就是想告訴你們，放下過去的包袱，輕裝上陣，朝廷是不會虧待你們的！」

一千二百人的隊伍重又集合在校場，人抬頭，馬昂首，行伍整齊，兵器錚亮。竇固檢閱一番，頻頻頷首。早有地方官帶的勞軍人員，給軍士們每人斟上了一碗壯行酒，只等竇大人發話。忽聽門口一陣騷動，一個鶴髮童顏的老方丈，身著大紅袈裟，手拄龍頭木杖，在一群小沙彌的簇擁下，緩緩而來。後面跟著一個耷拉著腦袋的士兵，臉上有被抓破皮的傷疤，尚未結痂，見了長官，先已跪下。

方丈道了「阿彌陀佛」，低眉順目地說：「昨夜造孽的三個士兵，兩個自知罪責難逃，跑了，剩下這個已在他的寺裡面壁思過，且有皈依佛門之意。我佛慈悲，特遣老衲帶來請罪，如是不棄，正當朝廷用人之際，可戴罪立功，以消罪孽；如是棄之，可否容老衲帶回寺廟，讓其與青燈為伍，伴佛終生，懺悔贖罪？」

徐幹覺著老方丈的聲音有些熟悉，放眼細認，看那印滿歲月的老臉，清瘦矍鑠，幾無大變，竟是當年救治自己的高僧，一時之間不知如何是好。但是竇固大人剛才的提醒言猶在耳，軍法如鐵，不能感情用事。如果所有的犯罪者都逃到寺廟去尋求庇護，那法律還如何懲戒壞人？他用請求的目光看了竇固一眼，見太尉大人聲色不動，就上前拱手作揖，對老方丈說：「師傅在上，請受徒兒一拜！三十七八年前，師傅對徐幹有救命之恩。大恩此生難忘！不知師傅已雲遊至此，未能盡添油送香之責，深感慚愧。但軍法無情，為將者披堅執銳，麾動全軍，靠的就是鐵的紀律。要是執法不嚴，一一效仿，隊伍就成了一盤散沙。所以，師傅之命，幹實難從，還望寬恕理解！執法官，推出去斬了！」

軍隊講的是令行禁止，指到哪打到哪。徐幹的命令一下，就有執法官架起跪地士兵，推到行刑架上。正要開斬，那個士兵突然大叫一聲，有話要說。徐幹准允。臨死之人說：「小人狗剩是個孤兒，街頭流浪混大，前番搶劫下獄，此番又奸人犯法，害了良善人家，罪該萬死，也不祈求饒命。

只想在臨死之前，叩拜受害人，以求黃泉路上，心下略安！」

被他禍害的那個小姑娘的父母爺爺都在，對將死之人的最後請求，實在難以答應，也不好推辭。不想那士兵已經跪地，大聲喊叫著「爺——爹——娘——」，聲淚俱下，一叫一磕，一磕一認罪，只請他們善待被他禍害的女孩，不要讓她雪上加霜。這一番話，一下子又把氣氛弄悽惶了。那一家人痴痴地站在那裡，表情愕然，手足無措。須臾，那婦人竟然拉起衣角揩眼淚，旁邊的村民也議論紛紛。

執法官再次將狗剩摁在行刑的架上，大刀剛剛舉起，婦人「噗通」一聲跪到了，哀求「刀下留人！」她同時拉了自己的男人也跪在一旁，哽哽咽咽說：「那狗剩孩子也是可憐出身，今日既已知罪，也認了我們為爹娘，天下哪有看著自己孩子死的父母！罷罷罷，不如就認他為半子，與女兒配為夫婦，叫他前往西域戍邊，立了功回來成親，戰死了女兒就為他守寡。」

旁邊的村民們也跟著附和：反正女兒身子已經給了他，別人家也不能再要了，能這樣也挺好，讓他戴罪立功，要死也死在戰場。

徐幹聽著，叫苦不迭，剛才是方丈講佛的慈悲，這會兒又來一家人講母子兒女之情，今天這人到底是殺得還是殺不得？他又一次想起竇固的話，把牙一咬：行刑吧！但他的命令還是沒法執行，因為事主家的老爺爺趴在那士兵身上，刀子下不去了。婦人更撿起前頭攢在地上的那一堆錢，自己認作聘禮。

善良的人啊，你們心底的大善，到底能寬容世上多少的罪孽！徐幹第一次執法就遇到如此大的阻力，還真沒了法子。而那狗剩竟哭成了淚人，央求著這一家人讓他去死，他活著也沒臉見人。把他家的！既然明白此理，為何造次害人？這時太尉竇固走到前面，問用身體護著狗剩的老者：「老人家，你真要這個孫子？你不怪他了？你們家的人都不怪他了？」

老者說：「都這樣了，怪有何用？你們就饒了這個孽種吧！」竇固又問旁邊的老百姓：「你們大家都能原諒這個士兵？」

「能！」那些人異口同聲，變得也挺快。

竇固回頭提示徐幹：「民意不可違，該轉圜時則轉圜。」

徐幹得此旨意，宣布放人，暫寄二十軍棍，許那狗剩與事主家告別一下，立即回營。然後重申：「對於畏罪逃跑的兩人，移交當地緝拿，絕不姑息遷就。今後凡搶奪人民物資，禍害良家婦女者，一律嚴懲不貸！」

「善哉，善哉！」老方丈打了一個長揖，說道：「人之慾死極易，欲活卻是極難！施主此去西域，必是殺生之旅，老衲定在佛前為你祈禱，阿彌陀佛！」

老方丈走了，肇事的士兵活了，一千二百漢子端酒的手腕也麻了。頭頂陽光沐灑，周圍山巒翠青，山風徐徐拂面，校場一片肅靜。只見竇固舉起酒碗，與眉平齊，然後用手撩了一點祭天，一點祭地，喊了一聲「壯行！」，後一飲而盡。

老將軍的聲音有些沙啞，將士們也都為剛才的生死大逆轉激動，紛紛仰脖飲酒，就連班雄也飲了一碗，與士兵一起呼喊，偌大的軍營裡，久久迴響著雄渾的聲音：壯行！壯行！！壯行……

強攻

人生功名何難求？八千里路雲和月。

徐幹率領援軍，一口氣開進逾萬里，經過千辛萬苦，總算到達了于闐。進入西域後，他從帶路的韓陽嘴裡了解到班超的艱難處境，恨不能腋生雙翼，振翅而飛，立即飛到疏勒，解救師兄。及至見到米夏，得知盤橐城已經危在旦夕，其境況非「惡劣」二字可以形容，急忙按照班超的安排，與于闐軍隊會合，倍道而行。于闐王廣德親自帶隊，準備繞道莎車時齊黎要敢阻攔，就先殺他一陣。結果齊黎沒有出現，路上又加進拘彌的力量，隊伍變成了六千多人馬的大軍。聯軍浩浩蕩蕩，不日便開進了疏勒。奇怪的是大軍到達後，卻發現東大營不見敵軍蹤影，田慮正指揮著一幫老百姓殺牛宰羊，院子裡的幾口小耳朵，騰騰地冒著白氣。韓陽把徐幹介紹給田慮，于闐王是認識的。幾人簡單寒暄，安排部隊入營紮寨，就急忙往盤橐城去見班超。

從困頓飢餓的死亡線上揀回性命的班超，此刻正撐著虛弱的身子，坐在屋裡等待。屋頂的泥巴還沒乾透，爐子上的茶壺「咕嘟咕嘟」響著，房間裡瀰漫著暖暖的熱氣。他的眼裡充滿希望，眉頭也不再緊蹙，嘴角還掛著笑意，看起來精神很好。就是瘦得皮包骨頭，見了叫人心疼。

三天前番辰莫名其妙地撤圍，他和他的部下們絕地活命，不用說是東方吹來的暖風——援軍快到了。白狐和董健帶著幾個還有點氣力的人，出去買吃的，一打聽援軍已經過了莎車，番辰將圍困盤槖城的部隊調去護衛王宮，自己退守西大營。到了後晌，田慮妻子阿麥替尼沙與吉迪就帶著幾車糧食和柴薪趕來了，冰鍋冷灶的盤槖城又升起了縷縷炊煙。班超考慮大軍一到，供給是個大問題，就讓吉迪在城裡找一塊地方，成立一個採辦處，專門為漢軍採購物資。

吉迪沒想到司馬大人如此高看自己，高興得跳起了舞蹈。這小夥也是熱情能幹，半天功夫就找來一幫工匠，拉來木料，開始修繕房屋，隨後又送來席草被褥和生活用品。甘英感到不可思議，問吉迪：「咱就這一點錢，你怎麼能買來這麼多東西？」

「我會變啊！一變就變出很多錢。」吉迪雙手一捧，忽而收攏。原來吉迪朋友多，人緣好，商家都願意賒欠，有的連賒欠的話都不說，只要漢使需要的，只管拿去用。大家深信，這次幾十人大難不死，必有後福，往後的好日子還指望漢使呢！

班超和他的部下們大為感動，發誓以後要多為老百姓做事情，以德報德。大家的精神頭都不錯，經過幾天的簡單恢復，體力開始增強，就都不願意閒著了，張羅修房子，整菜地，幫廚掃地，站崗的站崗，巡邏的巡邏，生活又回到原來的軌跡。

先一天韓陽打尖，帶來了援軍首領是徐幹的消息，這讓班超既興奮又意外。他翹首以待，一會兒爬一次城樓，站在堆口向東張望，把執勤的祭參都逗樂了，笑他千難萬難都不皺眉頭，聽說了徐叔父就如此沉不住氣！班超憨笑著，滿腦子都是和徐幹小時候在一起的畫面。記得有一次徐幹練功偷懶，被師傅處罰一天不許吃飯。他趁師傅不注意偷了一塊餅子，徐幹餓極了，狼吞虎嚥，幾口就吞下去。結果噎著，不停地打嗝，被師傅聽見了。師傅送來溫水，饒了徐幹，卻改罰他第二天禁食，因為他壞了規矩，壞規矩比偷懶錯誤更嚴重。

得了這次教訓之後，班超把規矩看得很重，不管是在謄文舘給人抄書，還是在蘭臺管理檔案資料，以至後來從軍，他都嚴守規矩，哪怕因此得罪人，原則問題是不能打折扣的。所以他也在想，徐幹到後，人多了，不能完全再用以前管理幾十人的辦法，要把各式各樣的規矩都建立起來。正籌劃著，已經聽見了徐幹在門外喊他班師兄。

「來了？」

「來了！」

「都來了？」

「都來了……」

班超與徐幹，一對扶風籍的老友，十年生死兩茫茫，一朝相見在西域。四目相對，雙手緊握，千言萬語在心頭，一時不知從何說起。相互問候的語句如此平淡，似乎那幾個簡單的漢字，已經飽含了守軍日盛一日的企盼之情，也詮釋了援軍一路急趕的艱辛，更是代表了他們內心無以言喻的激動。徐幹所帶的隊伍，雖然是一支剛組建的軍隊，毫無作戰經驗，甚至可以說是烏合之眾，但其象徵意義非常大，它向西域宣示漢朝經略西域的大政重新確定，章帝登基時撤回漢使的詔令作廢，給班超提供了縱橫捭闔的法律依據。

而于闐王廣德，這次親率大軍來援，那不光是情深義重。他帶的是一支打過仗的重兵，是這次與番辰較量的絕對主力。廣德認為當年班司馬是他勸留在西域的，這次遭罪他很難過。所以打番辰他一定要來，看到班超還活著，他心中的內疚才略微減輕一些。拘彌和于闐關係一直很好，大事上向來共同進退，有于闐王出面，人家的都尉就帶上軍隊跟上了。且運本來也想分一些人來，廣德讓他原地監視齊黎，牽住莎車，就是對疏勒的支援。班超向大家深深地鞠躬，表達他內心最誠摯的感謝之情，親自為每人捧上一杯熱奶茶，這是他現在能拿出手的最好招待了。

深秋的後晌，暖陽有點刺眼，尤其在光禿禿沒有任何樹蔭遮蔽的盤橐城。班超帶著徐幹一行，裡裡外外轉了一圈。正在修繕的斷壁殘垣，拆掉了槽幫的馬槽，齊地鋸斷的樹樁，還有後院挖板土的那個小坑，都引起人們無限的感嘆。徐幹深感來晚了，讓守城的將士受了這麼多的苦難，愧疚之情溢於言表。反倒是班超一直在勸慰大家：一切都已過去，很快就會重建起來。他還不時同修繕房屋的工匠們打招呼。

作為目前戰場的總指揮官，班超不需要收穫同情，讓人憐憫，他想讓大家領略一種精神，一種生命不息奮鬥不止的精神。因此很快就將各位領上了城牆，叫田慮將兩年來抗擊番辰的幾次戰鬥，做了簡要的介紹，讓董健當場做大弩機的演示。在大家興致正高的時候，他又把人領到作戰室——這次唯一沒有拆掉的房子，請霍延介紹攻打番辰的作戰方案。

霍延在番辰撤圍的第二天，就按照班超的囑意，會同甘英、祭參三人擬定消滅番辰的「強攻」方案了，幾經反覆，逐步完善。當房間只留下班超和徐幹兩個人的時候，他們才緊緊擁抱，述說十年的思念。班超在被明帝砸了蘭臺的飯碗時都沒流淚，現在卻唏噓起來，熱淚把徐幹的肩膀都浸溼了。

「徐兄弟，你這一來，你老哥哥就把你當我抱，竟把我們娘兒兩個不管不顧了！」門口傳來女人「格格格」的笑聲。米夏帶著班勇進來了。她讓兒子見過父親，班勇卻怯怯地躲到母親身後，偷偷地窺視父親，直到班超蹲下身子，伸開雙臂，親切地招呼他過去，這才一邊往前挪步，一邊回頭，疑惑地看著母親。

顯然是那個詐死的計策，不但騙了榆勒和番辰，也對兒子的印象太深。班超摟住兒子，把臉貼在他的小臉上，想抱著站起來，覺得有點吃力。米夏趕緊過來接過，扶他起來，叮囑他不要逞能，身體還虛弱得很！徐幹叫了聲「小嫂子」，雖然一路都是這麼叫的，總覺得有點彆扭。

「徐大人就直呼米夏名字好了，我們這裡沒那麼多講究。」米夏也不見外。她知道關內人不把小妾當夫人。徐幹有點訝異，這個疏勒女人，漂亮直率，還很幹練，一路騎馬隨軍行動，紮營就幫夥夫做飯，她到哪裡，哪裡的士氣就格外高漲，連于闐王廣德都稱其為「女將軍」。這個看起來和他的兒媳婦差不多大的女人，怎麼連「小妾不稱嫂」都清楚呢？

米夏和祭參的妻子挲萊隨大軍回來，是踩著徐幹他們的腳後跟進的盤橐城。女人們理解男人見援軍的願望強過見她們，就直接找到吉迪，購置了一些家用雜什，各自回屋布置起來。阿麥替尼沙也來幫忙。這三個女人的歸來，使得盤橐城頓時有了活力。她們一起做了一頓飯，算是班超給徐幹接風的家宴。一半的菜都是素的，也沒上酒。飢餓時間太長了，醫官囑半個月之內禁酒禁葷。

其實，只要感情有，喝啥都是酒，奶茶的味道也是不錯。一對少時的夥伴，推杯換盞之間，說道的都是肺腑之語，從當年的分別，到今朝的相會，歲月風塵，春秋流逝，堅守之困苦，流卒之難帶，都是說起來話長。得知徐幹曾晉見了章帝，章帝也對西域使團的功績給予肯定，籠罩在班超心裡的雲霧便通通消散了。至於他的奏疏為何被擱置經年，竇固將軍一直有勁使不上，他也不想細究，畢竟朝廷的複雜，遠非一般外臣能夠想像。

這頓飯吃了大半天，以至於兩人結伴上了兩趟茅房，落座後接著又飲，菜餚熱了又熱，最後一道拉條子拌麵是米夏親手烹製，等了半天才等到英雄用武的機會。徐幹對米夏的手藝讚不絕口，與班超分享西域拉麵與扶風擀麵的異同。正聊得高興，韓陽帶著兒子進來了。真是來得早不如趕得巧，班超熱情讓座，叫米夏幫他們父子加了兩雙筷子。

韓陽這次的功勞也是很大的，他幾個月前從洛陽帶回朝廷準備發兵的消息後，就按班超的指令到陽關等候，軍隊一過莎車就快馬來報。最重要的是韓陽帶來了章帝親署的詔令，恩准他的建議，命他見機行事，竟然令他落淚，幾乎大哭一場，把先前的壓抑和不快，通通吐了出去。但現在韓陽是向班超辭行的，他比班超小兩歲，不是軍人出身，腿腳顯然沒有年輕人俐落了，準備把交通的事情交給了兒子韓發，他專心經管驛亭。這幾年來往的客商增多，驛亭的業務趨於繁忙，採辦的任務很重。甜水泉又增加了幾戶人家，都是從關裡來的墾荒者，也都需要他的幫助。他的父親韓老丈半年前就去世了，不過他託竇固大人的福，在洛陽參觀了皇宮，回家後一五一十學給父親後，韓老丈心滿意足，毫無遺憾，唸叨著朝廷沒有拋棄他，含笑走了。

班超對韓老丈很敬重，不僅僅因為老人家給過他幫助，主要是老人家懷裡那顆心，永遠都是熱的。老人家知道自己的來歷，也對未來從未死心。要說八十四歲的高齡，又當戰亂年代，已是松柏之壽了，可惜他沒有趕上為老人家送終。倒是韓陽替父的皇宮之行，了了老人家的心事，也讓班超略感慰藉。

班超深情地回憶起與韓老丈的相識，徐幹也頗為動容，兩個人滿上一觚奶茶，恭敬地站起來，舉過頭頂，衝著東方，緩緩祭灑，以表達他對韓老丈的紀念。韓陽父子為之感動，回敬致謝。班超便把韓陽的兒子韓發細細打量一番，但見這小夥子二十六七歲的年紀，身高膀大，腰細腿長，是個騎士的好苗，又兼濃眉大眼，眼珠略微發藍，一頭黑捲毛髮，見人也不怯場，說話聲音洪亮，心下喜歡得不行，恨不能留在身邊，當個傳令兵。

韓陽好像看出了班超的心思，想著長官要是高看犬子，想要留下也行，交通的事情他再找人。班超拍拍韓陽，又拍拍韓發說：「這小子看著就叫人喜歡！從今天起，你就是西域遠征軍的人了，但還是歸你爹管理。以後來回遞送公文、傳達消息的任務就壓在年輕人身上了。交通事大，非可靠之人不能信任。」

送走了韓家父子，班超領著徐幹來看房子。這是一個單間，在班超家前面一排，也是前兒剛苫上頂，雖然簡陋，被褥等一應物事也已布置停當。班超抱歉地說：「現在房子少，先將就著，等平定了番辰，再作計議。」

「咱兄弟還說這些做什麼，有個說話睡覺的地方就不錯了。」徐幹樂呵呵地說。

師兄弟倆就在徐幹的房子裡，對部隊的整編和備戰番辰的事情，進行了充分溝通。他們兩人為朝廷任命的領軍司馬和假司馬，自然是西域遠征軍的正副統帥。下轄騎兵和步兵各一部，另編警備一隊，由司馬直接指揮，負責盤槖城的安全。騎兵部董健為統領，甘英輔之；步兵部田慮為統領，祭參輔之。徐幹所帶李兗正直有義，也有見識，讓他負責警備隊。

班超之所以想出統領這麼個職務，主要是不想叫校尉，免得被人說他僭越規矩；也不能叫軍侯，董健、霍延十年前就是軍侯了，田慮也當過幾年疏勒國的都尉，都是老資格了，就是和各國軍隊一起作戰，協調起來都不順暢。稱呼統領就可大可小了，誰也不能拿這個說事。他認為霍延有勇有謀，可以做個參軍長吏，負責作戰方案擬定和協管各國軍隊；白狐為譯長，主官對外聯繫。各部之下，仍按曲、屯、隊、什、伍編制。班超原先所帶三十六人，個個都是百裡挑一，經歷過戰火考驗的，現尚有二十八個，除了幾個高級軍官，馬弘、劉慳、張敬、吳蚪升任軍侯，周元、謝斿、鄺田、等一批原什長伍長，全部任命為屯長、隊帥。徐幹所帶黃越、費鳴、盧星、宋希等有文化的志工，充任司馬府軍曹、掾、史。另擢援軍中有能力者補充隊率空缺，什長、伍長等基層帶兵者由各隊率自行拔擢。

倆人都是雷厲風行的性格，定了事情就趕往大營，連夜召集軍官開會，會後當即到任就位，加緊進行作戰準備。同時，班超要新任掾史黃越起草疏奏，向朝廷彙報作戰計畫，並給霍延、董健、白狐三人申請比千石的秩俸。

回到盤槖城後，徐幹又把班超拉到他的房子，把水莞爾的包裹給他。班超打開一看，內中有一綹兒頭髮，用紅頭繩繫著，一團紡線用的棉花捻子，用草繩紮著，還有一個厚厚的棉護心，裡邊包著一長一短兩條竹片，上面寫著一些文字。他理解這都是結髮妻子的一片心思，萬里捎來，情意綿綿，意在表明她這一生是班家的人，無怨無悔，她的心裡無時無刻不在思念夫君，兩個孩子都在健康成長，希望班超能自己保重，家裡的人在等著他平安歸來。

面對水莞兒這一包無語的「感情」，班超默默地端詳了許久。他想起與髮妻十年的共同生活，風光也罷，拮据也罷，總是相濡以沫，一路同行，夫愛妻賢。出使西域本想讓她和孩子生活更好點，沒承想一走十年，等於把她放了鴿子，想來心中全是虧欠。本想與徐幹感嘆幾句，米夏端了一盤水果進來了。

作為班超派去搬兵的使者，米夏一路與徐幹已經熟悉了。她把水果放在茶几上，看見班超手裡的東西，頗為好奇，搶過來要看。班超也無法掩飾，就讓她拿了去。米夏看了一會兒，就明白了，天下女人的心都是相通的。她將這包東西輕輕包裹起來，抱在懷裡，攙起班超，一臉嚴肅地說：「看你多有福氣，十年沒回去，洛陽的姐姐還這麼牽掛著你，咱可不能辜負了她！我已經準備了一些禮物，你回去看看合適不合適，趕明兒一大早交給韓陽，讓他捎去給姐姐！」

「班老兄有你這樣知冷知熱的女人，可真是福氣！」徐幹不由得讚嘆。米夏聽了，如同喝了一口蜜，心裡甜滋滋的，嘴上卻說自己比不了洛陽的姐姐，說得班超心頭暖暖的，真想親她一口，倆人相挽著回去了。徐幹站在門口，看著倆人沐著月光的身影，心裡好生羡慕：班老兄這兩個女人，不一樣的性格，一樣的賢惠！

不幸的是這個賢惠的女人，捲入了兩軍交戰的漩渦。就在漢軍即將發動攻擊的前一天，米夏母親的女傭人來到了盤槖城，手裡拿著一支米夏熟悉的金簪子，關上門說王妃突染重病，已經奄奄一息了，臨終想念公主和外孫，又怕被番辰知道，所以打發她悄悄出來，讓公主喬裝打扮進去，見最後一面。米夏一看母親的首飾，又是母親身邊信得過的人傳話，已經淚水漣漣，趕忙告知班超，她要帶著班勇探視母親。班超覺得可疑，勸米夏稍安勿躁，待他與大家商議一下。

幾乎所有的人都認為這是一個陰謀，是對方以班超前番的計策來回敬班超，一來一回如出一轍，學得挺像，甚至連說辭都是照抄照念，擺明了是番辰想拿米夏做人質，逼班超撤兵或談判。因為米夏去了洛陽是全城皆知的事情，傳這麼一個消息，顯然是他們已經知道班超並沒有死，米夏搬回了救兵。廣德以他善用這種計策的經驗，更是勸米夏要理性，兩軍交戰，玩的都是計謀，還講什麼君子孝子，打完仗再說。就是真的老娘要死，人去了也不能起死回生，何必把自己放在危險的境地呢？

但是米夏不這麼想，她信母親的簪子，她不能見母親最後一面，將是終生的遺憾。再說她是疏勒的公主，不管這兩年雙方如何對峙，也沒有誰廢了她的身分，就是當初班超詐病詐死，也有人說是計謀，都是母親從中轉圜，榆勒最後才以真待之。如今真也罷，假也罷，她都得去一趟，就是龍潭虎穴也闖了！班超知道米夏的犟勁兒來了，勸也勸不住，就派祭參帶了幾個人暗中護送。

到了後晌，祭參急忙來報：米夏娘倆坐了女傭帶來的車，一出盤槖城就小跑疾行。令人奇怪的是，在距離王宮還有三裡來地的地方，她們進了雷音寺，很長時間都沒有出來。祭參覺得不對勁，就帶人衝了進去找。雷音寺是疏勒城最大的寺廟，也是達官貴人家眷燒香拜佛的福地，裡面殿堂很多，有前殿、中殿、後殿，還有左右偏殿。他們一個個尋了，都沒找見米夏母子的身影，最後向主持打問，才知一切都是番辰的人事先設的圈套，公主上完香一出殿門就被一群壯漢劫持，將母子倆都裝入布袋，從後門跑了。廟裡的小和尚為阻攔還受了傷。

徐幹一聽米夏被劫，心裡暗暗叫苦，來回在班超旁邊踱步，一聲聲催問怎麼辦。班超覺得米夏被劫為人質的事，不幸被大家言中，最終還是怪自己沒有堅決阻止，以致釀成大錯，內心把自己一頓亂罵。不過米夏母子的安全應該暫無大慮，番辰劫了人質，很快就會開條件。

好像是為了印證班超的判斷，番辰的使者說到就到了，被李兗綁了個結結實實，蒙上眼帶到班超跟前。班超命鬆綁去眼罩，先帶到城內看看那些斷壁殘垣，再來回話。這時廣德提出自己的觀點：「談也是拿實力談。我們現在的兵力比番辰多一倍，不怕他硬拚。明天就圍了西大營，他放人則罷，不放人就困死他！他幾千人的吃喝可不是你們幾十人那麼簡單，有他著急的一天！」

這也不失為一個可行的方案。作為財大氣粗的于闐王，完全可以這麼做。但班超想迅速解決問題，不想打持久戰。因為拖得越久，消耗越大，最終的用度都是要朝廷和疏勒國來負擔的。萬一龜茲來援，問題又變複雜了。

這個時候的指揮員，最需要的是冷靜。冷靜的班超對廣德說：「本司馬覺得于闐王高看番辰了。你這西域霸主親自來這一趟，有兩個人反應最大：一個是我，感激涕零，深知于闐王對朝廷的忠誠，和對本司馬的支持，誰都看得出我們是深交；一個是番辰，他怕是嚇尿了，聽到消息馬上撤了包圍盤槖城的兵，連東大營都放棄了，騎兵全收縮到西大營，步兵全部署在王宮，完全是一副等著捱打的架勢。說明于闐王虎威在外啊！咱要給他分割包餃子，他還能從鍋裡跳出來？」

廣德聽了班超幾句奉承話，心裡受用，卻說：「虎威不敢當，那是你司馬大人的榮譽。就是我這『西域一霸』，當年不也被你的下馬威震懾了，乖乖地就了你的範！」他見班超用一種怪怪的眼光瞅他，不知是認可還是否定。不過他覺得自己的選擇沒錯，拿漢朝跟匈奴比，簡直就不是一個層次。這些年于闐的發展，讓他真正找到了當富國國王的感覺。他接著告訴大家：「自從于闐歸漢，不用給匈奴上貢，又實行了發展生產的政策，不光是官吏的日子好過了，老百姓也都見利了。有官員報告道不拾遺，本王開始還不信。有一天出門故意將一包核桃丟在路上，過了一個時辰派人去找，還真找回來了。」

志得意滿的于闐王不理解那些叛漢附匈的小國，漢使帶來的好日子為什麼不好好過，還要走回頭路，這不是自找苦吃嗎？他覺得司馬的老丈人榆勒也是糊塗蛋一個，班超在這裡也挺為難的。他表態這一仗班超想怎麼打就怎麼打，他把軍隊已經帶來了，自己只是看朋友。這時李兗在外面報告，將番辰的使者帶了回來。

那使者看到盤橐城光禿禿一片廢墟，也明白番辰對漢使的迫害和漢軍對番辰的仇恨，怕自己性命不保，重新見到班超後一直低著頭，一再地強調「兩軍交戰，不斬來使」，聽到班超承諾不殺他，這才趕緊說：「米夏公主母子在番辰手中，番辰請漢使明日去西大營談判，在談判之前雙方都不得採取軍事行動。」看見班超憤怒地盯了一眼，馬上改了語氣，「請求司馬大人不要採取軍事行動！」

班超這才冷冷地笑了一聲，心想番辰還是怯場了。那是個陰險的小人，看見漢軍來了，還調動了于闐、拘彌這麼多軍隊，來勢凶猛，他肯定不是對手，就企圖使用拖延戰術，贏得時間向龜茲求救。但戰場是瞬息萬變的生死較量場，誰願意給對方喘息的機會呢？班超轉過身去，背對使者，讓他回覆番辰，可以暫時罷兵，如期談判，但他必須好生照顧米夏母子。母子倆要是少一根頭髮，等過上三五天，漢軍休整好了，就將西大營變成一片墳地。

事實上班超並未改變作戰方案，他安排部隊三更造飯，五更出發。大軍兵分兩路，一路由徐幹率領田慮所部步兵和拘彌騎兵一部，包圍王宮，對駐守王宮的坎壑實施勸降，憑田慮與他的交情，有五成把握，即使不降也不攻，先形成對峙之勢；另一路由班超和于闐王親自率領，包括董健所部騎兵和于闐大軍，再加拘彌騎兵另一部，以五千精騎運動到西大營附近隱蔽；然後命霍延劫了每天黎明準時送柴薪的大車，帶著五輛經過特殊加固、上面捆了桐油包的柴薪車，裝扮成車伕和裝卸工，在天色將亮未亮之時到達西大營北門，攻其不備。這種柴薪車，原本是準備在盤橐城突圍時使用的，後來情勢突變，連車帶柴都燒了火。霍延對此耿耿於懷，這次制定作戰計畫，又把這種手段用上了，而且他自己親扮車伕，趕的首車。

西大營的北門是後門，出入的都是給養、糞便和雜役人等，哨兵很少，門口兩個，門樓上兩個。天色麻乎乎時，人也迷糊糊，哨兵多半將醒未醒，閉著眼睛站崗，對送柴車更是習以為常，也不加盤問，就開門放行。霍延一共帶了十四個人，每輛車三人，到門口後迅速集結，拿出武器，掐死門口的哨兵，射死門樓上的哨兵，立即控制了北門，然後把柴車點燃，一輛一輛放進去。每輛車都套著四匹馬，這些牲口被屁股後面的大火催著，全部驚慌失措，拉著大火球在番辰的大營裡急不擇路，橫衝直撞，早把油囊引燃，流得到處都是，一會兒烈焰四起，柴火，油火，流動的火，趴地的火，這裡一堆，那裡一團，房前屋後全是火焰。有被燒散架的大車，車身靠在房子旁邊，一會兒引燃了營房，那帶火的車軲轆卻還在亂滾，滾到樹旁，又引燃了大樹，把大營搞得烏煙瘴氣，到處是桐油燃燒的黑煙，就跟森林著火一樣。

那些受驚出來的士兵，不是被撞傷踩死，就是嚇得找犄角旮旯躲藏，根本搞不清怎麼回事。而漢軍方面，班超看見火光後，立即麾軍衝鋒，董健一馬當先，領著五千騎兵鋪天蓋地而來，魚貫進入西大營，藉著黎明的霞光，左突右殺，削了一地腦袋。等番辰明白過來，已經沒有組織反擊的機會了，只好把米夏劫持到校場，將刀架在脖子上，迫使漢軍讓道，然後讓他的人馬向他靠攏，一會兒竟也收攏五六百人馬。

董健命令部隊速將番辰的人馬包圍，喝令番辰放人，否則就開始圍殲。番辰手裡有米夏，知道董健不會貿然行動，反而破口大罵，罵漢軍不講信用，說好的罷兵談判，卻突然不宣而戰，是小人作為！董健也針鋒相對，罵番辰才是小人，詐稱王妃病危，劫持漢使妻子，完全是雞鳴狗盜的小人伎倆，試問誰與小人講信用？番辰不服，辯稱詐病的計策是漢軍先使的，他只是以其人之道，還治其人之身，要不是疏勒王放米夏出去，你們哪裡有這麼多援兵！

董健一時語塞。班超和廣德並馬出現。班超問番辰：「現在可是晌午？」

番辰一時摸不準班超想說什麼，抬頭看看初升的太陽說：「是。」

班超又問：「你我約定的談判時間可是晌午？」

番辰似乎意識到著了道，強辯道：「談判也不能這麼談吧！」

「那你說該怎麼談？請于闐王給做個評判！」班超不屑地問。

「這……」番辰光知道于闐軍隊來，沒想到于闐王廣德為了救班超，親自來了。那也是西域的一個強人，看來他這次的事情的確鬧大了。齊黎顧忌且運，無法來援，去龜茲的人可能還在路上，指望龜茲發兵還不知猴年馬月。現在班超來者不善，大兵壓到營裡，勢已蹙逼，如不馬上逃身，只恐被一點點瓦解，為今之計，逃為上策！於是就嚷嚷著，讓漢軍先撤到大營北邊，讓出南邊，雙方細談罷兵條件。米夏提醒班超不要上當，只管殺番辰。番辰氣急敗壞，竟在這個女人脖下割出一個血道。

董健一看著了急，令弓箭手一陣猛射，射死番辰隊伍外圍不少人，突又揮手叫停。高聲喊道：「番辰你個王八蛋，你再敢傷害公主就休怪我包餃子了！我讓你的人一個都逃不出去，馬上抓你全家殺光殺淨，一個不剩！」他是個久經戰事的帶兵人，知道番辰要從南門逃跑。但是番辰手裡有米夏，漢軍也不得不從，於是悄悄對班超說：「今天可能拿不住番辰了，讓他放下嫂子跑吧！」

班超沉吟不語。他看見米夏受傷也心疼，但對自己的女人壞了大事還有怨氣，想的是今日除惡不盡，將會留下禍患。董健見班超遲遲不做決斷，提醒他嫂子脖子在流血！這時霍延把班勇帶來了。依布拉音等幾個軍官，亂中聽說番辰在找班勇，就把小傢伙藏在一間房子裡，沒被番辰找見。這些軍官是田慮的朋友，身後也聚攏一些士兵，並沒有站到番辰那邊。

班超讚賞地點點頭，示意董健讓出一個通道，朝番辰喊話，看看他的投降條件是什麼。番辰十分狡猾，將米夏扶上他的馬，自己也上去，緊緊抱住，然後看著他的人全部上馬，這才說：「只要你不讓人追我，我到安全地方就會釋放米夏。」

「不要聽他說，只管殺番辰……」米夏再次呼叫，可是很快被番辰捏住了脖子，再也喊不出來了。

番辰的人馬交替往南移動，徐徐出了南門，然後拚命向西逃去。董健急了，請求帶兵去追。「番辰小人，他的話怎可相信！萬一嫂子不測，後悔就晚了。」

班超正在猶豫，霍延出列了。他見董健要帶領部隊，不如給他幾百人去追。班超點頭，分給霍延一千人馬去追番辰，轉命董健率領大隊，迅速隨自己馳往王宮。

番辰和米夏騎在一匹馬上，速度顯然較慢，霍延不大功夫就追上了。狡猾的番辰看追兵咬得很近，就停下來用米夏的生命相要挾。霍延只好約束騎士，拉開距離，等番辰跑出一段距離，再跟上去。如此反覆幾次，越跑越遠，霍延不知番辰要把他們帶到什麼地方，忽生一計，與甘英打聲招呼，就命部隊拚命追擊，直到和番辰的人馬首尾相接。番辰故伎重演，威脅再這麼緊逼就殺了米夏。

甘英出面約束部隊，暫停追擊。霍延因為穿的車伕服裝，又散開頭髮遮了臉，一時無人注意，就隨番辰的隊伍前行，慢慢接近番辰。等到馬頭馬尾相接的時候，喊了聲「嫂子別怕，我來救妳！」照著番辰揮劍就刺。誰知他的坐騎不與配合，突然朝旁邊一躲，刺空了，差點閃下馬去。番辰轉身，發現是霍延，就招呼十幾個騎士圍住廝殺。

霍延本是馬背上殺敵的高手，多年的鐵騎軍侯不是白當的，左砍右削，一會兒就殺死七八個。但對方人太多了，前面的死了，後面的又圍上來，圈子越圍越小，幾十把明晃晃的馬刀對著他，偏偏這時，馬頭馬尾都被砍傷，身子一歪，將他甩到了地上。番辰的騎兵轉圈掄刀，刀刀致命，這位身經百戰的智勇之將，頓時倒在血泊之中，身體被砍成了幾塊。

番辰一看霍延死了，高興得振臂歡呼，冷不丁被米夏抽出藏在身上的匕首，背手在腹部捅了一刀，痛得咧嘴，反射性一推，將米夏推落到馬下。這時甘英帶人追上來了，番辰顧不上米夏，拼上小命跑了。甘英見米夏並無大礙，下令窮寇不追。他下馬抱起霍延，卻見頭顱已掉，只連著一點皮，握劍的右臂也被砍掉了，但寶劍還緊緊攥在手裡。

甘英十分心痛，淚水奪眶而出，硬忍著沒有哭出聲來。米夏卻已哭得悲天蹌地，頓足捶胸，自責都是她害了霍兄弟。甘英趕忙勸慰，親手將遺體包裹，命人護送回營。到了西大營，看見只有幾十個善後的士兵，就命令騎士全部下馬，將敵人屍體的耳朵全割下來，打成一包，然後將霍延的遺體擺置在番辰的辦公桌上，安排人守靈，自己帶上大隊，趕往王宮。

此時的王宮，被徐幹圍得水洩不通，外圍的守軍也撤到了院子裡。這裡沒有護城河，雙方隔牆對峙。田慮爬在兩架長梯交叉的高處，已經和圍牆裡的坎墾談了好長時間，但榆勒等著番辰來援，遲遲不肯發話。坎墾一片愚忠，寧死不能背主，也是沒的奈何。班超來後，告之番辰已經逃跑，裡邊不信，還在心懷僥倖。

甘英將那一包耳朵用竹竿遞給田慮，田慮一看，揭開包裹扔進牆去，嘩啦啦撒了一地。然後高聲喊道：「給臉不要臉，就拿命來換。限半根香火的時間，不投降就讓裡邊的人全部變成那些耳朵！」

班超有點愕然，一向溫雅的甘英竟然也下了這般狠手。定睛一看，甘英的眼是紅的，像在噴火，環顧周圍，卻沒發現霍延，問了幾聲，甘英都不說。脖頸血跡斑斑的米夏突然衝了過來，跪在班超面前，傷心哭訴都是因為她，霍延被番辰殺了……班超一聽霍延陣亡，眼前突然一黑，差點栽倒在地，幸被徐幹扶住，酸淚卻已湧出。他用手指著米夏，半天說不出話來，等胸中的一口傷心之氣撥出，罵道：「無知婦人，損我一員大將！」掄起巴掌就給了米夏一記，五個指印清晰地印在米夏的臉上，還不解恨，竟然抽出寶劍，要殺米夏。

徐幹見了，趕緊勸住，讓人將米夏帶走。董健卻又發了，抱住甘英一遍又一遍問霍延是怎麼死的，問得甘英抱住董健直流淚。董健擦乾眼淚，對班超說：「霍延都死了，還留著裡邊那些人做什麼？燒吧，燒死他們為霍延報仇！」

隊伍裡響起了報仇的呼聲，官兵們躍躍欲試。

班超覺得不能違拗軍心，當即下令大弩輪番發射，將圍牆上的敵兵壓住，再讓步兵全部運動到圍牆之下，準備將每人手中的兩個小桐油袋子點燃扔進去，另給大門預備了兩個一百斤的油袋，只要點燃，什麼樣的大門也能燒成灰燼。

就在班超即將下達點火命令的時候，大門「吱呀——」一聲開了，坎墾雙手舉著劍鞘說：「疏勒王決定投降，請司馬大人進宮！」

「跟我衝！」不等田慮從梯子上跳下來，董健已經揮著大刀，帶領大隊衝了進去，看見守衛的士兵都已放下武器，不無恐慌地站在一起。榆勒垂頭喪氣，扶著一株手臂粗的杏樹，忐忑不安。董健轉了一圈，沒有找到出氣的對象，回馬拖刀，將杏樹從根部砍斷，嚇得榆勒打個冷顫，隨杏樹一起倒地，跪在地上，連連求饒。

班超和徐幹隨後才進來，看見蹦了一地的耳朵，稍不注意就會踩上，估計這才是壓迫榆勒投降的「最後一根稻草」，心裡讚賞甘英真會在戰鬥中隨時尋找武器。田慮帶著馬弘到處搜尋兜題，搜遍犄角旮旯也沒見半個人影。才聽榆勒交代：「兜提回了龜茲，估計不會來了。」

「是搬救兵去了吧！」班超心裡明得鏡子一般。他看榆勒眼巴巴地望著他，一副搖尾乞憐的眼神，不禁又氣又恨，又有幾分鄙視。聽榆勒把叛漢的責任，一股腦都推到齊黎和番辰身上，似乎他只是上當受騙，還挺無辜的，就有些不悅，討厭這個人敢做不敢當。又聽他說已經讓齊黎的女兒服毒自盡，更是覺得可笑。

榆勒這是在步齊黎的後塵，殺妻自保，倆人真是一丘之貉，說起來都是一國之王，不出事時寵愛少妻，「採陰補陽」，出了事怎麼都讓女人做替罪羊呢？讓他更加難為情的是米夏的母親等一幫家眷，也齊齊跪在地上。齊黎女兒的屍體就擺在他們旁邊，煞白的臉上毫無血色。還有米夏的哥哥和弟弟，也姐夫長妹夫短叫著，把一樁嚴肅的軍政大事，混到了家庭情感之中。班超走過去扶起善良的岳母，瞟了一眼旁邊傭人抱的小兒，真不知這榆勒是怎麼想的。他讓家眷都進屋迴避，然後讓人把榆勒帶到小屋看管，這才在榆勒的會客廳升帳議事。

坎墾行禮謝罪，請求處置。田盧出面保他，班超也知他誠實，就讓其繼續帶兵。此一役後，東西大營都在控，乾脆按兵種分屯，將田盧所部移駐西大營，與疏勒步兵共同協防，應付番辰隨時可能發動的反撲；疏勒騎兵所剩五百多一些，與漢軍騎兵同駐東大營。漢軍與疏勒軍可共同訓練，協同作戰，但平時互不隸屬，漢軍不干涉地方事務。由於番辰對軍隊的影響不小，著令田盧協助坎墾對軍官進行甄別，之後請徐幹親自主持教導整訓；東西大營與盤橐城之間建立快速聯繫通道，形成三角防禦體系。這一切安排就緒，參戰部隊得令撤出，王府裡只留下少量警衛，班超這才召集文武官吏，商定對榆勒的處置。

疏勒的官員們，對榆勒後期的所作所為都大加譴責，但談到對榆勒的處置，皆是投鼠忌器，顧慮重重，顧左右而言其他。班超一看，一時難以定案，就請官員們拿著他的官符，請厄普圖出山，暫理國政。他早就聽說，也森輔國侯前年去世後，原都尉黎弇的弟弟厄普圖接任輔國侯。榆勒和番辰叛漢後，厄普圖不願跟他們同流合汙，毅然掛冠回家。這是一個有骨氣有能力的人，眼下還只有他，能把被番辰搞亂的人心聚攏起來。李兗請示要不要將榆勒押往盤橐城。班超讓先就地羈押，等待處置。這會兒他急著去西大營看霍延，這個跟了他十年的兄弟。

西大營到處都是過火的痕跡，士兵們正在清理敵人的屍體，霍延就躺在番辰的辦公桌上，身上蓋著一塊白布。醫官已經將他的頭顱和肩膀縫上，臉部也擦洗乾淨，但嘴角的刀痕一直扯到腮幫，破了相，沒有了昔日的神氣。

「霍延……兄弟！」班超忍不住呼了一聲霍延的名字，眼前就模糊了，迷濛中好像又看見了冬日的紅柳灘，那條圍殲匈奴的小溝；看見了蒲類海夥房裡，那條熱氣騰騰的清燉魚；看見鄯善驛館火燒匈奴營帳的夜裡，霍延身上那面大鼓；看見盤櫜城困頓的馬廄裡，他悄悄牽出自己的坐騎……這些年來，凡是交代給霍延的任務，從來都不用操心，他都能完成得出奇的好。而班超早都把霍延和董健看成自己的左膀右臂了，如今霍延一走，如同砍了他一條手臂。他寧願自己掉一隻手臂，也不願失去這個戰友啊！就在前一天，這個心思縝密的好兄弟，還為自己親自帶隊趕柴車的事向他請命，怕底下的人沒有經驗，萬一失手影響了整個戰局。他當時本來安排霍延率軍包圍王府來著，怎麼就同意了呢？特別是晌午，他完全可以不讓霍延去追番辰，怎麼就沒想到這樣的後果呢？

班超這一流淚，在場的白狐也哽咽了。他與霍延不太對脾氣，主要是嫌其太小氣，老嚷嚷要喝他的酒，自己卻一毛不拔。他平時想與之賭兩局，贏點錢買酒，比要親命還難。但這都是好朋友之間的小矛盾，並不影響他們的大友誼，一旦打起仗來，霍延總是關照他不要往前面跑，看見他冒險，就跟他急，甚至罵人。這會兒看見這個兄弟挺挺地躺在那裡，後悔沒有多請他喝幾次。董健更是傷心得不行，自責沒照看好霍延，招致他失去了最好的兄弟。本來他倆約定在兒子娶媳婦的時候，要比酒量來著，現在霍延走了，他和誰比去！徐幹也是難過，但怕影響了士氣，趕忙勸住大家。

經過商議，大家決定把霍延接回盤櫜城，讓他回家，然後從家裡發送他，不能讓烈士在這傷心之地上路。靈車是田慮找來的，順便買了一口棺材。班超實在傷心，榆勒曾送給他一口棺材，但他沒用上，讓霍延劈了當柴禾燒了。如果他現在劈了這口棺材，能讓霍延復活那該多好哇……從西大營到盤櫜城十幾里路，徐幹考慮班超年紀大，身體也沒完全恢復，幾次提議讓他騎馬，他都拒絕了。他決心今天就是再累，也要陪兄弟走到家！人們也不好再勸，從此默然不語，耳邊只有呼呼的北風，如訴如泣，彷彿在歌頌亡人的功德，讓後世永遠銘記！

溫慰

戰爭的結局，基本是看勢。勢到了，勢如破竹，百戰百勝；勢不到，徒勞無功，事倍功半。

番辰遠遁後，匈奴鼓動的一波叛漢逆流，被漢章帝下給班超的一道詔令給止住了。班超讓徐幹留守，自己親率聯軍乘勢掃蕩，勢如破竹。龜茲設在尉頭的監國團望風逃竄，哈丿又獨立掌國。溫宿的叛軍還想抵擋，被董健殺得落花流水，繳獲了兩千多匹馬和許多兵器，溫宿的幾個部落又重新歸到姑墨。于闐王本來說他是跟著班超看熱鬧的，到了姑墨，卻看上了班超故人莊園主的姑娘，一步都走不動了，非要領回成大的王宮當夜成就好事。

莊園主說：「承蒙于闐王高看，但距離太遠，不忍女兒遠離。」

這等於婉拒了廣德，急得廣德使勁央求班超。班超也知廣德看上的這個小姑娘，水蘿蔔一樣白嫩，怕是花多少血本都勢在必得，又感激廣德援助之義，就和姑墨王成大一起提親，給了女方天大的面子，總算說成。廣德當夜就抱得美人歸，興奮之情難以言喻，次日請大家喝了一天的喜酒。

按說廣德這次出兵打了勝仗，又娶了美人，也算名利雙收，可他返程帶著軍隊住在疏勒不走，要求疏勒賠他的戰爭損失。幾經談判，戹普圖不敢做主，與一幫官吏商議未果，就跑來求班超調解。班超在東大營備了一桌酒菜，名義上是給廣德祝賀新婚，實際想探探廣德口風，他已代表朝廷封下賞禮，藉機送給廣德，然後想看這個賠償，到底多少比較合適。喝到高興處，就順便提起話頭。不等他說完，廣德的臉就黑了：「司馬別的什麼事情都能管，唯獨這件事不能管。」

于闐的主張很明確，就是誰作死，誰就死，誰惹禍，誰擔責。疏勒叛漢，差點把漢使團全部害死，也斷了于闐與西方的交通，還逼著于闐和拘彌勞師動眾，跟漢軍一起來平叛。他們屬於敵方，沒有把番辰的軍隊全殺光，把疏勒併到于闐，就是看了漢使住在這裡的面子。但一定要讓疏勒付出代價，讓他們知道馬王爺長了三隻眼，太歲頭上的土動不得。否則哪天再被誰一鼓動，說叛又叛了，還當是兒戲！這事沒有商量，就算漢軍是朝廷供養的，不要損失，于闐卻是不能不要的。疏勒騎兵的軍馬全是戰利品，要和從溫宿繳獲的兩千來匹一起分配，給多少全由司馬大人做主。于闐的直接損失可以少算點，這三千多人馬一個多月的兵器消耗、軍需供給，是一毫一厘都不能少的，而且多拖一天，就多算一天，直到雙方達成協議。

戰爭雖然是政治矛盾的集中體現，但戰爭的結局往往體現為經濟利益。失敗一方向得勝一方賠償損失，是個普遍規矩，老慣例。于闐王的要求即使去除情緒化的因素，也是合情合理，疏勒也有這個能力，何況這次勝利仰仗的主要是于闐軍隊，所以班超與徐幹交換了一下眼神，就不在酒桌上談論這事了，換拿廣德的少妻為話題。他讓董健、白狐盡著性子給廣德和他的小老婆敬酒，一會兒廣德就招抵不上，嚷嚷著回帳休息了，臨走時耳語班超，酒席上沒見司馬夫人，是漢使不給他面子。

廣德已經看出班超冷淡和疏遠米夏，想做點調解工作。他覺得就憑米夏母子找他搬救兵這件事，就能看出這不是個普通的女人，她的身上有男人的英氣。不料走到自家營帳附近，卻看見米夏帶著一幫女人，為官兵們洗衣補襪。

初冬的天氣，井水打出來一會兒就冰冷冰冷。米夏脖子上的刀傷雖已結痂，但仍然很刺眼，一雙纖手通紅，看著叫人很過意不去。班勇和田慮的一雙兒女在一邊玩耍，小臉凍得紅紅的。于闐王的酒似乎也醒了許多，勸她說：「妳一個司馬夫人親自勞軍，士兵們哪裡消受得起！」

米夏笑笑說：「前些年于闐王都能親手為漢軍烤炙羊肉，我洗個衣服算什麼！你們大老遠地來幫漢軍，我也就能做這點小事！」

廣德新娶的小妃子，童心未泯，看到孩子們在玩老鷹抓小雞，丟下廣德也參加到遊戲當中，嘻嘻哈哈的無邪，帶給軍營的男人世界許多歡樂的氣氛。廣德藉機和米夏多說了幾句，讓他多關心班超，攤上她那個父親，倆人都夠難的！

廣德是看得比較清楚的，他理解班超手裡有一隻燙手山芋，吃起來太燙，扔又扔不出去。其實，就在他們推杯換盞的時候，厄普圖正帶著一幫官僚，坐在盤槖城的會議廳等著。會議廳是以前的議事廳，剛剛修繕好，牆都沒有刷，兩排未漆的胡楊木桌面對面，中間空著，山牆有一塊做成了火牆，下面盤了爐子，有個勤務兵正在生火燒茶。今年的冬天冷得快，這才入冬十幾天，就冷得凍腳了。厄普圖他們坐了一邊桌子，有點擠，班超回來後讓他們坐過來幾個，人多擠點暖和。

厄普圖這人話少，但辦事很認真。他聽班超說賠償的事情不好調解，就開始彙報選國王的事。

根據班超之前的建議，在部隊外出打仗期間，戹普圖和疏勒的主要官員分別進行了交談，之後又帶人往幾大部落走訪，就疏勒王的人選廣泛聽取了意見。現在各派力量都希望將成大請回來，聽說他把姑墨治理得不錯，管治疏勒一定沒有問題。

成大回來當國王固然沒問題，這點班超也不止一次地考慮過。但成大在姑墨的作用，不是一般人能理解的。這次要不是他像個楔子一樣插在那裡，與龜茲對峙，對尤利多形成牽制，溫宿的叛亂沒有那麼容易解決，疏勒也就成了孤島，前後左右都被匈奴勢力包圍，陷落的危險就像一把利劍，時刻懸在頭上。所以，成大作為策略布局的重要棋子，不可輕易挪動。

戹普圖一聽成大回不來，雙手一攤，顯得很難為情。班超問他有無第二套方案，他支吾半天不說，班超問得急了，這才說那就只好先讓榆勒留任了。榆勒雖然有負漢朝，有負司馬，前幾年把疏勒帶到邪路上去了，但大家使點勁，還可以再拉回來。關鍵是他沒有大部落背景，當國王這幾年也沒有引起部落之爭，要是換一個部落王，其他部落絕對不服，各種力量平衡就會打破，勢必引起社會動盪。

百姓對國王的主要期望不是看他有多英明，有多少雄才大略，而是看他能否在各種勢力之間尋找平衡，保持社會的穩定。社會穩定了，兵民各安其分，種田抽成，做生意交稅，當差賺俸祿，人都有希望，自然和諧安定。甚至有一個部落王說，榆勒相當程度是受了番辰和齊黎蠱惑，至少不比兜題壞，兜題都沒殺，榆勒也就不好殺了。

這個結果有點出乎班超意料，使得班超對於地方的官員選配問題，不得不進行更深的思索。他問大家是不是顧慮了榆勒與他的關係，才提出榆勒繼續留任。官吏們異口同聲說：「不是的，榆勒怎麼對待漢使的，大家都清楚。正因為如此，我們才覺得這個話不好和司馬大人說。」班超作為漢使只好尊重他們的意見，但這並不表明他是支持這個選擇的。

送走厄普圖一幫人後，月亮已經升起來了，孤獨地懸掛在冷冷的天空。班超心裡不痛快，獨自登上了城牆，走了幾步，就想起兩年的困守歲月。再回看城內一大半還沒有修繕的斷壁殘垣，還有那個挖板土的坑，他想把這個坑保留下來，對後來者進行現場教育，讓大家居安思危，居危思變。

護城河已經開始結冰了，但赤水河到了冬天卻變得清流淙淙。水中的寒月，若明若暗，如同一睜一閉的眼光，近在咫尺，卻不可掬起。大冷的天，竟然還有女人聚在河邊，嘻嘻哈哈，有一句沒一句唱著那首《西域的月兒》，把一曲優美的音樂搞得支離破碎，讓人覺得沒肺沒心。

這首歌還是榆勒介紹給他的。那時的榆勒，是多麼的謙卑、和善而躊躇滿志啊！這個醫生對自己的機遇特別珍惜，也曾請他講明君的故事，就職後也確實做了一些於國於民有益的事情，他們也曾一起堅守盤橐城，艱難地抵抗匈奴和龜茲的進攻。

往事歷歷在目，伴著河水流淌。曾幾何時，一個熟悉的人就變得那麼陌生了呢？環境？誘惑？野心？噢，蒼蠅不叮無縫的蛋！他也不能忽視朝廷放棄西域的那道詔令，所帶來的負面影響。沒有朝廷政策的改變，也許齊黎不敢公開叛漢，更不會有番辰與榆勒被他利用。

不知什麼時候，徐幹背著手上來了，後面還跟著董健和甘英。班超問道：「你倆怎麼還沒走？東大營那麼多兵，還有一部分友軍也住在營裡，頭頭都不在位怎麼行？」

這倆人是參加完宴會特意護送班超回來的。其實護送只是個由頭，他倆有話要說。由於班超一路都在說歡送于闐王的事情，沒逮著機會，就留下了。等著班超與戹普圖開完會，這才有了空。他倆的意思就是求兄長原諒了米夏嫂子，回家去住，不要再住作戰室了，兩口子彆扭下去，做兄弟的看著難受。

董健一直認為班超因為失去了霍延而怪米夏，可他認為霍延的死，責任不能全在米夏身上。她是個女人，因為感情用事上當受騙也情有可原，使陰招的是番辰，帳應記在番辰頭上。再說這次到于闐送信搬兵，米夏也是立了大功的，就算功過相抵，也不應再受到冷遇。

要說霍延犧牲，董健比誰都難過，那天安葬時差點鑽進棺材，一起走了。可大家勸慰他，人死不能復生，也就想通了。這是戰爭，打仗哪有不死人的？徐幹見大家開了頭，也就接上話茬。他是李兗剛剛打發人請過來的。李兗看班超在楡勒的問題上舉步維艱，決斷很難，與以往的果斷乾脆判若兩人，就想讓徐幹和他聊一聊。

以徐幹的身分，可以和班超嬉笑怒罵，誰也不介意，但他不能當著別的弟兄的面，讓老兄臉上掛不住。他擺手示意董健他們走人，靠著班超的肩膀走了一段，突然吐槽說：「你老牛吃嫩草，草沒嫌你老，你倒嫌草嫩了？你看人家于闐王，娶個小娘子捧在手裡怕掉了，含在嘴裡怕化了。哪像你，放著花兒一樣的美女不知道疼愛，讓人家看你的冷臉，你那老臉現在皺成馬了，有啥好看的！我要是你，天天給她說好聽的，哄著她開心都不嫌煩。差不多就行了，端啥！」

徐幹還告訴班超，米夏去于闐搬兵經過莎車的時候，曾受到齊黎的侮辱。齊黎說不嫌棄她是寡婦，要她留在王宮裡當妃子，這樣他就和疏勒王互為女婿，互為老丈人，扯平了。米夏當時就罵齊黎不要臉，在那張陰險的臉湊近時，使勁扇了一個耳光。齊黎惡念生起，殺米夏的心都有，被都尉江瑟給勸住了。

班超疑惑地瞪了徐幹一眼：「還有這事？她也沒說！」

徐幹覺得班超肚裡的氣似乎不大了，話鋒一轉說：「楡勒的情況事出有因，罪魁禍首是齊黎，應全面分析。我建議和楡勒談一次，如果能意識到問題的嚴重性，也確實願意改，就讓他留任，畢竟是地方的事情，大家都沒說廢掉的話。如果他對前幾年與番辰狼狽為奸、勾結莎車叛漢附匈的罪行，沒有清醒的認知，那就讓他接受軍事審判。」

「好吧，那你去主持楡勒的檢討會！」

班超覺得手裡的山芋沒有那麼燙了，可以傳給徐幹。他怕自己情緒化影響別人，決定迴避楡勒的檢討會。忽然聽到班勇在叫爹，還有田慮的女兒嵐兒，也跟著叫爹，兩個小不點一前一後，也踩著月光爬上了城牆。這一叫把班超給逗樂了，抱起嵐兒說：「你現在還不能叫爹，還沒過門呢！」大家就笑了。看這一對從小訂的娃娃親，倒像真的小兩口一樣，見天一起玩，從來不打架。就是嵐兒的哥哥欺負嵐兒，也是班勇出面護著她。徐幹也抱起了班勇，大家一起下到院子裡。

兩個孩子一到地面就掙脫懷抱，小鳥一樣在院子裡撒歡，無憂無慮地喊著、叫著，你跑我追，笑笑嘻嘻。跑著跑著，嵐兒被一塊小石子一絆，連班勇也帶倒了，雙雙撲在地上，兩個都哭了起來。班超趕緊上前幾步，抱起嵐兒哄著，卻讓班勇自己爬起來。班勇看見父親抱著嵐兒，沒有寵他，把兩條腿撲騰著，哭得更厲害了，明顯有鬧的故意。米夏遠遠看見，趕緊跑過來，一面哄著不哭不哭，一面要扶班勇起來，被班超厲聲喝住：「不許扶！」還把身子往米夏前面一擋，要孩子自己爬起來，警告他不起來就打屁股了。班勇一看這架勢，撒嬌也沒用，就止住哭聲，乖乖爬起來了。

班超這才將嵐兒交給田慮妻子，蹲下身子，讓兒子自己拍打身上沾的塵土，也不問他摔痛了沒有，只告訴他男孩子要堅強，在哪裡摔倒，在哪裡爬起來，這樣長大了，才能成為大丈夫，頂天立地！兒子似懂非懂地點點頭，卻把米夏給逗樂了：「小孩子家家，知道啥叫大丈夫！」

不料班勇抹一把鼻涕說：「大丈夫就是保護妹妹，保護娘！」

「噗——嗤」米夏差點笑岔了氣。班超當夜就回了家，也不枉弟兄們勸他一場。

次日後晌，徐幹開完會從王宮帶了幾個西瓜回來，說是米夏的母親捎給女婿降火的。徐幹第一次體驗「抱著火爐吃西瓜」的滋味，覺得非常甜，問西域這地方為什麼西瓜特別能保存。班超說：「來西域十年算是長見識了。這裡氣候乾燥，啥都能晒成乾，葡萄乾，杏乾，桃乾，人乾——屍體埋在沙子裡幾百年成了木乃伊都不化。所以西瓜越放越甜，是水分蒸發了。」

徐幹說：「榆勒檢討了，也發誓了，決定今後和我們一條心。以前的事，除了歸罪齊黎和番辰，他自己也擔了一些責任，還算誠懇。為了證明他與分裂勢力劃清了界限，要求重新改回『忠』的名字。會後第一件事是下令滅了番辰一族，也無條件答應了于闐王的賠償要求。」

班超搖頭苦笑，覺得叫榆勒還是叫忠，已經不重要了。一個人的人品好壞，與名字沒有半點關係。勾踐的名字不好，他能臥薪嘗膽，重振越國。趙高的名字不賴，他殺長立幼，斷送了秦朝。說到底名字只是個符號，只有象徵意義，關鍵是使用這個名字的人，心底是光明還是黑暗。一個五十多歲的人叛變過一次，已經很難讓人再相信。當地人有一句諺語，別聽咕咕鳥叫得歡，要看他叨不叨蟲。榆勒把齊黎的兩個女兒都弄死了，應該看做與齊黎決裂；無條件答應于闐工的條件，估計也是沒有辦法的辦法，這下于闐王可以笑著離開了。

「于闐王離開時，我們要組織一個盛大的歡送活動，這不光是個面子問題。」班超說這話時，將右拳重重擊在左手掌裡。他把這次活動看得很重，因為于闐王親自帶軍隊主力來助戰，的確義薄雲天。作為漢使，班超覺得心裡的感激沒有任何語言可以表達。他與徐幹商量，明兒殺牛宰羊，犒賞友軍。他自己親自主持歡送宴會，讓甘英和黃越負責組織活動，軍隊除執勤的，傾巢出動，再動員地方官員和民眾，務必排成十里長陣，以示隆重。還要讓吉迪多叫一些樂手舞手，烘托氣氛。這裡剛商量完，班超就跑到餐廳，讓夥伕幫他找當地最好的烤全羊師傅，他要親手為于闐王露一手，以回報人家幾年前親手為他烤炙的深情。

疏勒的烤全羊與于闐如出一轍，只不過黑胡椒味道較重，另外調料裡加了草果。班超親自操作，大師傅在旁邊指點，甘英幫他一些忙，烤得還真不錯。結果香噴噴的烤肉上桌後，廣德卻說：「這不算司馬親手烤的。漢人烤不出這味道。司馬大人用兵行，烤羊肉嘛，不行。」

「于闐王的嘴真叼，誰烤的都能吃出來！」班超笑著，把一塊冒油的肉塊遞給廣德。

徐幹看于闐王和班超如此友好，內心大為震撼，覺得自己這位兄長在西域縱橫捭闔，不光是假著漢使的身分，還有他鮮明的人格魅力，而這正是一般官員所缺乏的。於是，他真誠地斟滿一觚酒，要為他們倆人的友誼乾杯，還沒開口，米夏帶著班勇進來了。

五歲半的班勇，端著與他的身高極不相稱的酒觚，恭恭敬敬來敬「于闐王伯伯」，感謝他在于闐照顧他和媽媽，又帶大軍來救援爸爸，他是他們班家的大恩人。這小大人的幾句話，聽得廣德心花怒放，起身接過喝了，直誇班超有個好兒子，有個好老婆。班超謙虛了幾句，囑咐米夏在隔壁的女賓席上，招呼好于闐王的新娘子。

廣德摸著班勇的腦袋說：「伯伯明兒就走了，想再聽一次你唱的那首童謠，能不能為伯伯再唱一次？」

班勇看了母親一眼，又看了父親一眼，得到的都是鼓勵的眼神，就高高地抬起頭，大聲唱起來：「咪咪貓，上高窯，高窯高，沒腳窩……」

送走于闐和拘彌大軍後，下了幾場雪，很快就進了臘月，初六是班超五十歲生日。因為有高堂老母健在，他這個人從來不做壽，每年都是一碗長壽麵打發。但是米夏覺得五十年歲月風雨，雖短猶長，人生難有第二個五十年，她自己堅決要做，而且一切準備都是悄悄進行，班超幾乎沒有察覺。到了當天，做了一小耳朵羊肉抓飯，借漢軍大餐廳擺了十幾桌酒菜，不但請了他娘家的人，也請了漢軍的高級將領，和警備隊的全體官兵。

被人關愛的幸福終於寫上了班超的臉，他也不再反對，穿上新衣裳，藉機和李兗所領的士兵們熟絡熟絡。回想人生五十年，如白馬過隙，轉眼就過去了，也是感慨良多。他看見忠來的時候帶來好多日常用品，還送來傭人，也禮節性打了招呼，畢竟有翁婿關係在那裡擺著。米夏同父親雖有芥蒂，但血濃於水，何況她母親一來就抱上班勇，又親又愛，讓人羨慕。班勇的大舅布拉提吃飯時說準備重回洛陽當質子去，疏勒的氣候他已經不習慣了，特別是他的兩個孩子，都生在洛陽，整天鼻子乾乾的，動不動就流鼻血，實在受不了，他以後就在洛陽做點生意，也不稀罕什麼王位了。

米夏看酒喝得差不多了，就進到後廚，親自做了一碗長壽麵，恭恭敬敬遞到班超面前。她剛才聽大哥說不習慣疏勒的氣候了，要回洛陽去，心裡受到很大的震動，暗想班超拋下洛陽的老母和妻兒來西域，整整十年了，這十年來，他是怎樣從不適應到適應的，自己最清楚。她老公的喉嚨總是乾澀的，皮膚老是發癢，夜裡蓋不好就心口痛。丈夫雖然不說，但她知道人家也在想家，夢裡有時候還說夢話。她開始還覺得夫君在被窩裡摟著她，在夢裡又呼喚著另一個女人，心裡酸酸的，後來慢慢就理解了，那個守活寡的女人的痛，其實也能傳遞給她的男人。她看到班超成天廢寢忘食，枕戈待旦，皺紋在一天天增加，頭髮在一根根掉落，很心疼，很理解，很想為他做點什麼。

米夏決定今天要藉著班超的五十大壽，把自己的內心話全部說出來。她的眼裡噙著淚水，一往情深地說：「我是一個土生土長的疏勒女人，沒有漢使的到來就沒有我這個公主，也沒有我們一家的富貴。我雖然是父親送給司馬的，但是我愛班超，也愛班超給我的兒子，愛這個家。假如我以往的任性、固執，造成了無法挽回的損失，做了錯事，希望能得到夫君的原諒，我的家人做錯了事情，也希望他們汲取教訓，大家也給他們改正的機會。烏雲終究遮不住太陽，邪惡終究抗不過正義。希望夫君今天吃了這碗長壽麵，能儘早帶給西域太平好日子，帶給手下這些漢子們好的前程！」

這一番話，大大出乎班超的意料，發自米夏的肺腑，情理交融，愛深意遠，在一千九百多年前那個男尊女卑的社會，當著一百多人的面，也算得一篇愛的表白，把一個風風火火、視死如歸的將軍，聽得眼眶發熱，熱流躍動，突然間想擁抱她，撫摸她，親吻她，任她在懷裡撒嬌，把許多溫軟、慰貼的話對她耳語，以至於雙手也有些顫抖，接過麵碗後把湯都灑到了桌子上。可是他還是有些矜持，有些害臊，他沒有當著眾人做一個親暱的動作，只能囁喏著招呼米夏坐下，說：「這些話在家說說也就罷了，怎麼還拿出來說，難為妳了。」

米夏並未落座，卻叫過班勇，讓他跪下給父親磕頭祝壽。班勇像個小大人似的，雙腿一跪，作個長揖，給班超磕頭：「祝父親大人壽比南山，福如東海！」

班勇雖然操著稚嫩的童音，卻字正腔圓，一氣呵成，就像排練過一樣，讓班超好一番欣慰！徐幹帶頭叫好，餐廳裡響起了熱烈的掌聲。旁邊的忠坐不住了，也滿上一觚給班超敬酒，言內心愧疚，希望女婿見諒。班超剛舉起酒觚，就見李兗跑了過來，使勁給他使眼色。他跟李兗到了外面，卻見吉迪領著鼓樂團隊的人來了，男男女女一大幫。吉迪見面就指著兩大筐錢，笑嘻嘻地做出一個請的動作：「請司馬大人笑納！」

當日的壽星圍著錢框轉了一圈，突然在吉迪的屁股上踹了一腳，追問他哪來這麼多錢。因為他讓吉迪採購軍需物資，是很信任他的，吉迪送這麼多錢，肯定超出了其家庭財產，要麼是從採辦軍需的費用裡扣下的，要麼就是別的來路不明的錢。

吉迪雖然被踹了一腳，卻並不生氣，俐落地一閃，跑到人群中喊叫著：「司馬大人打人了！司馬大人五十大壽，不賞飯給我們吃，還發火了！兄弟姐妹們，鬧起來喲！」

手鼓響起，嗩吶吹起，幾種絃樂也奏起來了。那些年輕人就踩著鼓點跳起舞來，引得餐廳的人都跑出來看熱鬧。徐幹也是丈二和尚摸不著頭緒，拽過吉迪要問究竟。吉迪故意賣個關子，示意徐幹看班超的臉。班超的眉頭鎖已經沒有剛才那麼緊了，嘴角露出略帶苦澀的笑，因為他突然明白吉迪不會拿公家的錢送禮，也不會這麼張揚地送禮，這事一定另有緣由。這時吉迪才做個手勢，讓大家肅靜，然後恭恭敬敬遞給班超一份禮單，說是代于闐王轉交的。

這個于闐王臨走將疏勒的賠償全部捐給了漢軍，用於重建盤橐城，還有那些寄養在軍營的馬匹，也是給漢軍步兵改騎兵用。班超猛然想起廣德一再勸他不要在冬天修繕房屋，湊合夠住就行了，來年開春好好計劃一下，該重建就重建，漢使府邸，也應該有點氣派！原來這老兄與疏勒錙銖計較，卻是為了資助他。把他家的，廣德老兄怎麼還弄得這麼隱祕呢，連當面謝一聲的機會都不給！

班超轉而親切地拉住吉迪的手，在他的肩膀上拍了幾下。「你小子怎麼不早說，害得本司馬著急？」

吉迪說：「于闐王交代要在司馬大人生日這天送來，我受人之託，要忠人之事呢！」

徐幹等人也是一番感慨，大家都讚揚于闐王仁義，趕緊把吉迪這一幫夥計請進餐廳。疏勒王忠大概覺得尷尬，悄悄地帶上家人走了。

米夏看見父親要走，趕忙領著班勇送行。走到城門口，偏巧碰上白狐，和一個烏孫使者正要下馬。米夏有點納悶：白譯長去烏孫，不是要春天才回來，怎麼這麼快？白狐朝烏孫使者努努嘴說：

「烏孫昆莫急著與漢交好，哪裡能讓我閒待著，派了一支軍隊送出山口，差點被大雪埋了。我算著今天是你家司馬五十大壽，就急急趕回來了。哎，疏勒王怎麼這麼快就要走，也不等咱老白敬你兩觚？」

忠藉故自己還有事，米夏就和白狐一起進去了。這時餐廳裡還沒鬧騰完，吉迪說：「司馬大人五十大壽，不能不讓人吃飽，剛才只吃了半盤抓飯，不夠，等著拉條子下麵。」

李兗的手下藉機拉著吉迪的朋友學跳舞，七八個男人圍著一個姑娘，一個個學得正高興。白狐領烏孫使節見過班超。班超嫌他不把人帶到驛館，咱這院子亂哄哄的，給人印象多不好！白狐搖搖手說：「不用，他本來就是我的朋友，這一路的好事壞事都是一起做的，我們專門趕回來給長官過生日的，喝飽了再去驛館。你這是五十年一遇，大喜事兒，多少人活不到這個歲數，你今天可要放血啊。讓你家米夏公主把好酒全拿出來，管我們吃夠！」

班超本來就不拘小節，看烏孫使者和白狐熟絡異常，也就陪著喝了一會兒。他在重新解決溫宿的問題後，趁大雪尚未封山的機會，派白狐前往烏孫聯繫，意在藉助烏孫大軍攻打龜茲。烏孫號稱十萬鐵騎，是一支巨大的軍事資源，借用起來比關內發兵省時省力省國帑。收復龜茲後，匈奴對天山以南、以東的控制將徹底喪失，同時也就削弱了其對烏孫的威脅。烏孫小昆莫在與匈奴徹底決裂前，想得到漢朝政府的背書，提出再續細君公主和解憂公主的好事，所以派出了使者。

既然白狐提前回來了，班超就想把原先的安排往前挪，趕在春節前將使者送到洛陽，也讓章帝高興高興。於是安排白狐休息兩天，馬上繼續去洛陽的行程。白狐有十多年沒去過關內了，遇上這個機會也很珍惜，心想能見到皇帝，順便參觀一下皇宮，還能吃到中原的美食，沿途見識一下各地美女，多少人做夢都不敢想，長官一句話，他就得到了，美哉美哉！但是過了一天，他又變了卦，嘟囔著累得很，讓派甘英和馬弘去。

這又是為什麼！班超想知道究竟。原來白狐在做出發準備時，與幾位弟兄聊天，看誰要不要順路捎點東西。甘英和馬弘默默地拿來一些錢和乾果，請白狐路過漢陽時一定親自到家裡去一趟，幫他看看家裡人現在都啥情況，回來跟他仔細說說。兩人都是漢陽人。白狐看他們想念家人的樣子，不禁生憐，突然想把這次機會讓給他們。他是浪人一個，四海為家，洛陽又不是沒去過，見皇上也就是錦上添花的事情。可甘英、馬弘就不一樣，出來也十年了，家裡也有老婆孩子，順路回一趟家就是雪中送炭，救人於水火了。

在班超的幾位主要助手中，董健和白狐差不多，到哪裡都是吃飯幹活；祭參回去過，又在這邊娶了媳婦，無所謂了；霍延生前也探過親，家裡的事情也有交代；田慮跟著羌人的馬隊長大，父母都死於戰亂，也在疏勒安了家。白狐覺得現在就該給甘英和馬弘一個機會了，正好與米夏的大哥一路同行。他這一說，說得班超半天無語，雙手拍了一下大腿就算同意。

甘英和馬弘得到這次去洛陽的機會，恨不得給白狐磕個響頭。白狐把他倆一拉，說磕頭不要，買三罈酒就行。等到倆人把酒買來，董健又湊上三壇，瞅個休息日，叫上徐幹，一起到田慮所在的西大營喝去了。田慮把屋子燒得挺暖和，牛肉也煮得很爛，用石臼搗了許多大蒜，加上鹽巴沫子，燒了胡麻油澆上去，就是關中人的「油潑蒜泥」，拿著煮好的牛肉塊蘸著吃，香辣辛熱，有滋有味。

徐幹奇怪田慮怎麼知道他喜歡牛肉蘸蒜泥。董健笑說：「你和班司馬是兄弟，他好這一口，估計你也差不離兒。」

喝到高興時，田慮停下說：「早上請來一位客人，本來準備送到盤橐城去，不如徐司馬先見一下。」

來的是一位黑瘦的青年男子，顯然是太陽晒多了，眉毛又黑又密，眼窩特別深，卻不顯得鋅髏特別大，因為那典型的鷹鉤鼻子，起坡的地方並未深陷，長長的睫毛包裹著一對藍眼珠，戴一頂高高的氈帽，腳上的皮靴一直高到膝蓋，一看就不是當地人。田慮介紹說：「這位是烏秅國王的小舅子，是負責交通龜茲的使節。他的出現與番辰有關，而番辰被漢軍端了大營後，一路向西逃到了石頭城。」

石頭城屬於烏秅國，扼守在烏秅國通往天山南道的唯一要塞上。與其說是城池，還不如說是一處要塞，一共也沒有幾所房屋，就是一段長三四里的深山大溝，兩端壘有石頭城牆和城門，一般人家都居住在溝兩邊的山洞裡。溝寬處有一里多，最窄處只幾丈，溝兩邊山勢陡峭，極難攀爬行走。這個高山小國，攏共只有不到五百戶，三千七百來口人，分住在十二個相似的城堡裡。石頭城最大，也是王治所在，住有一千四五百人，其中一半是兵。當地人夏天外出放牧，儲備飼草，冬天就窩在家裡吃肉喝奶餵牲口，風俗與捐篤差不多。雄鷹是他們的偶像，小步馬是他們的交通工具，矮驢和山羊是他們的生活寄託。身軀高大的馬和牛，因為吃得多又難上陡山，不適合那裡飼養。

由於地處偏僻，交通困難，烏秅人很少與外界聯繫，外界也罕有人至。最為特別的是當地空氣稀薄，一般人上去氣都喘不過，下面的馬上去也跑不動。那年漢使收復了捐篤、疏勒，烏秅國王聽說後派人交上了降表和戶籍。番辰逃去時帶了六百多兵，謊稱是漢使派去大宛的，路過石頭城，需要休整一段時間，人家國王就好生招待。等到過了一個月，番辰的人馬都緩過勁，適應了高山氣候，就露出原形，逼著烏秅王向龜茲送降表。送表的使節回程突遇大雪封山，回不去了，就到捐篤國的親戚家暫住。田慮得到消息後，馬上叫探子將人請了過來。

徐幹最關心啥時候能進山剿滅番辰，那使節說明年四月底以前，連鳥兒都飛不進去。徐幹倒岔了一口氣，沒想到西域還有這等地方！回頭報知班超，班超卻不急不慢，因為他早想到了這種可能，番辰要是跑到別的地方，根本沒有喘息的機會，這傢伙是要憑險頑抗呢！他和徐幹捋了捋情況，認為番辰的部隊一個月就能適應，我們也應該能，誰也不比誰少鼻子。徐幹建議結合步兵改騎兵，將一部分部隊拉到捐篤靠近烏秅高山的地方訓練，讓疏勒國再補充一些步兵一起前往。既然山高路陡，大馬使不上，到時步騎結合作戰，應該比較穩妥。

班超同意徐幹的辦法，通知田慮去準備，三月中旬出發去捐篤，訓練好了直接開拔。與此同時，班超沒有忘記借力打力，他讓田慮將使節送到驛館，親自接見了一次，希望他給他姐夫烏秅王傳個話：「番辰只是一條喪家之犬，跟番辰走是沒有後路的。到時漢軍滅了番辰，烏秅王哭都找不著墳頭。只要烏秅軍隊不與番辰聯合，就是漢軍的朋友，要是再能配合一下，堵住番辰繼續西竄之路，那就是光復西域的功臣了。」

使節看班超的樣子，雖然不怒自威，也不像傳說專科取人頭那麼凶惡，承諾回去一定勸姐夫從善。接下來的日子，就跟著白狐喝酒、逛巴扎、上妓院，見識了許多新鮮，高興得恨不能叫白狐一聲爺爺，對白狐說：「漢如石山匈如沙山，石山抗風頂雪，永遠矗立，沙山一吹風就消失了，只有瞎了眼的鷹才看不清孰強孰弱。」

光陰的風輪很快轉到建初八年（83）四月，疏勒城已經成了花海，桃杏梨柰花相繼開放，蜂飛蝶舞枝頭嬉，草色青青鶯歌脆。可是通往烏秅的山路，還是冰天雪地。好不容易等到冰雪開始消融，田慮率領兩千人馬封死了下山的通道。因為大部分人還是有些氣喘，就不主動攻城，盡量降低體力消耗。烏秅王也帶著自己的軍隊和民眾，突然撤到石頭城以西，堵住了番辰西去的路。高山之谷，兩邊都十分陡峭，番辰插翅難飛，又沒有足夠的箭弩，被困在狹長的石頭城裡。真是風水輪流轉，去年做夢想要困死了漢使團全部人員的番辰，如今落到了漢軍和烏秅人的圍困之中！

可是番辰沒有漢使那麼好的運氣，老百姓貓了整整半年長冬，城裡能吃的東西本來就不多了，這次輪到他殺馬充飢。按說他六百多人每天殺幾匹馬也能抵擋半年，但士兵心裡驚慌，對未來失望，比斷糧更可怕。田慮和坎嫛抓住時機輪番上陣，鼓動番辰手下的人夜裡投奔漢營，只要歸來，就有熱餅子吃。漢軍既往不咎，或回家或繼續從軍自己選擇。僅僅五天就跑過來二百多人，氣得番辰大開殺機，一下子開斬十幾個嫌疑分子。

令始作俑者沒想到的是，他的殺一儆百用錯了時機，一下子激起兵變，一人振臂高呼，有一百多人公然響應，公開與番辰作對。番辰糾集親信，強力彈壓，結果雙方混戰在一起，只見刀劍亂閃，罵聲一片，血染雪地，慘叫連連。有人伺機打開了城門，田慮隨機應變，麾軍攻城，很快人馬填塞了山溝，將番辰的親信斬光殺盡。但是直到與烏秅軍隊會師，還是沒找見番辰的蹤影。

大家十分詫異，莫非番辰長翅膀飛了？這才見烏秅王趕了過來，把田慮領到半山腰一個洞口，指出整個石頭城就這一個山洞能通到外面，平時是不告訴外人的，但洞裡好多地方只能側身過去，而且出口在山頂，只有夏天能應急通過，這個季節即使逃出去也會被凍死，活不了。

田慮心有不甘，決定試一試，派幾個人打上火把進洞查看。沒多長時間，幾個人上氣不接下氣地爬出來，還有一個已經憋得臉色鐵青，被他們拖出來。醫官趕緊對著嘴呼吸，又餵水，這才緩過氣來。田慮再次向烏秅王證實，出口的確在山頂，就與其商量，暫時用石塊封堵洞口，封堵之前先用噴火槍往裡邊噴了兩槍，想那番辰果在裡頭，也被燻死了。

烏秅王阿吉比格約莫四十歲的樣子，長得也和他的小舅子一樣的黑，唯一不同是氈帽上插有兩根羽毛，以為權柄。他這會兒一看漢軍大勝，斷刀為誓，烏秅永遠不再與匈奴來往，且傳令軍民回家，造飯犒軍。他那當過使節的小舅子，更是熱情地請長官去他家喝酒。田慮婉言謝絕，代表班超贈送了禮品給烏秅，就下令班師，回到疏勒已經是割麥子的時節了。

適逢甘英和馬弘從洛陽歸來，帶來章帝的詔令。朝廷對班超多有嘉勉，批准了他所奏事項，令積極聯合烏孫等國，逐步孤立並最終剷除匈奴在西域的勢力，酌情開展屯田活動，貼補朝廷供應之缺。朝廷宣布在疏勒設立西域長史府，統籌西域軍務，代朝廷處理有關政務，拜班超為將兵長史，借用鼓吹幢麾等旌旗樂器，升任徐幹為軍司馬。

這可是師兄弟人生的一個大里程碑！班超的秩奉一下子提到了比二千石，章帝還恩准長史府借用統兵萬人以上的大將軍才有的排場，可以編制二十多人組成的儀仗隊，出門時旌旗開道，敲鼓吹角，也可以在旗幟上繡「班」字，打仗時以此為標識，也就是他老家人所說的，可以名正言順地扎勢了，還可以扎大勢。水漲船高，徐幹也成了千石的官吏，短時間實現了他父親的期望。董健、甘英、白狐等人的比千石待遇也得以落實，可惜霍延沒等到這個好事。

盤橐城和東、西大營都沉浸在歡樂的氣氛中，一些中下層官兵，甚至比班超和徐幹還高興，他們把長官的升遷，看成是全軍上下的榮耀，看成朝廷對他們這支隊伍的肯定和嘉勉。董健和田慮牽頭、高級將領們附和，一致要求犒賞全軍，以為慶賀。班超不想太張揚，又拗不過這些出生入死的弟兄，還有給田慮班師賀捷的因素，就由他與徐幹拿錢幫弟兄們買酒。

消息很快傳到疏勒王府，忠委託厄普圖送來幾車酒肉和乾果，以表祝賀。白狐突然若有所思，想起去年被困時，疏勒王曾經送過棺材，他當時就說「棺材棺材，升官發財」，果然應驗了，要班超給他「彩頭」。班超賞了三罈酒，白狐不答應，要五壇，班超要踢他屁股。米夏笑盈盈地拿出酒，囑咐白狐不夠再來拿，替丈夫做了這個主。

好日子總是過得很快。盤橐城的重建已經全面鋪開，初春時節栽的胡楊、榆柳、杏樹和棗樹也都換過了苗，菜地的豇豆開始爬架，苜蓿開了紫花，萵苣又粗又高，這座曾經苦難的兵營又開始恢復生機。派到蘆草湖開荒屯田的三百名士兵，也把那一片土地修整得渠網交叉，阡陌縱橫，並在那裡墊基礎，打土坯，造房子，到了深秋就可以種小麥了。

這時候，班超家裡的一件大事也提上了日程。

叵煩

身處男權至上的社會，做一個有擔當的男人，其實也挺累。在朝廷的名冊裡，你是臣子，你拿了皇上賞賜的俸祿，要忠於職守或保一方平安；在民眾眼前，你是官爺，是普羅大眾仰望的馭者，能給他們相對安全的空間；在父母膝下，你是兒子，要尊親孝老，時刻關心他們的冷熱病痛；在妻子那裡，你是漢子，要頂天立地，要提供她生理和心理的滿足與慰藉；在子女面前，你是父親，既是遮風擋雨的廣廈，又是取之不盡的力量泉源，永遠都能保證他們成長的需求。遠離故土的遊子，對於父母的孝順和家庭的責任，只能透過思念和經濟上的支持來表現，而對於身邊的親人，則需要付出更多的照顧和關心。

班勇六週歲生日到了，從生日這天就邁入了七歲的年輪。按照天山南道一帶的習俗，要在這天給兒子施行「割禮」。當地人將割禮視為父母對兒子的第二大義務，僅次於婚禮，不管家庭富裕與貧窮，哪怕舉債，都要辦得體體面面，排排場場。班超開始並沒把這件事看得那麼神聖，不大願意做。他覺得漢人幾千年來都不切割包皮，一樣娶妻生子，男歡女愛，繁衍後代。米夏只能強調儀式的重要性，別的卻不是她一個當女人的能說的。見夫君不以為然，只好求助自己的兩個哥哥。

班勇的舅舅倒是能說出割包皮的一大堆好處，諸如透過割禮向社會宣示，你家兒子是個健康的兒子娃娃，將會出脫為不折不扣的男子漢，讓有意與你家結親的女孩子家長提早放心。班超還是沒說話，兩位小舅子就轉而求助白狐。白狐眼珠一轉，就有了打算。

有一天，厄普圖帶著幾個官吏，來長史府談蘆草湖的墾荒工作，在盤槖城門口停住了，幾個人望著門洞上面新掛的「西域長史府」牌匾，指指點點，說長道短。正好白狐來接，就向他打問到底是誰寫的。白狐說：「論寫字，鮮有能比過長史大人的，他寫的字比誰都多，當然是大人親手所書。只不過這是仿現今章帝的「章草體」，與以往的隸書大不相同了！」

厄普圖等人觀看良久，感嘆章帝的字是如此寫法，那「史」字的最後一筆，極像董健手裡那把大刀。白狐仔細端詳，還真是不假。將兵長史嘛，不用指揮刀如何將兵？不過，他要事先給大家打個招呼：「一會兒長史大人上茅房的時候，大家都一起跟著去。」眾人問他為何，他不耐煩地說：「尿個尿，哪有許多講究！」

會議中間，果然班超要上茅房，幾個人你看我，我看你，有尿沒尿都去尿。到了茅房，大老爺們一字排開，或快或慢，刷刷刷就水嘴開流。白狐乘機用手臂肘撞了班超一下，示意他觀察別人的「尿壺嘴」。班超本來挺自信，掃了一眼人家的東西，確比自己的碩大有型，跟小叫驢的差不多，這才意識到兩位小舅子的話不無道理。

到了傍晚，班超約上白狐往吐曼河那邊散步。出了盤槖城的大門，白狐眨巴眨巴眼，讓李兌和幾個衛士先陪著出去，他買把瓜子就來。分手之後，一路小跑到怡紅院，做了一番安排，然後來和班超會合。漫步到吐曼河與赤水河交會的地方，聽到前面有女人嘻嘻哈哈的浪聲，就不好再往那邊去了，準備原道返回。

吐曼河畔長著許多沙柳，每年冬天都被人砍了枝條，或編筐或燒火或壓在牆體裡當加強材料，來年再發出茂密的枝條，像個帽子一樣頂在上面。樹幹只有一人多高，但很粗壯，有的已經粗有半抱，極像男性生殖器勃起的樣子。在沙柳旁邊傍水的地方，生有好多蘆葦叢。進入夏天後，河水豐沛，蘆葦茂盛，小鳥嬉鬧枝頭，青蛙求偶交配，殘陽猶自拖微紅，滿耳蛙鳴蘆荻中。忽然，有一股刺鼻的香味襲來，幾個人都停下腳步，使勁翕動鼻子，仍然辨不清哪來的味兒。

白狐伸手攔住大家，並做了不要出聲的動作，自己走過去，與一個坐在河邊的女人打招呼。那女人是妓院的老鴇，去年幫漢使打探過重要消息。幾個人屏住呼吸，想看白狐搞啥名堂。結果白狐的聲音還很大：「我說包媽媽，妳最近生意如何？關內來的那些士兵可有白嫖不給錢的？」

「都給錢，沒有賒帳的，發了餉就結伴而來。就是有一些小兄弟傢伙什兒太小，跟個筷子似的，姑娘們沒啥感覺……」老鴇一點兒也不忌諱，浪聲淫語大家都聽得到。李兗沒忍住，直接笑噴了。白狐故作警覺，提醒老鴇附近有人，老鴇就跑了。李兗問班超：「白譯長這演的是哪一齣？」班超笑而不答，心裡卻明鏡兒似的：這個老狐狸，分明是為本長史上課嘛！看來兒子的割禮，還就得按徐幹說的那樣，入鄉隨俗。

這是個陽光燦爛的日子，燦爛得像孩童天真無邪的笑臉。門前新植的葡萄還沒爬上架頂，只好往架上蓋了好多柳枝和楊樹葉，營造出一個涼爽長廊的氛圍。「長廊」的兩邊擺滿了饊子、紅雞蛋、饢餅，乾果和剛下來的甜杏。賀喜的人來了不少，這些人都是班勇在幾個士兵叔叔的陪同下，騎著一歲的馬駒，一家一家請來的。賓客們男女分列，人人衣衫整齊，梳頭刮臉，臉上都是祝福的笑意。吉迪叫來的鼓樂手們聚在一堆，吹奏著歡快的樂章。一會兒，穿了一件紅袷袢的班勇，在幾個小夥伴的陪伴下莊重登場。小傢伙們都穿著節日的盛裝，看起來挺神氣。班勇雖然知道今天是自己的成人慶典，但並不清楚這個生日所隱含的意義，看見大家都鼓掌歡迎他，一臉的興奮。

在歡快的樂聲中，華服豔麗的米夏牽著兒子的手，從長廊之首起步，走到一半，將兒子鄭重地交到班超手裡，班超牽著兒子走完剩下的一半交給徐幹，再由徐幹領進事先準備的一間乾淨屋子，託付給一位和藹的大鬍子叔叔。這位叔叔是施行割禮手術的專業人士，他還帶著一個十四五歲的大男孩當助手。而徐幹則是主家委託的驗看人，這種儀式，父母不得在場，更忌諱女性進入室內。大鬍子叔叔接過班勇，就點上羊油蠟燭，讓班勇和他一起向天地禱告，之後就說笑話，逗小傢伙樂兒。

手藝嫻熟的叔叔看班勇毫無戒備，輕輕撩起袷袢下襬，露出下半身，玩他的小牛牛，在小孩毫無戒備的笑聲裡，扯出包皮的多餘部分，用兩爿光滑的竹片夾住，迅速從腰間抽出鋒利的刀子，伸出去往燭火上一燒，收回來順著竹片一切，那多餘的部分就切下來了。整個過程，就吸一口氣的功夫。不等班勇痛得喊叫，助手將一個剝好的煮雞蛋塞到他咧開的嘴裡，叔叔也將事先燒好的棉花灰沾在傷口上，止痛消腫。

這種手術的疼痛是瞬間的過程，其程度相當於處女的初夜，連續兩個煮雞蛋一吃，就過去了。大鬍子叔叔向徐幹施過鞠躬禮，報告大功告成。徐幹代表主家奉上辛苦費，之後抱起班勇，到外邊交給班超。班超抱著兒子走過人群，接受親朋好友的祝賀，最後交給米夏，和那幾個小夥伴一起領回家休息去了。客人們這才坐下來吃食物，喝奶茶，跳舞唱歌，享受節日的歡樂。

疏勒王忠作為班勇的外公，是割禮上最重要的貴賓，他要負責將割下的包皮存放到一個比較安全的高處，其寓意是外孫子將來一定會高高在上，成為富貴之人。可是他看盤橐城的好多房子都才開始蓋，現有的房子也不知是否要拆，不知該放到哪幢屋頂。這時厄普圖出了個主意，建議放置在城門樓的頂上，一定會被老鷹吃掉，那才是大富大貴的象徵。忠覺得有道理，就在幾個隨從的陪伴下登上城牆，踩著梯子夠樓頂，很快就放置到安全穩固的地方。但登高望遠的疏勒王，被眼前的風景吸引了，並沒有馬上下去。

遠處的麥田即將成熟，被翠綠的水渠林帶劃成黃金般的方格；近處的人家炊煙裊裊，掩映在錯落的樹影之中。綠洲人家，生來就重視綠化，但凡院子周圍，不是楊柳就是桃杏，院子裡還有濃密的葡萄架。人們勞作一天回來，捧上一壺奶茶，往葡萄架下的搖椅上一趟，那就是神仙的日子。當了半輩子醫生的疏勒王，覺得這種日子已經遠去，這一片河濱的田水園林，也淡出他的眼界久矣，而他離開盤橐城後所發生的變故，著實複雜，令他難以平靜。他不知是過於忘情，還是身軀過於肥碩，突然一腳踩空，「嗵——」地一聲，從高處摔下來了。隨從趕緊扶起他，卻是腰桿難直，呻喚喊叫，齜牙咧嘴，一下子驚動了所有賓客。一場熱鬧的慶典只好草草收場，所有人都因為忠的摔傷而忙碌起來……過了幾天，班勇能夠隨意走動了，班超一家騎馬到王宮看望忠。李兗一本正經地問：「要不要把長史的勢紮起來，弄點旌旗開道，鼓樂奏鳴什麼的？」

「弄你個大頭呀，就你跟著就行了！」班超罵道。

李兗吐了一下舌頭，自忖他也就那麼一說。幾個人騎馬到的王宮，班超直接到臥榻旁探視老丈人。由於上次的意外，他心生愧疚，覺得當時大意，不應該為了一個七歲的小孩，讓一個五十六七歲而又不習武的人登高爬上，摔傷身體。米夏卻顯得有點塞翁失馬的意思，以為藉此能改善班超與父親的關係。好在忠懂得醫道，又有上好的醫生治療，已經能起坐行走，腰也沒有那麼痛了。

即便如此，班超與忠的見面還是有點不尷不尬，說了一些家常話就無語了。倒是班勇的兩個舅舅，一個做藥材生意，一個開車行，有許多生意經和社會閱歷，能夠與比他們年齡大許多的妹夫分享。班超特別喜歡聽各地風情與民間故事，不時再插嘴問一些相關掌故，不知不覺間幾罈酒喝光，天色也不早了。米夏想帶著班勇在娘家住幾天，母女說說體己話。忠不同意，說：「嫁出去的姑娘了，還老想在賴在娘家？長史年歲也不小了，公務繁忙，妳還是回去多照顧照顧他吧！」

米夏撇撇嘴，一家人又一起回去了。

第二天，李兗瞅著辦公室沒人稟事，悄悄對班超說：「我發現王宮東北角那幢小房子有點怪，明明有小孩子的笑聲，衛兵卻說裡邊是放的壽材，不讓人進去。」

鬧鬼了？班超先是一驚。繼而一想，哪來的？他問李兗：「你是否聽得清楚，不要是神經過敏！」

「回大人，末將這耳朵是在馬幫練的，極靈。我聽到好幾聲。」李兗說。「我想著有孩子肯定有大人，小孩子哪敢獨自放在那樣一個角落。但這事事關長史大人翁婿關係，做屬下的豈敢兒戲！」

班超從李兗的眼神裡，已經察覺他在懷疑啥了，聯想到忠連米夏在王宮住幾天的請求都不答應，看似關心女婿，有可能怕她看到什麼。就囑咐李兗不要聲張，過幾天再借辦差之機偵查一趟。剛說到這裡，董健與甘英一起從東大營飛馳過來，報說：「番辰帶著兩千龜茲兵，夜裡分批潛入，占領了附近的烏即城，兜題是監軍。那裡的部落王好不容易逃出來，一口氣跑了一百多里，人飢馬餓，他們安排在大營吃飯。」

烏即城距疏勒城一百六十多里，幾百年前曾經是疏勒的王城。後來由於世事變遷，淪落成一座部落城。城西北三裡多處靠著一座克孜勒山，蜿蜒數百里，經尉頭伸向大宛境內。山上流下來一渠清水，穿烏即城匯入蔥嶺河，叫做烏即河。河床不寬，水面約有丈餘，夏天深可齊膝，冬天則像一行眼淚，雖四季不斷流，卻也對不起河的稱謂。城內只有幾百人口，城外散布的村落也大都很小。但該城扼守交通要道，南通莎車，北通龜茲，西邊通達疏勒，策略地位比較重要。

番辰占領烏即城，就等於修築了進攻疏勒城的前沿陣地，建立了堡壘，為後續部隊陸續開進奠定了基礎，應該說龜茲人還是很有策略考慮的。再追究番辰如何從石頭城死裡逃生，已經沒有意義了。尤利多也真是大手筆，一下子給番辰兩千騎兵，可見關係不是一般，而兜題的疏勒情結好像很深，僵蛇復甦。

龜茲軍隊的戰鬥力不容小覷，來者不善，不是輕易能對付的。眼下漢軍經過半年多系統的訓練，戰鬥力有一定提升，但終究只有千把人。疏勒軍隊經過重創，留下的骨幹也就一千五百多，最近擴充的千把人都是新兵，沒有多少戰鬥力。重要的是對方來攻，沒有後顧之憂，兵力可以全部押上，而作為守方，要考慮的事情太多，百姓，城池，社會穩定等等。班超把所有高級將領都叫來，集思廣益。大家都主張加強要塞防禦，將蘆草湖屯田的三百人也暫時撤回來，以逸待勞，在兵力對比沒有優勢的情況下，避免進攻。番辰氣勢洶洶而來，自然急於決戰，不管攻東、西大營還是盤槖城，我們都可以內外夾擊，有效消滅他的有生力量。番辰客方作戰，給養戰線長，打起消耗戰，他不占上風。

話是沒錯！誰都沒想到，番辰一連十天都不主動進攻，在烏即城紮下了，彷彿他帶了那麼多兵，就為了占領一個小城池，實施割據，就跟莎車的且運一樣，或者就是等著班超進攻，他反客為主打防禦戰。番辰是熟知班超韜略的，三十幾個人都能守住盤槖城，三千人還守不住疏勒城？他那邊按兵不動，班超卻似芒刺在背，如骨在喉。派了好多探子出去，已經查明番辰的糧草源源不斷從莎車輸來，先走一段蔥嶺河水路，然後再行轉運。

夏秋之季是蔥嶺河豐水期，木筏運輸很是方便。班超讓徐幹去找祭參想辦法，一定要掐斷敵人的運輸線。徐幹剛走，白狐帶著吉迪來報，有糧商往烏即城方向發糧，數量有十幾車。班超說：「吉迪，你現在得多長幾雙眼睛，多長幾個腦袋。糧食鹽巴都不能出城，一切可能用來資敵的物資，一律許進不許出。但你不能強扣人家，授人以柄，想辦法纏住就行。我這就到王府，請國王下達戰時物資禁運令，由專門的人來管。」

吉迪狡黠地一笑：「得令！所有老闆的糧食早賣給我了，誰敢一女二嫁！」

吉迪的腦瓜子真是活道，一點就通！見他成竹在胸地走了，班超就招呼白狐和李兗，一起快馬趕到王宮。適遇厄普圖說宵禁的事情，就提請忠一併下令，防止軍事物資落入敵軍之手。忠痛快地答應了，命厄普圖去辦。班超藉機問了些腰還痛不痛，身體可好的閒話，就要返回。忠也不強留，起身送到了門口。

白狐借李兗上茅房之機，請班超去和老丈母娘打個招呼。其時李兗正在找一塊乾淨木片，用作廁籌，往王府角落裡尋覓，衛士卻不攔擋他，任他走到上次聽見孩子聲的小房子跟前，發現門窗緊閉，沒有一點人氣。他憑多年做止奸亭長和鏢客的經驗斷定，人已經轉移了。

李兗沒料到在茅房碰到王府衛隊的軍侯突喇黑，此人很正直，與田慮關係不錯，是厄普圖的表弟，和他也算熟悉，這會兒占著茅坑不拉屎，專門等他。見了面，一個說一個屙的屎臭，翻來覆去幾遍，這才壓低聲音說，他知道李兗在找什麼，國王的心都在那個小王妃身上，哪裡捨得讓她死，那天是給她服了一種祕藥假死，前幾天夜裡送到莎車去了。李兗馬上追問：「那番辰的妻子呢？」

「也沒有死，一起走的。」突喇黑說。他也是這幾天才搞清楚，送行的人都不讓回來了。他本想讓表哥厄普圖轉告田慮，還沒機會，正好他發現李兗鬼鬼祟祟像是找什麼，就估摸了個七八分，所以跑茅房等候。「你得早點報告長史大人，最近王府老有可疑人出入，不是醫生就是和尚，肯定和番辰有關。」

李兗這泡臭屎拉出了這麼重要的情報，一路卻不敢給班超彙報，怕影響長官的情緒。私下裡和徐幹說了，徵求恩人的意見。徐幹考慮再三，讓他先裝在肚子裡，以後擇機再說，畢竟眼下的重點是對付番辰。徐幹不想讓班超分心，但他扣押了這個情報，他就得做相應的安排，這就是責權相統一的原則。

徐幹以司馬的身分帶了幾名參軍，到各大營和王宮檢查防務，召開了一次防務會議，最後強調要加強王宮的守備力量，防止番辰襲擊王宮，並隨時向長史府通報情況。坎墾當即表示給王宮加派一倍兵力，以流動哨為主。徐幹覺得這樣人多眼雜，番辰真要與忠暗中勾結，也增加了聯繫難度。會後田慮請他在大營住了幾天，和他帶來的士兵見見面，喝喝酒，也算臨戰前打氣動員。

幾天後回到長史府，徐幹看到祭參帶著幾十輛糧草車，浩浩蕩蕩回來，一臉驚奇，忙問怎麼回事。祭參說：「這是戰利品！」

祭參最近在斷番辰糧道。他帶人在蔥嶺河裡打了三道暗樁排，連續攔了兩批來自莎車的糧草木筏，約有糧食兩萬多斤，飼草三萬多斤。第三批全弄到水裡去了。番辰兩天沒接到糧草，派了七八十人逆流而上來接應，雙方為搶糧打了一個小仗，互有死傷。祭參只帶了一百多人，怕遠距離孤軍作戰，被番辰抄了後路，就僱了車子，拉上戰利品回來了。拔營時留馬弘和幾個水性好的，裝扮成農夫，潛在河邊一個小村裡，見機行事。這些人的主要任務是監視。估計齊黎有可能改水路為陸路運輸，並加強護送力量。

年輕人他這一趟摟草打兔子，虎口奪食的工作做得很好，深得長官稱讚。班超一連看了幾個麻袋，都是白花花的稻米，抓了一把聞了聞，又拿給徐幹看。徐幹扔一粒在嘴裡，能咬出淡淡的清香，一連說了好幾聲「好米」。齊黎還真是無私，對女婿番辰慷慨解囊。

「克振你回來正好，祭參也不用回營了。」班超對徐幹和祭參說，「用完哺食，我們開個會，合計一下如何引蛇出洞，把番辰弄毛，我們就在烏即城外面和他打消耗戰。」

所有的高級軍官都被叫來，坐到了作戰室，左邊是徐幹、董健、甘英，馬弘，吳蚪，費鳴、盧星，右邊是田慮、白狐、祭參，劉慳、張敬、黃越、宋希，坎墾列席，坐在對面。班超剛說兩句話，李兗敲門進來，示意他出去一下。班超倏忽間黑了臉：「還有啥事，能比作戰會議重要？你在外面守著，只要不是死了人，誰都不許打攪！」

可是李兗好像不知趣，執意請他出去。這下班超更生氣了，喝令李兗出去，然後一腳踹上門，剛要落座說話，門又開了，氣得他想把茶杯摔過去。可推門進來的是高子陵，他這火剛發一半就得撤了，馬上換一副笑臉說：「高博士先到我房子休息片刻，我這會開完我們品茶暢敘。」

高子陵不管三七二十一，闖進來拉住班超就往外走，走到外頭聽不見了，這才嚴肅地說：「我大老遠不是找你喝茶的，而是來救命來的。奸臣的軟刀子已經架到你脖上了，生死尚且不保，還開什麼會？立刻寫奏疏，趕緊的！」

班超這才感到事態嚴重，讓徐幹先主持著，繼續開會，一手拉上高子陵往辦公室去。高子陵甩開班超的手，還沒進門就問他認不認識衛侯李邑。班超請高博士落座，支走了沏茶的勤務兵，親自沏上一杯茶，對老朋友說：「李邑是個小人，枉戴一頂衛侯的帽子，本來就少有交道，從我當年被免差之後就沒來往了。」

高子陵說：「就是這個小人，正要把你害死！」

事情的起因是烏孫使節。本來使節晉見了皇帝，遞交了國書，完全可以和甘英一起回來，但李邑一直嫉妒班超在西域的作為，更嫉妒當年丟了飯碗的小小抄書郎，竟然升到二千石的位置，他挖空心思想抓班超的小辮子，將這個人們心目中的西域英雄扳倒，而要找碴必須到西域去一趟，坐在九六城是看不到也聽不到的；最不濟沒找到啥有用的證據，到異邦外域公費旅遊一圈也不錯，至於害了班超對朝廷有沒有好處，他從來不想。

幾千年來，我們大漢民族始終津津樂道自己歷史悠久，文化底蘊深厚，講究仁義禮智信，可是大漢民族自古以來，就有一種特別噁心的傳統，每朝每代都養著一幫奸佞小人。這些人成天坐而論道，唾沫星子亂噴，臉上陽光燦爛，心裡陰暗骯髒，總想著把誰弄倒，好在皇上跟前邀功得寵。對那些皇親國戚、權高位重的大骨頭，他們見了就害牙痛；朝裡那些給他們好處的圓滑之臣，他們不好意思咬；那些對他們巴結獻媚、搖尾乞憐的奸佞之臣，他們捨不得咬；剩下的那幾顆牙齒就只有咬忠臣幹臣，因為忠臣幹臣一般都不屑與他們為伍，或以政聲立世，或以軍功成名，或者外放不與他們相見，與他們的利益毫不相干。他們咬一個是一個，沒準換一個還能給予他們好處呢！

李邑就是這麼一個人，而且他對於班超還有偏見與私憤。他為章帝上眼藥，建議派一個有較高身分的人護送使節，能夠彰顯朝廷對烏孫的重視。章帝以為李邑從小錦衣玉食，生活在一個固定圈子，想出去旅遊散心，就讓他持節護送。太尉竇固知道李邑不喜歡班超，怕他到了西域添堵，想阻止此行，無奈章帝當堂就決定了，無法轉圜，就讓人傳口信給韓陽，轉告班超小心提防。韓陽讓兒子韓發護送李邑一行到于闐。本來要一直到疏勒見班超的，但李邑聽說疏勒在打仗，嚇得臉都變青了，一下子感到前途莫測，滿是艱險，弄不好班超的辮子沒抓著，景色沒看成，反把卿卿生命搭上了，十分划不來。當今之計，打道回府，保命要緊。

衛侯遂以保證使節安全為由，盤桓在于闐不走了，動輒還要見于闐王。高子陵早就聽說過李邑這個貨色，加上韓發為他交底，就對廣德打了招呼，但凡提到班超，須要慎言謹語，一律點到為止，不留下口實。廣德認為漢朝在放棄西域五六十年後，終於派了一位有擔當的能臣，收拾了千瘡百孔的爛攤子，這個人不光橫刀立刻，縱橫捭闔，想的更多的是讓西域發展，增強國力，改善民生，于闐已經從「絲綢之路」的建設中嘗到甜頭。這樣一個好官，可不敢給換了，加之他與班超不打不相識，現在交情也不錯，無論如何都不能讓李邑壞了大事。

廣德滿嘴都是讚美之詞，顯然不合李邑的胃口。這位衛侯又轉移了目標，讓人傳話給高子陵，到驛館見他，見面就給個下馬威：「好一個高子陵，私逃外國，你可知罪？」

高子陵乃一高人隱士，熟讀經典，豈是吃他這一套的，反詰道：「大膽李邑，竟敢分裂祖國，難道你這腳下之土，不屬大漢朝廷？」

李邑唬唬不成，馬上換一副笑臉，開始恭維高博士博學智慧，名不虛傳，還要在驛館款待高子陵。高子陵不管喝了多少酒，心裡總有底線，一來二去，幾個回合，李邑也沒得到多少乾貨，反倒是高子陵誇讚班超小妾米夏公主搬兵救困的故事，給了李邑許多想像空間。他就以此為指令碼，加上自己的主觀臆斷，寫成一個奏本，向章帝劉炟反映：西域的情況，根本就沒有班超說的那麼樂觀。這裡小國林立，互相攻擊，連年戰亂，經久不息，誰給的好處多就尊奉誰，根本看不到和平的希望，他護送使節的行程也沒法繼續。班超在西域勞而無功，他的西域復興計畫，純粹是給皇上畫的充飢大餅，沒有一點實現的可能。班超之所以忽悠皇上，是因為他在這裡娶了美婦，又生了兒子，在外邦過著美哉悠哉的生活，樂不思蜀，根本就不想再回內地去。

試想一下，李邑這道密奏，將為班超帶來多大的麻煩，弄不好就是滅頂之災。高子陵估計李邑一直打聽班超的事，中道上奏，肯定與班超有關，就與驛丞商量，派他一個助手裝扮成打掃房間的雜役，將裝奏疏的密封袋子，「不小心」掉進水盆。李邑大發雷霆，驛丞也當面教訓了「雜役」，但於事終歸無補。他打開密封袋，看木簡上的墨跡已經被水泡散，雖能辨認，呈給皇帝怕有失尊重，就懲罰「雜役」給他舉著，讓他重抄一遍，然後密封，直接交給韓發，讓他加急遞送。韓發與高子陵作別，想把密奏帶到疏勒見班超。被高子陵攔阻了，因為那是犯法的事情。他讓韓發只管慢慢回去，等他的信兒就行。送走韓發，高子陵就報知廣德，並自告奮勇，親赴疏勒送情報，順便幫班超參謀應對。

班超十分感激高子陵的維護之情，卻不以李邑的惡狀為患，想著走自己的路，讓別人說去。他認為章帝是認可他的，不至於麻麋不分，不然也不會頒詔設立長史府。高子陵把茶杯往桌上一擱，吐掉沾在唇邊的茶葉，辯說道：「鄙人之所以不出仕，就是不相信皇帝有仁有義。皇上雖然不一定昏聵，但耳根卻多是軟的，從三皇五帝夏商周，到春秋戰國亂悠悠，有多少忠臣因為被奸人所讒，事未竟而身先死！依法治國的鼻祖韓非子，被『大肚能撐船，獨不容一書生』的宰相李斯，兩句讒言、一杯毒酒送到西天；而那位橫掃天下的李斯，後來也因為指鹿為馬的趙高一句話，就被腰斬；變法強國的商鞅，被秦惠王車裂，其實就是一個被商鞅割去鼻子的公子，毫無根據地狀告『謀反』；漢室江山誰打下的？韓信，那一個戰無不勝、攻無不克的偉大軍事家，就是因為不願意取悅呂后，而招致誅滅三族。試問這些冤死的先人，哪個沒有你將兵長史的職位高、功勞大，哪個沒有你的影響廣泛？」

在高子陵看來，皇帝查辦乃至誅殺一個臣子，都是一念之間的事，有時明知這個人不該殺，但為了平衡各種利益，錯了就錯了，誰見過哪一個皇帝承認過錯誤？他接著說：「就說當朝吧，你的朋友楚王劉英難道真的要謀反，你的老鄉馬援真的懼敵怯戰，你所尊敬的耿恭將軍真的拿詔命不當事？仲升兄啊，有時候官場的鬥爭比戰場更為可怕，或為地位，或為利益，或者只為一點雞毛蒜皮的小事，一個個都是想要對方的老命呢！你要是被害，固然可惜，但人們顧慮的，不只是你個人的前途命運，大家擔心換一個人，恐怕西域就不是現在的局面了，這是大局！」

高子陵這一番話，旁徵博引，句句掏心，終於打動了班超，使他不得不考慮為自己辯解。但明辨顯然會露出破綻，讓朝廷看出他們知悉了李邑的密奏，反而會弄巧成拙。高子陵不愧為高人，他提議班超不提李邑的事情，只寫兩方面的內容：一是如實彙報目前的境況和打算，二是說明一下納妾問題，純粹是為穩定與疏勒的關係。順便提及為安定軍心，促進漢族與當地民族的融合，建設穩定的邊防，已允許軍官在當地娶妻成家。最後還要將落款日期適當提前幾天。

這樣的奏疏，雖有造假之嫌，畢竟出於無奈，也只能算作「技術處理」了。班超感到人生有幾個真朋友，實在是太重要了，難怪俗話說一個籬笆三個樁，一個好漢三個幫。高子陵說叫他先別感嘆，他要趁天還不黑，趕緊走人，儘早把「辯詞」送到韓發那裡，讓班超接著開他的作戰會議。

對這樣肝膽相照的朋友，班超也不見外，看著他和十幾個護送人員上馬，就直奔作戰室。在班超接待高子陵期間，祭參提出了一個「南北控制，中間邀擊」的方案，徐幹就等著班超來拍板。祭參剛才已經做了詳細介紹，又聽了一些補充意見，就指著地上的沙盤，重新對班超講解一遍。班超聽了，先是一怔，盯著祭參看了半天，看得祭參心裡發毛，以為自己闖了什麼禍，或者想法與長官大相逕庭。其他人也面面相覷，疑惑長史剛才獲得了新的情報，祭參方案的立足點有問題。現場一下子鴉雀無聲，連徐幹也有點摸不準點子，試探性掃了班超一眼，卻意外地發現這位老兄的眼裡放出欣喜的光芒，嘴角的鬍鬚也翹起來了。只見他使勁拍了一下大腿，連連誇讚：「太好了！太好了！真是將門出虎子！就照你這個辦法弄！」

按照班超原來的想法，準備派小股部隊襲擾番辰，讓他整日不得安寧。以番辰的性格，忍得了一次兩次，忍不了多次，忍不住就會出戰，出來人少漢軍就直接殺，人多的話抵擋一陣就跑，盡量拉開他的戰線，進入預定伏擊地域，製造區域性優勢，消耗他的有生力量。現在祭參丟擲的是一個系統戰役策劃，大大超出了他原先的設計，要打一場讓番辰孤立無援的大仗，一舉消滅敵人。這個年輕人想法非常大膽，也有實現的基礎，讓他心生敬意，感嘆祭家幾代忠良，人才輩出，後生著實可畏。他高興自己的部下都在成長，一個個都能獨當一面，成了挑大梁的角色。

班超這個人，沒在朝廷的染缸裡浸潤，身上沒有官場那些嫉才妒能的毛病，他愛才用能，不怕屬下比自己強，也樂於創造條件讓金子發光。每有議案，他常常讓弟兄們暢所欲言，哪怕完全是自己的想法，他也喜歡將好點子歸到部屬名下，讓他們有榮譽感，認同感。他認為朝廷給了他西域這樣一個舞臺，不是讓他來演獨角戲的，只有發揮好每一位演員的才能，才能演一出大戲好戲。他突然想起高子陵一幫人走不多遠，急令祭參帶幾個人快馬去追，直接將戰役想法傳遞給且運和于闐王。又派白狐帶幾個人連夜出發，往尉頭、姑墨去傳達他的調兵命令——以他現在的職務，有這個權力了。

幾天之後，且運送來就位的消息；又過了幾天，白狐也圓滿歸隊，說明「南北控制」的措施開始實施。這次在南面布置于闐軍隊做攻擊莎車的佯動，在北面安排姑墨出動軍隊監視龜茲，齊黎和尤利多都不敢輕舉妄動，出兵援助番辰。且運的人馬已經運動到莎車西北，切斷了莎車往烏即城的糧草輸送之路，緊急時可向疏勒靠攏。尉頭王同樣切斷了龜茲通往烏即城的運輸線，估計番辰馬上就會陷入孤立無援、斷糧缺草的困境。兩千人的隊伍要吃要喝，出來搶糧已經迫在眉睫。

按照戰役預案，漢軍出一千騎兵，疏勒軍出五百騎兵五百步兵，以屯為單位，五個屯為一個作戰組合，趁夜深人靜時潛入離烏即城最近的二十個村落，對烏即城形成包圍。結果坎壑面有難色，一問才知疏勒王大清早讓調一千精銳保護王宮，防備番辰來攻，還讓加強城內巡邏，新兵都被派到街上去了，只能出五百人。

忠突然過問起軍事來，讓班超始料未及。現在已是箭在弦上，沒有過多時間考慮了，五百就五百吧！讓祭參揀稍遠的村落減掉五個，重新部署下去。耐心等了兩天，敵軍的小分隊終於出來了，每股二三十人，足足十股。一個個騎著馬，拎著口袋，進村就挨家挨戶敲門，見有虛掩的就進，見是關閉的就砸。村民早被漢軍集中到安全地方，屋頂、樹上和隱蔽處全是漢軍的弓箭手。一百人以逸待勞，射殺二三十敵人，自然是輕鬆自如，一個都跑不掉，戰馬都成了戰利品。漢軍無一傷亡，士氣大振。

次日無戰事，人間蒸發了二百多士兵的番辰，也沒有派出探子。到了第三日變更策略，集零為整，分別出動兩支三百人的隊伍，往西南和西北兩個方向，企圖挨著村子篦篦子——這都是祭參事先算定的。敵軍剛到第一個村子，駐村人員憑藉有利地形抵抗，點起煙火為號，附近的四個村子的漢軍立即包抄過去，裡外夾攻，北是董健，南是甘英，徐幹帶著祭參在中間作預備隊。等到番辰發覺漢軍意圖，帶領大隊人馬出來接應，南北兩邊的戰鬥已經結束，只逃回去寥寥幾十人。漢軍再次大勝，各回村落堅守，一面打掃戰場，救治傷員，收攏戰馬，掩埋屍體，準備再戰。

是夜月色昏暗，涼風嗖嗖，空氣有些肅殺。徐幹看著村外凸起的兩大片墳堆，一片埋的是漢軍和疏勒軍，一片埋的是龜茲軍，突然有些傷感。當日漢軍和疏勒部隊共死了兩百多，還有一百三十多受傷，吳虯和張敬兩個軍侯在與敵人廝殺時都戰死了，損失還是挺大的。

董健安慰徐幹：「這兩天的戰果已經非常了不起了。漢軍來源複雜，又缺乏實戰鍛鍊，祭參設計的戰法，是打巧仗，五百人馬對三百，又充分利用了村落的有利地形，要是完全到曠野廝殺搏鬥，怕是損失更大。龜茲乃西域一霸，實力在于闐之上。可這兩天下來，番辰十死其四，銳氣大大受挫，兵力上的優勢已不存在了，戰馬也見瘦削，估計離糧斷草盡不遠了。我們就這麼和他耗，他剩下的不到一千二百人，很快都會來這裡報到的。」

回村的路上，宋希向祭參獻計：「斷水。」宋希是李兗馬幫的兄弟，司隸校尉屬緱氏縣人，曾在修黃河大堤的工地當百夫長。因千夫長一直剋扣工錢，一氣之下殺了千夫長，領著幾十個人鑽山成了綠林，專做打富劫商的營生。他曾經劫過班超和徐幹進京闖殿的馬車，在得了錢袋就要砍頭的時候，聽說班超是班彪的後人，馬上解綁鬆繩，以禮相待。蓋因其父在司徒府做過小吏，稀裡糊塗因捲入權鬥，曾得班彪搭救保命。這次劫了班超，也是冥冥之中的安排。不但不能殺，還要多贈盤纏，並一路護送到洛陽近郊。後來在打劫李兗的馬隊時，折了。李兗看他無大惡，講義氣，就勸他散夥燒了山寨，隨自己跑腿賺些乾淨錢。適遇徐幹招募人馬，他就跟著一起來了。他在用水改河方面有些經驗，發現烏即城的用水主要靠克孜勒山口留下來的烏即河，城裡的水井並不多，而且河流一斷，水井很快就會枯竭，對番辰來說，無異是雪上加霜。

「老兄此計甚善！」祭參十分高興，立刻帶著宋希向徐幹和董健彙報，要求帶部隊夜奔克孜勒山，切斷烏即城的水源。

董健一聽祭參的斷水計，擊掌叫好。「好！碎慫這招好，當年匈奴圍困耿恭，用的就是這個招。」

徐幹更是眼睛一亮。戰術本無善惡，就看誰來運用。祭參的人馬也歇了幾天，士兵們看人家殺敵立功，手都癢癢了，就說：「那好，小將軍今夜就辛苦一趟吧！」

打仗不光靠刀槍，常常還要使用刀槍以外的東西。

祭參帶了兩百人，深夜趕到克孜勒山根，發現河床較低，假如倉促築個小壩，水流無法改道，很快就會漫壩。而沙土又極易沖走，水壩很快就會消失，最終徒勞一場，起不到斷流的作用。宋希建議順著溪流往上走，另尋合適的地方。走了一會兒，發現兩個山溝併成一個，看樣子以前的河水是流向另一個山溝的，也不知何年何月改的道。宋希說：「就在這裡挖吧，將河道改過去，使之流向西南方向。」

這點工程比築壩輕鬆多了，一會兒就大功告成。士兵們急於回去睡覺，祭參卻不急不慢，帶了幾個人往山上踏勘。

這個山溝很大，兩面山坡不甚陡峭，東邊草茂，間有灌木，西邊草疏，多處石突，他覺得在離河岔口一箭的高處，挖一條扇形掩體，應該可以打一個伏擊。只要番辰的人想喝水，就得拿命來換。挖工事是個體力活，有人畏難，祭參對他們說：「這會兒多流汗，是為了明天少死人。難道你們願意流血甚至犧牲，而捨不得流汗麼？」他這樣一說，無人再出怨言，一個個揮撅使鏟，趕在破曉之前，一條深三尺、闊尺五到二尺的工事竟然挖成了。然後率隊回村，給徐幹彙報，換了一撥人帶上乾糧，重新回到山上守護水源。

溪水斷流後，烏即城馬上出現了恐慌。果不其然，番辰一大早就忙上了，派了一支百人小隊往上游恢復供水，然後親自帶了六七百人馬出城，往甘英控制的一個較大村莊撲去。這些人有一大半沒騎馬，說明城內草料已經相當匱乏，重點是保人了。過了一會兒，甘英所在村子升起狼煙，徐幹正要組織包抄，突然想起班超和祭參都說過，善兵者，注重攻擊運動之敵，就想玩一把「圍魏救趙」，也在弟兄們面前露個臉。於是令人分頭傳令，準備佯攻烏即城。甘英手裡有四百多人，又有地利可憑，在村裡纏住了番辰，雙方殺得不可開交之時，徐幹指揮幾個方向的人馬，齊齊衝向烏即城，放一陣大箭壓住牆上守軍，扛兩部雲梯往牆上架搭，四下裡拚命擊鼓，一堆人佯裝攻城。

早有探子報知番辰，趕緊回撤救援。甘英驅馳追趕，緊緊不放。徐幹讓步兵散開，避過番辰騎兵鋒芒，命董健率騎兵迎面接殺。董健故意喊著殺番辰，把敵人注意力集中到番辰周圍，卻與敵騎稍事接觸，有意放過番辰騎兵，與甘英騎隊相向而馳，兩面夾攻，將徒步的敵軍夾在中間，飛刀揮劍，切腦袋如削泥。兩個回合下來，活著的已經不多，被城內出來的敵軍救了進去。董健與甘英吹口哨慶賀。徐幹見好就收。又命董健派一部分快騎，迅速援助祭參。

董健得令，自己帶了二百多快騎手，一路順河床前進。趕到山裡的時候，祭參憑藉工事，石頭砸，弓箭射，已經將搶水的敵兵射殺近半，剩下的退到弓箭射程以外，準備一部分人發起攻擊，掩護另一部分人築堰改水。由於戰馬飢餓，紛紛就近低頭吃草，半天也組織不起來，正好被董健和祭參上下一壓，夾在中間成了肉餅，殺得一個也沒剩下。兩人檢點隊伍，只有十幾個輕傷，也算完勝，於是合兵回營，向徐幹交差。

徐幹坐在一顆大樹下，聽了董健和祭參的彙報，合計著番辰幾天來損兵折將，剩下的兵力已經不足七百了，一粒糧食都沒搶到，又面臨水荒，戰馬很快就會餓死，或者變成士兵的腹中之物。那些失去了戰馬的騎兵，戰鬥力就大打折扣。漢軍眼下還有騎兵九百，疏勒步兵也還有一半，戰力遠在敵之上。短短幾天，戰場的形勢發生了逆轉，沒有了後援的番辰，已經失去了繼續堅守的意義，他既不可能再出來搶糧，也不敢去搶水了，剩下唯一的活路是突圍逃跑，而且迫在眉睫。

早上追殺番辰時，甘英右臂受了傷，徐幹讓他退出戰鬥，帶幾個人飛馬盤橐城，請班超火速趕來「包餃子」。因為敵人要棄城跑，必然是做好了殊死搏鬥的準備，最後的拚殺最殘酷，兵力優勢越大，越能實現預定的戰役目標，全殲敵人，一個不剩，給番辰來點狠的。甘英心有不甘，拗不過董健來勸，又是親驗傷口的包紮，又給他備好鞍馬，只好中途退場，午夜趕到西大營，找到田慮，天亮一起來見班超。

班超仔細查驗了甘英的臂膀，只是傷及皮肉，便不再擔心，轉身扔給李兗一支令箭，命他到王宮調兵。約莫一個時辰，一千騎兵列隊盤橐城外，李兗帶著坎墾報到，連忠也一起過來了。班超先是一愣，轉念一想就明白了：忠要圓他自己的謊，繼續演戲。

忠在軍隊的派遣問題上，這次讓班超特別鬧心。前幾天徐幹一出發，他就讓坎墾試探了幾次，強調優勢兵力在戰役上的重要性，忠總是含糊其辭，沒有定論。那天抓了一個探子，是在烏即城和王宮之間傳遞情報的，剛要審問，探子咬舌自盡。李兗一看事情不能再瞞了，就說了齊黎兩個女兒都沒死，番辰肯定與忠有約定。班超沒想到用計見長的自己，反被忠這隻老狐狸給耍了，氣得咬牙切齒。他讓李兗認真準備，將朝廷給的那份排場用一次。那天他戴上高高的官帽，穿起寬大的官服，前面旌旗開道，後頭衛兵相隨，鼓樂喧譁，陣容齊整，一路浩浩蕩蕩來到王宮。

忠一看班超的架勢，不似平日隨便，分明是代表朝廷公事公辦，慌忙帶領官員出迎，按制施禮，延入宮中。班超示意李兗遞上調兵令，忠顯得面有難色，強調軍隊將少兵弱，防守王宮尚且緊張，很難抽去打仗。班超冷冷地問道：「疏勒王防誰？」

「當然是防番辰，還能防別人？」忠雖然對答如流，目光卻躲躲閃閃，不敢直視班超的目光，顯然心頭發虛。

班超也不直接點破，突然問坎墾：「番辰的小老婆埋在啥地方了？本長史準備殺了番辰後，給他們合葬，讓他們在地獄好好反省，反對朝廷是啥樣的結果！」

坎墾聽出話外有音，不知如何回答是好，看看班超，又看看忠。忠怕自己的戲穿幫，馬上堆上笑臉，搶過話頭說：「既是朝廷調兵，又勞長史親來，我作為朝廷敕封的國王，願意服從。王宮防務空虛後，我就住盤槖城去！」

班超見忠既然服軟，也就暫時「人艱不拆」。他讓坎墾安排騎兵做好準備，隨時呼叫。這會兒既已到位，便令甘英統一協調兩大營和王宮的留守步兵，協助白狐做好給養輸送和傷員調養，然後親率部隊急行軍，目標直指烏即城。這一路都是大道，馬隊飛馳，煙塵四起，像一股洪流，衝向前去。不到兩個時辰，就看見烈日下的烏即城，在漢軍的包圍之下，沒有一絲活力。徐幹將營帳移到烏即城外，控制了南北大門和東西的河道出入口。各營地埋鍋造飧，故意將煙火燒得旺旺的，饞得城上番辰的士兵痴痴巴望。

徐幹簡要彙報了情況，要領班超到附近的村裡去住。他已把將軍大帳布置在村裡。班超知道部下們體恤自己，笑說：「你們是怕我的呼嚕聲吧，還記得在鄯善火燒匈奴營地否？」

董健最是理解班超，笑說：「長史大人現在官大了，哪還能親手執劍與弟兄們爭功呢？你嫌村子離戰場遠，就和我的弟兄一起住北邊吧，讓坎墾兄弟的部隊也部署在東北方向，不管番辰從哪個門出來，最終都是往龜茲方向逃遁。」

班超稱善，表揚還是升達老弟了解他，就在城北下帳。

黃昏時分，番辰站在城牆上高喊，要與班超說話。董健應了一聲：「番辰叛賊，你有啥資格與長史大人過話！缺糧斷水的日子好過吧！有屁趕緊放，有本事下來和爺爺單挑！」

番辰一向懼怕董健，但卻是煮熟的鴨子——嘴硬，反譏漢軍縮頭烏龜，不敢攻城。董健知番辰激他，回敬道：「那是爺爺玩剩下的招數，你還是從門縫偷學的吧！」

番辰無趣，也不打嘴仗了，直接說：「城內缺糧斷水，不忍看著老百姓與軍隊一起受餓而死，想放居民出城活命，希望漢軍給個方便。」

董健想起盤櫜城被困時，放勤雜人員出去被番辰殺害的事，罵了番辰一陣。畢竟事關百姓性命，也就轉告班超。班超其實已經聽見，就讓董健傳話：漢軍體恤百姓，同意南門放人，保證居民生命安全，不會像他那樣毫無人性，濫殺無辜。

徐幹懷疑這裡頭有詐：「會不會南門放人分散我們注意力，夜裡來個北門突圍呢？」

「當然有可能！」班超說，「也可能就是純放人，還有可能把軍人混在居民裡，番辰選在夜裡做這事，不能不警惕。」

果然不出所料，祭參在一戶一戶甄別的時候，發現了三個龜茲軍人，其中一個是兜提。那兩個是兜題的親兵，當場就殺了，獨把兜題押來見班超。將軍大帳裡燭火有點暗，也看不大清兜題的表情。兜題的長項是磕頭，只要不停下說話，一直都能磕下去，那功夫非別人所能。

班超坐在一把簡易的木椅上，翹著二郎腿，故意讓李兗將茶杯遞過來，慢慢呷了一口茶，叫兜題抬起頭來，像個久別的老朋友似問：「別來無恙啊，現在怎麼稱呼？咱是第幾次見面了？」見兜題又接著磕頭，還說這次是受了番辰蠱惑，他本無犯漢之意。班超裝作特別誠懇的樣子說：「知道你兜題老實，只是來監督番辰打漢軍的。看看前途不妙，馬上喬裝逃跑。」

「對對對！」兜題忙說。這一仗沒想到漢軍動了半個西域，把他們的援軍和給養通道都斷了。正經八百的仗還沒有打，幾天來為顧嘴人馬折去十之六七，大量戰馬餓死，城裡再也找不到能夠軍隊飽餐一頓的糧食。還能跑的幾十匹戰馬，已經吃盡了最後一槽草料，水井裡也只能打到小半桶的水了。按他的意思是開城投降，給剩下的人留條活命，可番辰固執己見，非要率軍突圍。他不想突圍時被漢軍殺死，家裡還有父母子女一大堆，都靠他養活，所以出主意放百姓出城，要不然番辰會讓那些百姓陪葬的。他請班超看在他救了百姓的份上繞了他。

死到臨頭的兜題，大概是與番辰鬧崩了，所以自顧逃命，分析番辰可能從南門突圍，打算去莎車投奔齊黎。班超就把二郎腿收起，和兜題打賭：「番辰真出南門，就放了你；要是別的門，就只能怪你運氣不好了。事不過三，你作惡的次數太多了！」

兜題的頭還沒磕夠，班超卻不願接受了，命人押出去看管。然後傳令部隊，馬不卸鞍，人不脫衣，睡覺都要睜隻眼，防備番辰狗急跳牆。

一夜靜候。到了破曉之前，北門突然開了，番辰帶著所有人馬，一起湧了出來，那些沒有馬騎的人，知道必是一死，拚命朝漢軍大營衝擊，掩護番辰等四五十騎手，往西北方向運動。漢軍一夜未眠，雖然很多人眼皮打架，但都坐在戰馬旁邊。一陣鼓響，咯楞一下精神，馬上操戈上陣，與敵人廝殺在一起。只見朦朧之中，刀劍碰撞之聲響，幾乎震耳欲聾，人吼馬叫之混雜，亂成混沌世界。很快東邊天際出現魚肚白，董健瞅著十幾騎逃出了包圍圈，估計番辰必在其中，馬上大刀一揮，帶了一隊快騎緊追上去。

番辰這傢伙十分詭祕，先往西北方向跑了一程，看董健的追擊部隊已經向前包抄，旋即折向東北，一路逃到蔥嶺河邊，順河往龜茲而去。董健一心想著為霍延報仇，率眾窮追不捨，經過一個多時辰，早到了尉頭境內，番辰人困馬乏，實在跑不動了。董健也是筋疲力盡，但還占著人馬十倍於敵的絕對優勢，喘過一口粗氣，嘩嘩啦啦將敵人圍在河邊，喝令番辰下馬受死！番辰已見窮途末路，仍懷最後一線希望，在馬上拱手施禮，假仁假義地說：「我一向敬重將軍勇猛仗義，請你今日放我一馬，來日定當厚報！」

番辰的「厚報」就是殺霍延，早已領教！董健一個手勢，兩側騎士迅速後退，中間幾十弓箭齊發，番辰身邊的人紛紛中箭落馬，就剩番辰一個光桿司令了。

董健這才催馬上前，招呼番辰過招。番辰自知不是對手，連連後退，一直退到河裡，董健笑了，罵道：「你他媽不是牛皮哄哄麼，怎麼盡是後退？」正得意間，突然看見番辰坐下黑駒長嘯一聲，猛地轉身，迅速衝向滾滾的蔥嶺河急流，拚命向對岸奔去。轉眼間河水淹到馬背，馬頭仍然高昂，穩步前趨。董健始料未及，帶頭驅馬涉水，一群馬到了水深之處，卻畏流不前，原地打轉，急得董健使勁拍打，仍是隻叫不走，自嘆大意失魔頭。趕緊下令射手放箭，偏遇東風逆吹，雖有幾箭射中，卻是強弩之末。番辰附身馬背，迅速登上對岸，然後拼了命向東逃去，董健氣得臉都成了茄子色。

班超得報，不忍董健強烈自責，拍著肩膀勸他：「這次我們弱旅完勝，龜茲的兩千精兵全撂在這裡，總要留一個回去報信。凡事不能十全十美。」

「我夜觀星象，見東北有一顆賊星，忽明忽暗，並未墜落，主番辰命不該絕。」徐幹接說。

班超聽了，捋著鬍子發笑。心想克振老弟是真會觀星象，還是故弄玄虛，變著法子勸慰人？幾個人在烏即城的牆上轉了一圈，覺得雖然沒有護城河，但城池方方正正，比盤槖城大幾倍，城防完備，還真是不好攻取，幸虧有祭參的點子，沒採取強力攻城的措施。這時祭參恢復河道回來。班超早見水頭流過來了，不解祭參緣何遲歸。祭參說：「大熱天怕汙染水源，我們把山上那一堆屍體掩埋了。」

戰爭真能鍛鍊人，指揮員考慮得越來越細了。班超讚許地拍拍祭參，吩咐田慮帶五百人馬留守，掩埋裸露屍首，招攬出城住戶，發給賑濟錢糧，安撫周邊村民。然後自率大軍，輕鬆凱旋。臨走時，李兗請示兜題怎麼辦，班超回顧董健，交他去處理。董健還在內疚，魔頭番辰跑了，殺一草包還嫌髒刀！兜題再得保命，死活不敢相信，給了他馬匹和路費還在原地打顫，一直目送班超大軍離開，突然跪在地上，悲天蹌地大哭起來，隨後主動向田慮交代，忠和番辰相勾結，兩人的小老婆都在莎車。

有了兜提的旁證，忠有二心這件事就完全坐實了，但班超覺得還不是翻底牌的時候，就與坎墾徹底交底，並以聯繫官的名義，派了軍侯劉慳、屯長周元住在王宮。徐幹住到蘆草湖，親自督促墾區的建設。董健認為漢軍騎兵組建不久，戰馬除了徐幹帶來的，就是從溫宿繳獲的，缺乏足夠訓練，追番辰時遇到深水，關鍵時刻裹足不前。他自告奮勇，組織騎兵進行高強度訓練，每日都睜眼忙到熄燈。祭參代表班超到且營運地慰問，順便去于闐通報戰況。白狐則又去尉頭和姑墨，重點和成大談姑墨的交接，回疏勒接替忠的事情。

時令進入八月，各種瓜果陸續上市，乾熱的空氣中漂浮著甜蜜的膩味，這是西域最宜人的季節。班超得空的時候，就盯著班勇扎馬步，蹲夠時間，才給一塊西瓜解暑。米夏心疼兒子，每每欲上前擦汗，都讓班超制止住了。他確信夏練三伏，冬練三九，本事是練出來的，不是慣出來的。有一天天雷打得特別響，頭頂也飄過幾朵烏雲，但只滴了幾點雨，落到地上就不見了，連地皮都沒有溼。一會兒風吹雲跑，就又放了晴。班超正埋怨十年沒見過連陰雨，突然祭參回來了，同行的還有李邑和烏孫的使節。

李邑賚著章帝的詔書，班超趕緊跪接。展開一看，卻是褒揚他縱橫西域有功，重建「絲綢之路」的規劃大氣，安排軍官成家也屬情理之內；李邑道聽塗說，枉參外臣，責班超對其戒勉，其在西域的一切行動，都歸班超節度。如果有用，就留在長史府當個幕僚。班超喜出望外，又不便表露出來，已見李邑下跪，參拜自己。心想：章帝不光是在維護一個忠貞不二的外臣，明明是替自己出頭嘛！天子陛下把一直想踩禍他的衛侯，發到他帳下，由他先教訓一頓，然後任他處置驅使，噫！這是哪裡飄來有雨的雲啊？

受到章帝表揚的長史，默默地念了好幾聲皇帝萬歲，吾皇萬歲萬萬歲！他真想任性地發洩一通，劈頭蓋臉罵這個臭不要臉的大人物，宵小，卑劣，無恥，惡毒，成天跟在皇帝後面，連臭屁都能寫一篇《屁頌》，「依稀乎絲竹之音，彷彿乎麝蘭之氣，生員立於下風，不勝馨香之至。」這樣的獻媚奉承之輩，卻挖空心思要禍害他人，真是人心叵測！他甚至想招呼全府上下都來觀摩，看一下這個小人低頭跪拜的樣子，是何等的卑微！可是，他這個人骨子裡有一股仁義之氣，不想也不會表演小人得志、落井下石那一套，有的只是磊落的胸襟。他瞬間就翻過了不快的一頁，起身扶起李邑。道：「把他家的，衛侯何出此禮，折煞下官了，快快請起！」

盤橐城還在建設之中，房子比較緊張，但騰一兩間還是可以的。可班超還是將李邑和使節一起安排在驛站。他覺得從小錦衣玉食、堂皇大捨生活慣了的人，一下子很難適應局促的環境。白狐回來後，他又把李邑叫來，告訴他去烏孫要在馬背上顛好多天，關鍵是回來時會不會遇上暴雪也難說，意在請白狐替他走一遭。李邑同世上所有小人一樣，得志便猖狂，失意便自卑。他覺得暴風雪先不說，這會兒班超無論如何安排，他都是心甘情願。

白狐替李邑回送烏孫使節，順便接來烏孫的侍子，小一個月過去了。在此期間，班超也帶李邑把盤橐城轉了個遍，還特意讓他看了那個救命的板土坑，後來又帶他去蘆草湖。沒想到李邑還在這裡找到了英雄用武之地，在如何引水、如何排鹼等問題上提出很好的建議，並在那裡現場指導了半個月。原來李邑在明帝時代，曾參與了王景治理黃河的浩大工程，也算半個專家。

烏孫侍子到了後，班超立即上表一封，列出李邑幫助墾區修水渠的功績，讓他領著侍子回京領賞。李邑再次跪拜班超，聲淚俱下，任班超怎麼拉都不起來。他先前小肚雞腸，對不起班長史，但長史大人還無微不至地關心他，照顧他，為他著想，從未為難過他，讓他又感激又愧疚。他在疏勒一個多月，本來是長史府從事的角色，卻受的是上賓的待遇。他初步感受了西域的廣袤和漢軍的艱難，卻充分領略了班超高尚的人品，和大漠一樣的胸懷。他只是對墾區的水利做了一點指點，長史大人還要謬誇，呈報皇上，讓他惴惴不安，誠惶誠恐，他感激涕零，不能不拜！

班超見他說得誠懇，生生拉起來，說：「你堂堂一個侯爺拜我，讓人如何受得！我這裡往下怎麼走，還想聽聽侯爺的意見呢！」

李邑見班超如此坦誠，卻也直言：「這年頭會幹的不如會說的，會說的不如會吹的。你吃虧就在於只管埋頭苦幹，從不大聲吆喝，酒香還怕巷子深啊！還望班長史以後勤動筆墨，多上些奏摺給朝廷，讓皇帝知道你在做事，也好在朝臣那裡提升你的知名度嘛。」這也算是肺腑之言！

徐幹聽說李邑走了，憤憤然，氣不順，特意從蘆草湖趕回來，埋怨班超過於寬宥宵小之輩。他和班超一樣，都是直筒子性格，與朋友肝膽相照，從不藏著掖著。他說：「李邑之前那樣譭謗你，企圖讓你平定西域的功業失敗，現在為什麼不遵循陛下的旨意，把這個卑鄙小人摁在這裡嚴加管束，還要把護送侍子的功勞，拱手送給他呢？這麼一個小人回去後，還不定怎麼編排你、陷害你呢！」

班超深知徐幹是替他抱不平，不是真生氣，就光是打哈哈。等到徐幹氣消了，才告訴他：「這個李邑，貴為衛侯，怎麼會甘心屈居你我之下呢？我們這次真心對他，又送給他一個大功勞，他高興，皇帝也高興，估計不會再譭謗我們了。要把他留在這裡，輕不得，重不得，還得處處防備。沒準哪天章帝想起，還說我們小心眼呢！竇固將軍說過，皇帝的心思，做臣子的永遠猜不透。」

「人已經走了，也只能騎毛驢看唱本——走著瞧了。」徐幹說。

事情的發展倒是替班超做了個註腳。李邑把烏孫的侍子帶回洛陽，受到章帝嘉獎，問到班超如何待他，說是侯爵之禮。章帝感嘆班超以德報怨，是個真君子。李邑又替班超說了一些好話，指出班超人手不夠。太尉竇固感到吃驚：李邑西域之行竟然改了秉性，不再像只瘋狗一樣咬人了，不知班超給衛侯灌了什麼迷魂湯。也就顧不得他對李邑的討厭，順著話茬提出速發第二批援軍之事，章帝當下批准。很快任命了一個叫和恭的為假司馬，帶著八百多士兵，趕在建初九年（84）暮春到了疏勒。

至此，漢軍的人數增加到將近兩千人。盤橐城的建設也已竣工，除了各色人等的辦公和居住場地外，新建了訓練設施、長史官邸和會議大堂，擴建了馬廄，整修了道路，廣栽樹木，還架了一副鞦韆，供大人小孩休閒。班超也聽了李邑的勸告，及時上疏給章帝，報他信心滿滿，準備馬上收復莎車。誰知天有不測風雲，正吃飯的檔口，田慮和坎壑慌張來報：「疏勒王叛變了！」

班超一屁股坐在椅子上，半天沒緩過神。他原計畫等成大回來後，安排王位交接，並想以年高為藉口，給忠一個體面的臺階下來，就不用撕破臉皮了，畢竟有一層翁婿關係。可是姑墨的新國王突昏剛選出，成大還沒有交接就緒，忠已經先發制人，自絕於漢了。讓他後悔不已的是當初沒有直接拿下忠，讓這個首鼠兩端的傢伙喘過了氣。

坎壑說：「忠察覺到住在王宮的聯繫官劉慳、周元監視他，就刻意躲開他們，一大早跑到西大營，要了五百騎兵，說是要帶出去遊獵。」

忠在冬春以來已經遊獵過幾次，坎壑也就沒太在意。可是以前遊獵都是往西邊山裡去，今兒一出營門就飛跑起來，直接往東。坎壑派人跟了一段，確認奔了烏即城。更為不妙的是，田慮派出的探子發現大隊康居國的騎兵，也正快速向烏即城方向運動。班超呼地一下從椅子上跳起來：「那還遲疑什麼，點兵！」

大軍一路飛馳，很快趕到烏即城外，先占住兩個村落，以為憑藉，然後派小隊抵近偵查，班超走在最前面。其時已近黃昏，遠遠就看見城頭上匈奴的旗幟，在夕陽下獵獵飄動，彷彿染了血一樣。城外有好多康居騎兵正在紮營，還有一些人馬正陸續趕來。董健請求趁敵立足未穩，先衝一陣，殺殺康居的風頭，田慮也在旁附和，不然白跑一趟。

白狐把倆人拉到身後，對班超說：「先別忙交手，讓我去問一問，康居與漢交好，為何要來助忠？」也不等班超發話，他就拍馬跑了過去。一會兒回來說：「康居軍隊是接到疏勒王的邀請，幫他保衛王宮——忠已經將烏即城作新王宮了。領兵的還是上次參加姑墨大戰的小王爺。小王爺說他們本無心與漢朝為敵，私下裡仍然認班超為朋友。但他說如今各為其主，一旦刀兵相見，也是你死我活。內中原因是康居王嫌漢皇過於吝嗇，遲遲不肯下嫁公主，讓康居王空歡喜一場，每進氈房就感到失望。而疏勒王體貼康居王，已經將米夏同父異母的妹妹送了過去。如今康居與疏勒有翁婿關係，老丈人的忙不能不幫，所以就派他帶六千騎兵來了。」

如是這般，事情就變得複雜。和親這樣涉及朝廷決斷的大事，不是班超這個西域長史能左右的。如今康居王新得佳人，正是如膠似漆，肯定不會輕易撤兵。而米夏那個妹妹，在他極少的印象裡，好像還流著鼻涕，這會兒卻成了忠的另一個工具。坎墾後悔今天沒給忠打個折扣，少派一些兵就好了。班超安慰他說：「那些人無足輕重。吾所患者，康居也。眼下首先要來個釜底抽薪，從法理上廢除忠的王位，這些康居兵師出無名，就變成了侵略者，我們就有打他的正當理由了。」

班超傳令部隊原路撤回，只讓祭參帶馬弘在幾個村裡布下眼線。祭參是春節前才離開烏即城的，他在這一帶安民助商，情況比較熟悉。過了幾日，祭參就送回情報：番辰押著給養，又回了烏即城。六七千人的給養，主要從龜茲、焉耆一帶運來，也有一部分來自莎車，全部走的是蔥嶺河東沙漠地帶，用的駝隊。

班超命祭參繼續監視，必要時可派人喬裝襲擾。他目前的重點還不在烏即城，他要協助成大順利登位。他不但讓黃越配合厄普圖，把忠自動放棄疏勒王位、叛國投敵、占領烏即城、妄圖割據的罪行，告訴全城百姓，做了大量的輿論準備，而且將各部落的頭人都召集起來，進行了協商，就等成大回來，舉行新王登基儀式。

可是，成大過了十天才姍姍來遲，手臂上還受了傷。成大回來路上，在尉頭界內碰上龜茲的軍隊，與哈力配合打了一仗，消滅了三百多敵人，還把一直在姑墨留駐的五百騎兵留在了尉頭，以防龜茲再次滲透。班超看了看成大的傷勢，並無大礙，安慰了一番，就催著他帶傷上任。次日在王宮舉行大典，班超宣布廢黜忠的國王職務，任命成大為新疏勒王。成大接受了官員和各部落頭人的朝賀，立即下令全國進入戰爭狀態，懸賞捉拿忠，在疏勒城與烏即城中間地帶設立防線，令東部地區堅壁清野，不給敵人任何可乘之機。

這道命令一出，班超立即派白狐約見康居小王爺，給他看了新國王的命令，指出康居軍隊非疏勒所請，現在已是入侵，請他們立刻離開，否則就是和漢帝國過不去。那康居小王爺的腦袋搖得像撥浪鼓，也不瞞白狐說：「就是過不去，也是康居王和漢章帝過不去，而本王爺，只是康居王的走狗、馬弁，一切都聽國王的。康居王給我的任務是保護疏勒王，誰要打疏勒王我就打誰。」

白狐「嘿嘿」一笑：「我說朋友，你這可是干涉別國內政喲！」

小王爺把脖子一擰，都擰成麻花了。「這裡頭的事情大家都懂，你叫你們家長史也不要為難朋友嘛，他有話和康居王說去。老朋友，撇開這些事情，你要還拿我當朋友的話，弄幾個女人來。我中間這條腿，都快能走路了！」

「這個好說。」白狐知道康居人直率，也不再問，準備回去覆命，偏在帳外與番辰撞臉。

番辰跛著一條腿走路，一搖一晃。白狐有些失笑，問他：「好好的平路，為什麼不好好走呢？」不等番辰開口，小王爺就替他回答了。說是上次逃避董健追殺時，受了箭傷，又長時間騎馬，落下的殘疾。白虎有些幸災樂禍，故意氣番辰，說道：「哎呀，老董為沒殺了你後悔得差點殺了自己，我回去告訴他，叫他不要自責，他也傷著了你。」

番辰覺得受了侮辱，氣得鼻子都歪了，當下就要命令他的人將白狐綁了，帶回去審問。康居小王爺出面攔阻：「慢著！兩軍交戰還不斬來使呢，何況白譯長是我的朋友！」

班超得了白狐之報，與徐幹、和恭一起商議對策。和恭是個文官，三十七八歲，身材瘦高，白淨面皮，鳳眼淡眉，山根挺正，也是個順眼之人。他曾在洛陽令手下當掾史，與李兗倒是認識。他推斷忠叛漢雖屬倉促，但他下決心反一趟，絕對不會為了孤守一個烏即小城；康居兵只守不攻，要麼是忠的價碼給的不夠，要麼還有進攻之兵，只是這些兵現在還沒來罷了。

徐幹認同和恭的分析，建議找機會先給康居人一點教訓，否則康居大軍紮在那邊，不利於穩定疏勒民心。班超一想：我們攏共五千兵，又要考慮要塞防守，現在刀對刀槍對槍地拼，沒有優勢；對付康居大國，只能計戰，還是要在敵人的供給線上做文章。他讓李兗找來祭參，看他有啥好主意。祭參說：「當下也無甚成熟想法，能否讓我出去一趟，做些調研？」

「行。」班超未加思索就同意了，待祭參要走，又叮嚀了一句。「路上要多加小心。」

祭參第一次聽班超說這樣婆婆媽媽的話，不由得回頭看了一眼，發現這位長史叔父額頭的皺紋，比過去深多了，而且鬍子也有了花白。想著歲月無情，不禁心頭一酸，趕緊邁步出去了。他回到大營，叫上馬弘、周元等人，帶上乾糧往蔥嶺河上游去做布置，一來一回五六天。帶著滿身塵土剛回到大營，還沒想好怎麼跟長史彙報，他留下的馬弘也趕回來了。兩人立即一起來見班超：「報告長史大人，居兵分出一千人過了蔥嶺河，打『土匪去』了。」

班超丈二和尚摸不著頭緒，就問祭參怎麼回事。等祭參跟他一細說，竟笑得嘴都合不攏了。一邊表揚祭參：「你這小子就是活絡，關鍵時刻有特別手段，這也是以夷攻夷呢！」一邊忙讓倆人趕緊回去休息，說不定很快就有作戰任務呢！看著祭參走了，他又忍不住叫徐幹、董建和田慮來喝茶，把祭參的計策說與他們。

許多人不知道，在莎車正北、尉頭以南的于闐河與蔥嶺河之間，有一座山間盆地，住著有一百多戶人家，以農為主，兼牧牲畜，由頭人治理，自稱葫蘆谷，與各國不屬。據說那裡的居民是五六十年前從莎車逃出去的，是部落火拚的戰敗者，漫無目的順蔥嶺河北上，後來發現山窩裡有水有草還有野馬野羊，於是在那裡落地生根，生息繁衍。

葫蘆谷的人為防外敵入侵，在唯一的進出口挖了祕密陷阱，繞來繞去，以花草標識，不諳究竟的人根本進不去。去歲且運移師斷烏即城番辰糧道期間，意外發現了這塊「世外桃源」。有人出去買鹽買布，於是交結，送了他們許多兵器。這次祭參就是拿著錢財聯繫他們，讓其打劫龜茲的駝隊，許諾打劫多少，漢軍再餽贈多少。葫蘆谷方圓幾百里都是荒漠，杳無人煙，龜茲的駝隊自然是凶多吉少。

聽了祭參的計策，董健覺得有必要在康居分兵的檔口，給康居人一點教訓，否則還以為我們怕他。徐幹也附議，主張快速出擊一次。

只有田慮不說話，光笑。董建罵他得了「瘋笑病」，這才提出要報銷一筆費用，是祭參祕密找他借的。班超允諾。田慮這才說：「我也覺得不能就這麼耗著，叫康居人看不起我們。」

班超認為敵軍人數眾多，在平坦的空曠地域組織戰鬥，對雙方都是個絞肉機，拼的就是單兵技戰術能力，漢軍還是沒有優勢。他考慮再三，組織四千多人馬，令董健和坎墾帶隊，對康居大營進行了一次襲擾性的進攻。凌晨突然殺過去，火燒營帳，擊殺散兵，主要給敵人造成心理恐慌。由於攻勢凶猛，很快突破營帳外的柵欄，康居人還沒完全進入戰鬥狀態，被漢軍掩殺一陣，死傷不少人馬。但康居兵很快組織起反擊，並發揮游牧民族長於馬戰的優勢，對漢軍進行反追殺，企圖肉搏。漢軍毫不戀戰，迅速撤進附近十多個村莊，康居人見漢軍有了屏障，這才停止追擊。

這一仗互有傷亡，康居兵從此別想睡安穩覺了，漢軍卻從此不再簡單攻營。過了兩天，報說康居派出去「打土匪」的騎兵，只逃回來二百多人。班超大喜，讓祭參專門從事襲擾活動，務要搞得敵人心理緊張，時時堤防。祭參連續斷了兩次水源，但敵人後來學乖，乾脆在水源地附近下了營帳，派了一千多兵把守。就是龜茲護送糧草，也派出了重兵。這正好中了班超的消耗計，讓敵人為了小小的烏即城，把大量人力物力，成倍的耗費，終有他撐不住的時候。

在這期間，白狐協助怡紅院的老鴇，在距離烏即城三里多地的空村落，利用堅壁清野留下的院落，開了一家分院，專門做康居軍隊的生意。名義上是給了小王爺面子，實際上是為打探對方軍情。有一天，妓院傳出情報，說康居馬已經吃光了克孜勒山下的草，要開始吃麥田了。正是麥子拔節時節，五六千匹軍馬進入麥田，這一年的收成就泡湯了。

班超急得直撓頭，出門看見白狐在院子裡逗他兒子和幾個小孩子，很是生氣，罵道：「老狐狸，老子這裡急得上火，你卻閒得磨牙！」

白狐愛答不理地說：「你又沒有問我。」

班超一聽，氣更是不打一處來，遠遠看見李兗牽馬過來，急忙迎上去，奪過馬鞭，就要抽白狐。白狐一看，撒腿就跑，邊跑邊喊：

「長史打人了！長史打人了！」逗得一群孩子哈哈大笑。等李兗接過鞭子，班超自己也有些失笑，招呼白狐快快過來。

白狐把脖子一梗說：「你以為我閒著？還記得在鄯善火燒匈奴大營否？我配了一種藥，已經給一匹馬吃了，當即暈倒，現在三個時辰過去，還沒甦醒，要是能持續四五個時辰，就算成功。」

「啨，把他家的，你真是我肚子裡的毛毛蟲。」班超的心一下子鬆下來，叫上徐幹，跟著白狐來到馬廄，看見祭參正躺在一把躺椅上，嘴裡哼著那首《西域的月兒》，旁邊臥著一匹青馬，鼻息很弱，眼睛緊閉，就和人昏迷一個樣子。班超高興，就罵祭參：「你小子倒會享福，躺在這裡跟個神仙似的。」

祭參這才發現有人來了，趕忙起來，拉班超躺下，笑道：「這會兒長史大人成了神仙，我們都跟著沾點仙氣。」

幾個人生生等著，飯也是送到馬廄來吃的。一直到了黃昏，那匹馬才睜開眼睛，試圖站立，幾次都沒有成功，白狐和祭參兩邊扶持，才勉強站住，餵了一些水，這才噴個鼻息。白狐消息滴說：「成了！要是沒有人在旁邊幫忙，體力很弱的戰馬折騰一陣，站不起來，死不了也就廢了。」

這個辦法不錯，班超當下就讓徐幹通知坎墾帶人去辦。臨走還是擊了白狐一拳，嫌他不早說，害得自己著急。祭參攔住班超，請求自己親自帶人去撒藥，而且事情要保密。班超想想也是，就叫祭參小心從事。

當天夜裡，祭參帶人扮成農夫，潛到村裡，半夜下地，往靠近康居大營的麥田裡噴灑藥水，趕天亮前撤出。同時再讓妓院的人放出消息：「疏勒的麥苗很怪，不到成熟不能吃，吃了必然遭殃。」康居人將信將疑，結果事實讓他們吃驚：當天放到麥田的馬匹，呼啦啦倒了一地，後面的趕緊回撤。等夜幕再次降臨的時候，祭參又組織人摸到麥田，將那些奄奄一息的馬揀能抬起的收了幾十匹，剩下的全部杖死，粗粗一數，四百多匹呢！康居人不明就裡，也沒抬回去庖解吃肉。幾天後腐爛發臭，氣味遠播，似乎全西域的蒼蠅都集聚過來，舉行盛大聯歡。康居大營頓時飛蠅呼嘯，黑雲團卷，成了蒼蠅的世界。

康居人疑神疑鬼，找又改回原名的榆勒和番辰詢問。番辰也覺奇怪，一時沒有頭緒。榆勒一口咬定，是漢軍使了手腳。隨後將康居大營搬到烏即城裡，大街小巷都住滿了，草料都由莎車和龜茲長途運送。小王爺惦記著妓院的姑娘，動員老鴇也挪往城裡。老鴇按照白狐的意思說：「我們是做生意的，開這個妓院都是刀口舔血，全是白譯長的面子撐著。進烏即城等於叛國，那疏勒王還不把我城裡的生意一把火燒了！」

看著康居人都進入烏即城，班超繼續實施去年的南北控制策略，敵方糧道雖未徹底斷絕，莎車和龜茲卻未敢輕動。到了麥收季節，番辰帶領部隊出來搶收麥子，康居人並未參與，說明康居人和榆勒並不完全同心。祭參帶人衝殺過去，又打了一個小仗，雖然有一些傷亡，但動員堅壁清野的原住民收回了麥子，沒讓榆勒和番辰得手。

到了秋冬，祭參叫馬弘組織了一支特務隊，潛伏在妓院所在村落周圍，專門襲擊出來嫖娼的康居兵。一日日集少成多，也殺了兩百多人。康居兵學乖了，就結夥出來，隨身帶著冰刃。小王爺卻有點耐不住了，在老鴇面前流露出厭煩情緒，嫌怡紅院的姐兒老，過來過去就那幾張臉，想要點新鮮的。老鴇兒激他：「番辰的女人小姑莉又年輕又漂亮，又是莎車王齊黎的女兒，你敢動嗎？你要是動了，我就給你換新的。」

那康居小王爺一向彪悍野蠻，最嗜「二美」，一是美酒，二是美女。為了搶這兩樣東西，錢不管多少，命都經常不管不顧。白狐這位老鴇朋友的一句話，極大地挑動了康居小王爺自尊的神經，幾天後竟然借酒撒野，當真跑到番辰家裡，噌噌噌幾下扯光小姑莉的衣裳，把那驚慌失措的年輕女人摜在炕上，霸王硬上弓。等番辰安排防務回來，好事已畢。小婦人哭哭啼啼，小王爺洋洋得意，番辰暴跳如雷。兩個男人扭打起來，竟至刀劍相向，從家裡一直打到榆勒的「王宮」，誰也沒有收手的意思。大批的兵都圍攏上來，誰也不知該幫誰。

榆勒趕緊出來勸架，讓二人大敵當前，大局為重。占便宜的康居小王爺願意賠錢，吃虧的番辰卻不肯罷休。榆勒便將自己的連襟拉進內室，讓大姑莉一起來勸，指出小不忍則亂大謀，拔了蘿蔔坑還在。番辰沒奈何，也就打算吞下這隻蒼蠅。誰知小姑莉卻是個火爆性子，趁人不備，在康居小王爺背後用刀，結果人沒殺了，康居人的刀子已經穿透了她的小蠻腰，頓時沒了小命。

殺了人的小王爺毫無歉疚之意，揚長而去。榆勒見狀死死抱住番辰，不讓再發作。番辰心灰意冷，葬了美人就跑到莎車向老丈人訴委屈去了。

消息傳到疏勒城，白狐高興得眉飛色舞，第一時間稟報班超，誇妓女也是戰士，幫我們趕走了仇人。班超感到意外，卻是莫名的高興。他盡快與徐幹、和恭等人分享，並讓李兗請來成大，商量番辰離開後的對策。

時間已到臘月底，白狐提出要專門感謝鴇子一趟，到老鴇兒那分院過除夕。

班超笑著默許，讓白狐帶些錢和酒。白狐拿了酒，錢卻不要，意思老闆娘還欠著他的人情呢！一群人目送白狐，踩著厚厚的積雪飛馬馳去。徐幹說：「白譯長真是性情中人，活得挺快活。」

班超若有所思，對徐幹說：「他這個人，沒人能替，還有重要的任務等著他呢！」

班超傳——百雉孤城夕照明，班超空動玉關情

作　　者：郎春
發 行 人：黃振庭
出 版 者：崧燁文化事業有限公司
發 行 者：崧燁文化事業有限公司
E-mail：sonbookservice@gmail.com
粉 絲 頁：https://www.facebook.com/sonbookss/
網　　址：https://sonbook.net/
地　　址：台北市中正區重慶南路一段61號8樓
8F., No.61, Sec. 1, Chongqing S. Rd., Zhongzheng Dist., Taipei City 100, Taiwan

電　　話：(02)2370-3310
傳　　真：(02)2388-1990
印　　刷：京峯數位服務有限公司
律師顧問：廣華律師事務所 張珮琦律師

定　　價：330 元
發行日期：2024 年 10 月第一版
◎本書以 POD 印製
Design Assets from Freepik.com

國家圖書館出版品預行編目資料

班超傳——百雉孤城夕照明，班超空動玉關情 / 郎春 著 . -- 第一版 . -- 臺北市：崧燁文化事業有限公司, 2024.10
面；　公分
POD 版
ISBN 978-626-394-916-4(平裝)
857.7　113014515

電子書購買

爽讀 APP

臉書